JOSÉ FALERO

SUPERMARKT

ROMAN

Aus dem brasilianischen Portugiesisch
von Nicolai von Schweder-Schreiner

HOFFMANN UND CAMPE

Die Originalausgabe erschien 2020 unter dem Titel *Os supridores*
bei Todavia, São Paulo.

Die Übersetzung dieses Romans wurde gefördert durch die
Fundação Biblioteca Nacional des brasilianischen Kulturministeriums und
durch das Instituto Guimarães Rosa des brasilianischen Außenministeriums.

BIBLIOTECA NACIONAL

IGR
Instituto Guimarães Rosa

1. Auflage 2024

www.hoffmann-und-campe.de
Satz: Pinkuin Satz & Datentechnik, Berlin
Gesetzt aus der Adobe Garamond
Druck und Bindung: GGP Media GmbH, Pößneck
Printed in Germany
ISBN 978-3-455-01662-8

HOFFMANN
UND CAMPE

Ein Unternehmen der
GANSKE VERLAGSGRUPPE

Für Dalva Maria Soares,
die erst spät in mein Leben trat.
Ich liebe dich, Preta.

1

EINE UNERFREULICHE ANGELEGENHEIT

»Nee, wirklich, *tchê?* Ist ja unfassbar!«

Das Handy, in das Senhor Geraldo sprach, war definitiv nicht für seine riesigen Pranken gemacht. Er hatte nicht weniger als fünf Versuche gebraucht, um die Nummer seines Chefs in die winzigen Tasten zu tippen. Als er Senhor Amauri endlich am Apparat hatte, schien er kaum glauben zu können, dass der andere ihn hörte, so laut brüllte er jedes Wort.

»Gut, aber deswegen habe ich nicht angerufen.« Er lachte. »Eigentlich wollte ich fragen, ob wir uns nicht vielleicht zum Mittagessen treffen könnten, um eine … ähm … sagen wir, unerfreuliche Angelegenheit zu besprechen.«

Jedes einzelne Detail, vom lockeren Tonfall bis zur indirekten Frage, alles hatte Senhor Geraldo genauestens durchdacht und außerdem drei- oder viermal geprobt, um zu hören, wie es klang. Besser als jeder andere wusste er, dass Senhor Amauri als Chef der Fênix-Supermarktkette ständig einen Haufen Probleme zu lösen und deswegen praktisch nie Zeit hatte, weshalb er unerwartete Einladungen nicht schätzte, selbst wenn sie von seinem engagiertesten und kompetentesten Manager kamen, was

Senhor Geraldo in der Tat war, und sie darüber hinaus gut befreundet waren.

Tatsächlich war sein Chef verärgert.

»Hör zu, Geraldo, was auch immer für Probleme du in deinem Laden hast, du bist befugt, sie selbst zu lösen. Um ehrlich zu sein, du bist nicht nur befugt, sondern sogar *verpflichtet,* sie selbst zu lösen. Du bist schließlich der Manager. Oder nicht?«

»Doch, ja, natürlich, aber …« Senhor Geraldo räusperte sich. Obwohl er davon ausgegangen war, dass sein Chef nicht begeistert sein würde, hatte er nicht mit einer derart vehementen Ablehnung gerechnet. »Hör mal, *tchê,* wenn du es genau wissen willst, ich bin nicht unbedingt stolz darauf, was ich jetzt sagen werde«, fuhr er fort, diesmal aus dem Stegreif. »Aber ich denke, du wirst mich verstehen. Ich hoffe es zumindest. Die Sache ist die: Ich weiß einfach nicht, wie ich dieses spezielle Problem lösen soll. Das ist alles.« Dann hatte er einen Geistesblitz: »Du warst doch auch mal Manager, Amauri, und ich frage mich, ging es dir denn damals nie so, also warst du nicht ein einziges Mal in der Situation, dass du nicht mehr wusstest, was du tun sollst?«

»Gut … also, manchmal … manchmal vielleicht schon …«, gab Senhor Amauri widerwillig zu, da er nicht wusste, wie er die Andeutung ignorieren sollte, ohne überheblich zu wirken. »Aber«, fing er wieder an, »kannst du denn wirklich nicht allein eine Lösung finden? Müssen wir uns unbedingt treffen?«

»Also, *tchê,* wenn ich es nicht für so wichtig hielte, hätte ich ja gar nicht erst angerufen.«

Amauri schnalzte mit der Zunge.

»Na gut. Wenn es denn sein muss. Dasselbe Restaurant wie letztes Mal, ja? In einer halben Stunde?«

»Ja, natürlich, wunderbar«, stimmte Geraldo zu und genoss seinen kleinen Triumph. »Danke, und bis gleich. Liebe Grüße.«

Er legte das Handy weg, lehnte sich in seinem Drehstuhl zurück, zündete sich eine Zigarette an und sah sich in seinem kleinen Büro um. Der ganze Raum war vollgestopft mit Dingen, für die sich nie ein geeigneter Platz finden ließ, es sah eher aus wie ein improvisierter Lagerraum denn wie das Büro eines Supermarktleiters. So viele Jahre schon war er in diesen Raum eingesperrt … Er hasste es, aber diesmal verspürte er noch etwas anderes. Nicht, dass sich irgendetwas geändert hätte, ganz im Gegenteil. Es wäre ein Leichtes gewesen, sich wieder aufzuregen, er musste sich nur die vielen Unannehmlichkeiten in diesen vier Wänden vor Augen führen. Andererseits machten seine Probleme ihm bewusst, was dieser Raum, so klein und vollgestellt er auch sein mochte, alles für ihn repräsentierte: einen guten Job, ein geregeltes Leben, eine hart erkämpfte Position … Er fragte sich, wie lange er wohl noch hier sitzen würde, und seufzte. In letzter Zeit seufzte er oft.

Senhor Geraldo war untersetzt und neigte zu Fettleibigkeit. Er hatte weit aufgerissene Glupschaugen, eine Knollennase und insgesamt etwas Grobes, Vulgäres an sich. Trotz seiner tadellos gekämmten grauen Haare und seinem glatten, bartlosen Gesicht wirkte er kein bisschen kultiviert. Dank der sonoren Stimme und seiner gutmütigen, ein wenig ironischen, einschüchternden Art ließ sich manchmal nur schwer sagen, wann er scherzte und wann er es ernst meinte. Man würde kaum denken, dass mehr hinter ihm steckte als auf den ersten Blick erkennbar: ein ungehobelter Kerl ohne jede Ausstrahlung, vermeintlich elegant gekleidet, genauer gesagt, ein Mensch aus ärmlichen Verhältnissen, der es mit mühsamer Rechtschaffenheit zu etwas gebracht hatte. Die Mitarbeiter liebten ihn, weil er ihnen nicht jeden Fehler ankreidete, nicht zu viel von ihnen verlangte und nicht den Tyrannen spielte, neben anderen Vorzügen, die jeder mehr oder weniger vernünftige Angestellte zu schätzen wusste. Allerdings graute ihm regelrecht vor Müßiggängern, Menschen, die alles dafür taten, nichts zu tun. Er hasste Drückeberger. Um mit gutem Beispiel voranzugehen, half er selbst bei der körperlichen Arbeit im Supermarkt, vergoss literweise Schweiß und packte genauso hart mit an wie die Fleißigsten seiner Untergebenen, und das, obwohl er als Manager natürlich keineswegs dazu verpflichtet war.

Nachdem er seine Zigarette geraucht hatte, übergab er den Supermarkt der Obhut von Paulo, seinem Stellvertreter, und machte sich auf den Weg zu seiner Verabredung mit Senhor Amauri. Erst einige Minuten nach ihm betrat dieser das Restaurant in seinen eleganten Lackschuhen, die ihm Senhor Geraldo selbst zum letzten Geburtstag geschenkt hatte, was er sofort bereute, als er ihn sie anprobieren sah und zu spät erkannte, wie viel besser sie ihm selbst gestanden hätten. Enthusiastisch schüttelten sie sich die Hände und wechselten breit lächelnd ein paar Begrüßungsworte. Als kurz darauf das Essen serviert wurde, war nicht zu übersehen, dass beide Hunger hatten.

»Sag mal, Geraldo, was machen deine Rückenschmerzen?«, fragte Senhor Amauri unerwartet, nachdem er geräuschvoll ein nur halb gekautes Stück Fleisch heruntergeschluckt hatte. Aus seinem roten Pferdegesicht sprachen Neugier und Sorge.

Senhor Geraldo ließ das Messer sinken und machte eine Bewegung, als wollte er eine Fliege verscheuchen.

»Ach, lass uns nicht damit anfangen. Der Arzt meinte, die Schmerzen würden allmählich nachlassen, bis sie irgendwann ganz weg sind. Na ja, also warte ich ab.«

»Er hat dir doch bestimmt Ruhe empfohlen.«

»Hat er. Aber du weißt ja, wie Ärzte sind.«

»Klar. Und ich weiß vor allem, wie du bist«, erwiderte Senhor Amauri.

Geraldo rollte mit den Augen, die Predigt, die jetzt folgte, kannte er in- und auswendig. Jedes Mal musste er damit anfangen. Es war wie ein unverzichtbares Ritual.

Und tatsächlich fuhr er tadelnd fort: »Du machst morgens den Laden auf und machst ihn abends zu … Kommst als Erster, gehst als Letzter … Nie ruhst du mal aus. Stimmt doch.« Er schüttelte den Kopf. »Hör mal, *tchê,* das musst du nicht, das weißt du. Warum machst du es nicht wie die anderen und teilst dir die Verantwortung mit deinem Abteilungsleiter?«

»Ach, ich hab eben gern ein Auge auf alles«, antwortete Senhor Geraldo achselzuckend zwischen zwei Bissen. »Das haben wir doch schon besprochen, Amauri. Genauso, wie wir besprochen haben, dass du in meiner Anwesenheit nicht diese Schuhe tragen sollst.«

Senhor Amauri war nicht gut darin, einen strategischen Themenwechsel zu erkennen. Er lächelte.

»Dabei hatte ich sie vorhin gar nicht an. Ich war extra noch zu Hause und hab sie angezogen, nur um dich zu ärgern.«

Daraufhin schwiegen sie eine Weile. Beide hielten es offensichtlich für besser, mit dem Hauptthema bis nach dem Essen zu warten. Noch bevor sie die Teller geleert hatten, nutzte Amauri die Gelegenheit für ein Anliegen: »Ich schätze, ich werde dir nächste Woche ein paar Leute abziehen müssen, Geraldo. Sieht so aus, als wollten diesen Sommer alle an den Strand. Da ist die Hölle los: endlose Schlangen an den Kassen, Kunden, die sich ständig über alles beschweren …« Er zog die Augenbrauen zusammen und schüttelte den Kopf, wie um den Gedanken loszuwerden. »Ein Chaos, du kannst es dir nicht vorstellen. Jedenfalls rekrutiere ich Kassiererinnen aus den Filialen in der Stadt und schicke sie nach Cidreira, Pinhal, Quintão und andere Orte an der Küste. Für, sagen wir, zwei Wochen. Was meinst du? Ginge das?«

»Ja, sicher, ich bin voll besetzt«, erklärte Senhor Geraldo nicht ohne Stolz. »Außerdem, bei uns ist sowieso kaum was los. Porto Alegre ist wie leergefegt. Scheint tatsächlich, als wären alle an den Strand gereist. Ja, ich denke, drei Kassiererinnen kann ich dir problemlos überlassen. Zwei Wochen, sagst du?«

»Vielleicht auch länger. Das ist wirklich nicht normal, selbst im Sommer, und ich habe keine Ahnung, wie lange es dauern wird. Jedenfalls nicht genau.«

Daraufhin senkten sie den Blick und widmeten sich wieder dem Essen. Als sie fertig waren, riefen sie den Kellner. Nein, danke, keinen Nachtisch, stattdessen hätten sie gern einen Kaffee. Danke. Der Kellner verschwand mit den schmutzigen Tellern und versprach, gleich wieder da zu sein. Senhor Amauri machte es sich auf seinem Stuhl bequem und verschränkte die Hände auf dem Tisch.

»Nun gut, nun gut …« Er lächelte selbstzufrieden und kniff die Augen zusammen. »Kommen wir also zu der unerfreulichen Angelegenheit, die du erwähntest, was immer es auch sein mag. Ich gestehe, ich bin neugierig.« Er sah auf die Uhr. »Neugierig und spät dran, um ehrlich zu sein. Danach muss ich direkt in die Zentrale. Ich will herausfinden, was es mit diesen nicht ausgestellten Rechnungen auf sich hat. Also, spuck aus.«

Senhor Geraldo antwortete nicht gleich. Er schaute nachdenklich zur Seite und spielte mit dem Zahnstocher zwischen den Lippen. Als suchte er auf den Nachbartischen nach den richtigen Worten.

Senhor Amauri kniff die Augen noch stärker zusammen. Bildete er sich das ein, oder war sein Freund in seinem Stolz verletzt? Er wartete geduldig und wurde immer neugieriger, bis die weit aufgerissenen Glupschaugen, die er so gut kannte, sich ihm endlich entschlossen zuwandten.

»Pass auf, ich komm direkt zur Sache, du kennst mich ja«, erklärte der Manager und hob wie zur Verteidigung die Hand. »Es geht um Diebstahl. Aus meinem Lager verschwinden ständig Waren. Kekse, Getränke, Süßigkeiten, Deos, alles. Und meine Nachforschungen führen zu nichts! Ich weiß nicht mehr, was ich tun soll, Amauri. So etwas habe ich noch nie erlebt. Verdammt, *tchê,* unter meinen Angestellten sind Diebe!«

Schweigend verarbeitete Senhor Amauri die Information. Sein Pferdegesicht wurde kurz weich, als hätte er mit Schlimmerem gerechnet, dann verdüsterten sich seine Züge wieder. Er versuchte das Ausmaß des Eisbergs einzuschätzen, dessen Spitze Senhor Geraldo ihm soeben offenbart hatte.

»Irgendwelche Verdächtigen?«, fragte er schließlich.

Der Manager war kurz abgelenkt gewesen, während er mit der Zunge den Zahnstocher hin und her rollte.

»Hm? Verdächtige? Oh, ja … Ich habe zwei Lagerarbeiter im Verdacht: Pedro und Marques.«

»Dann feuere die beiden«, schlug Amauri vor und zuckte gleichgültig mit den Schultern. Im selben Moment kam ihm der Gedanke, dass sie wahrscheinlich nicht hier säßen, wenn es so einfach wäre.

In der Tat schüttelte Senhor Geraldo den Kopf.

»Nein, ich glaube nicht, dass das die Lösung ist. Leider habe ich keine Beweise gegen sie. Sollten sie tatsächlich unsere Diebe sein, hinterlassen sie zumindest keine Spuren.«

In dem Moment kam der Kaffee. Und zwar auf wundersame Weise ganz von allein, so erschien es den Herren Geraldo und Amauri im Nachhinein jedenfalls, denn sie waren derartig in Gedanken versunken, dass sie den flinken, lautlosen Kellner gar nicht bemerkt hatten. Sie nippten an ihren Tassen, bis Amauri schließlich das Wort ergriff: »Gut, aber wenn du diesen Pedro und diesen Marques verdächtigst, musst du sie im Auge behalten. Hast du dir schon die Videoaufzeichnungen von den Überwachungskameras angesehen?«

»Hab ich, hab ich. Nichts. Auf den Bildern verhalten die beiden sich vollkommen unauffällig.«

»Eine Frage, Geraldo. Warum verdächtigst du sie überhaupt?«

»Intuition«, antwortete der Manager lakonisch, hob die Kaffeetasse und musterte sein Gegenüber durch den aufsteigenden Dampf.

Senhor Amauri musste lachen.

»Wirklich, *tchê,* Intuition? Ich dachte immer, das sei vor allem eine weibliche Gabe.«

»Ach, jetzt hör schon auf! Ich meine es ernst. Ich kann die beiden nicht leiden. Sie haben so was Aufsässiges, weißt du? Sie lassen sich nichts sagen, sie kümmern sich nicht um Hierarchien. Sie bringen mir keinen Respekt entgegen. Außerdem laufen sie immer zusammen durch die Gänge und flüstern weiß der Himmel was.« Allein der Gedanke an die beiden brachte Senhor Geraldo in Rage. »Gut, das ist alles. Du hattest ja gefragt, ob ich jemanden verdächtige. Na also, die beiden sind mir suspekt. Sie sind die Einzigen, denen ich so etwas zutraue. Aber ich schieße nicht gern ins Blaue, Amauri. Solange ich nicht sicher bin, dass Pedro und Marques wirklich die Diebe sind, kann ich sie ja nicht einfach entlassen, oder?«

»Manchmal geht es im Leben nicht anders, mein Lieber. Weißt du, jeder muss mal ins Blaue schießen. Wenn also deine Nachforschungen, wie du selbst sagst, nichts ergeben, warum feuerst du die beiden nicht einfach und wartest ab, was passiert?«

»Weil Pedro und Marques … na ja, mal abgesehen von ihrer Disziplin … Um ehrlich zu sein, sind sie die besten Lagerarbeiter, die ich habe.«

Als Senhor Amauri ihn verwirrt ansah, zuckte Senhor Geraldo mit den Schultern. »Vielleicht ist es die Erfahrung, keine Ahnung. Beide haben schon für andere, größere Unternehmen als unseres gearbeitet. Sie sind aufsässig, das ja. Aber ich muss auch zugeben, dass sie ihren Job machen wie kaum ein anderer. Ein bisschen erinnern sie mich sogar an mich selbst, als ich noch im Lager gearbeitet habe, nur dass ich eben nicht so aufsässig war. Ich habe gespurt. Glaub mir, es wäre schade, sie zu feuern und dann später festzustellen, dass es ein Irrtum war. Wir haben Sommer, Amauri, du weißt selbst, wie schwer es ist, um diese Jahreszeit neue Leute zu finden. Ganz zu schweigen von zwei wie ihnen.«

Sie nippten wieder an ihrem Kaffee. Der Kaffee war gut. Sehr gut sogar. So gut, dass der Chef es mit einem langen »Mmmhh« bekundete.

»Donnerwetter, ich hatte ganz vergessen, wie gut der Kaffee hier ist.« Er beugte sich leicht vor und fuhr mit gesenkter Stimme fort. »Hör zu, Geraldo, das dürfen unsere Angestellten natürlich nicht hören, aber um ehrlich zu sein, sind unsere Läden extrem anfällig für genau dieses Problem. Wir können unmöglich ständig alle Mitarbeiter im Auge behalten, und sie kennen die Läden besser als irgendwer sonst, die toten Winkel der Überwachungskameras, die Wege des Wachpersonals ... Wenn sie wirklich etwas stehlen wollen, wer soll sie daran hindern? Die werden sich kaum in flagranti erwischen lassen. Außerdem, mein Lieber, du kennst doch bestimmt das Sprichwort vom faulen Apfel, der den ganzen Korb verdirbt? Genauso ist es. Ein unehrlicher Mitarbeiter wird die ehrlichen immer zum Schlechten verleiten wollen. Immer, ohne Ausnahme. Je mehr Verbündete er hat, desto besser für ihn, und desto schlechter für uns natürlich.« Mit zwei großen Schlucken leerte er seine Tasse, sah wieder auf die Uhr und staunte, wie weit die goldenen Zeiger schon vorgerückt waren. »Jetzt sieh nur, wie viel Uhr es schon ist, *tchê!* Ich komme zu spät ... Also gut, lass uns praktisch denken. Glaubst du, deine Wachleute sind in die Geschichte verwickelt? Kann es sein, dass sie ein Auge zudrücken oder womöglich sogar selbst stehlen?«

Senhor Geraldo schüttelte den Kopf.

»Ehrlich gesagt weiß ich es nicht, Amauri. Ich habe nichts in der Hand. Genau deshalb mache ich mir ja auch solche Sorgen. Den ersten Diebstahl habe ich vor mehr als zwei Monaten bemerkt, und bisher keine Spur von den Tätern, obwohl es seitdem noch zugenommen hat. Als würde ich einen verdammten Geist jagen! Ich kontrolliere regelmäßig die Schließfächer der Angestellten: nichts. Ich kontrolliere ihre Rucksäcke, bevor sie gehen: nichts. Als würden die Waren von allein aus dem Lager verschwinden!«

»Also gut …« Senhor Amauri erhob sich nachdenklich von seinem Stuhl. »Also gut, also gut … Hör zu, wir machen Folgendes: Wir stocken dein Wachpersonal auf. Ich rufe ein paar Filialen an und frage, ob sie uns ein, zwei Leute ausleihen können, okay? Das ist natürlich nur eine vorübergehende Lösung, dann sehen wir, wie es weitergeht.«

Senhor Geraldo schien die Idee zu gefallen.

»Wunderbar! Und was glaubst du, bis wann du die Wachleute bekommen kannst?«

»Schon morgen, würde ich sagen. Aber ich ruf dich später noch an und geb dir Bescheid.« Senhor Amauri sah erneut auf die Uhr. »Hör zu, Geraldo, ich muss jetzt wirklich los.«

»Tschau, Amauri. Und danke. Ich warte auf deinen Anruf.«

»Tschau. Übernimmst du die Rechnung? Letztes Mal war ich dran. Und keine Sorge, das bringen wir schon in Ordnung.«

Sie gaben sich die Hand, dann eilte Amauri hinaus in die Sonne.

Senhor Geraldo gönnte sich noch eine Tasse von dem guten Kaffee, bevor er in den Supermarkt zurückkehrte. »Keine Sorge, das bringen wir schon in Ordnung.« Amauris tröstliche Worte hallten in seinen Ohren nach. Sein guter Job, sein geregeltes Leben, seine hart erkämpfte Position, das alles schien ihm gesichert.

2
TRAUM VOM REICHTUM

Ein weitläufiges Gebiet im Osten von Porto Alegre. Ein Gebiet, das sich in einem langwierigen Prozess der Urbanisierung befand, dessen ländliche Vergangenheit aber noch gut zu erkennen war. Ein Gebiet, wo man mit bloßem Auge zusehen konnte, wie der Atlantische Regenwald sich nach und nach in Rauch auflöste, wo man quasi in Echtzeit die zerstörerischen Auswirkungen der zivilisatorischen Metastase verfolgen konnte, die vor mehr als fünfhundert Jahren mit den Karavellen nach Brasilien gekommen war. Ein hügeliges Gebiet, über das sich wie eine riesige Achterbahn die Estrada João de Oliveira Remião im Zickzack rauf und runter schlängelte. So könnte man eines der größten Stadtviertel der Hauptstadt von Rio Grande do Sul beschreiben: Lomba do Pinheiro.

Nahe der Grenze zwischen Porto Alegre und Viamão zweigte die Estrada João de Oliveira Remião von der Avenida Bento Gonçalves ab und präsentierte gleich die erste ihrer vielen Steigungen, die direkt in den Himmel führten. Nicht, dass Lomba do Pinheiro ein Paradies gewesen wäre. Ganz im Gegenteil: Weitab vom Zentrum gelegen, außerhalb der Reichweite der Behörden seinem eigenen Schicksal überlassen, galt es als berüchtigtes, gesetzloses Viertel, in dem selbst die abscheulichsten Grausamkeiten niemanden überraschten. Ein Ruf, der leider weitgehend der Realität entsprach. Der Stadtteil bestand aus Dutzenden kleinerer Viertel, die alle vollkommen planlos entlang der Straße vor sich hin wucherten, sich ohne jede Ordnung über die steilen Hänge ergossen und jeweils an ein Stück Buschland grenzten. Dazu gehörten auch Vila Viçosa und Vila Nova São Carlos, die, isoliert in ihrer Bedeutungslosigkeit, im Herzen von Lomba do Pinheiro, wie siamesische Zwillinge untrennbar miteinander verbunden waren.

Mitte der 1970er Jahre taten sich ein paar Dutzend Familien zusammen und kauften das Land eines gewissen Rafael da Silva Filho, ließen sich dort nieder und gründeten Vila Viçosa. Anfang der 1980er Jahre dann verkaufte die Eigentümerin der benachbarten Grundstücke, eine gewisse Julitha Áurea Bastos, ihr Land an die städtische Wohnungsbaubehörde. Die wiederum siedelte dort die Bewohner der ehemaligen Vila São Carlos an, die dem Bau eines Busbahnhofs in einer anderen Ecke der Stadt hatten weichen müssen. Und so entstand direkt neben Vila Viçosa ein weiteres neues Viertel: Vila *Nova* São Carlos.

Trotz dieser Entstehungsgeschichte – und der entsprechenden Angliederung an die Gemeinde, was nicht alle Teile von Lomba do Pinheiro von sich behaupten konnten –, gerieten Vila Viçosa und Vila Nova São Carlos in den folgenden Jahrzehnten durch hemmungslose Abholzung, illegale Eindringlinge und hartnäckige Besetzung außer Kontrolle und dehnten sich rasch aus, bis sie schließlich westlich der Estrada João de Oliveira Remião zu einem einzigen, großen Gebiet verschmolzen. Niemand wusste mehr mit Sicherheit, wo genau das eine endete und das andere begann. Da beide sich jedoch jeweils von einem Hügel ausgehend ausgebreitet und aufeinander zubewegt hatten, konnte man annehmen, dass die Grenze irgendwo in der dazwischen liegenden Senke verlief – die wiederum später, um das Jahr 2015 herum, inoffiziell unter dem Namen Vila Sapo bekannt wurde, das nur nebenbei.

Dort, auf dem schmalen Streifen zwischen Vila Viçosa und Vila Nova São Carlos, inmitten der zukünftigen Vila Sapo, wachte, soweit er zurückdenken konnte, Tag für Tag der junge Pedro auf.

Mit viel Mühe überwand er an jenem Montag, dem 2. Februar 2009, den unwiderstehlichen Drang blauzumachen. Und als er sich schließlich bequemte, das Haus zu verlassen und zur Arbeit zu gehen, überzeugt, dass der Tag nicht besser als jeder andere werden würde, brannte die Sonne auf seine hängenden Schultern, als machte ihm das Gewicht des Rucksacks nicht schon genug zu schaffen. Seine Augen schmerzten im grellen Licht. Er verzog das Gesicht, warf einen finsteren Blick in den blauen Himmel und steckte sich eine Zigarette zwischen die ausgetrockneten Lippen. Er machte ein paar Schritte, überlegte wie immer kurz, ob er auch nichts vergessen hatte, und klopfte dann vergeblich die Hosentaschen nach einem Feuerzeug ab.

»Mist!«, rief er und ging direkt zurück zur Haustür, die er soeben abgeschlossen hatte. Was kein einfaches Unterfangen war, denn das Schloss machte schon seit einiger Zeit Probleme, die sich in der letzten Woche noch verschlimmert hatten.

Aber wie jeder arme Mensch mit ein wenig Selbstachtung war Pedro es gewohnt, dass die Dinge nicht perfekt liefen, auch wenn er nicht glaubte, es verdient zu haben, wie die meisten armen Menschen ohne Selbstachtung. Wenn er so die Welt um sich herum betrachtete, staunte er manchmal, was ihn alles ärgerte: die überfüllten Busse, die abgetragenen Klamotten, die billigen Zigaretten, im Winter nicht genug Decken und im Sommer keinen Ventilator zu haben, der grauenhafte Abwassergestank, die Ratten, Kakerlaken, Spinnen, Termiten, Flöhe, Zecken und Geckos überall im Haus. »Nichts ist perfekt«, wie es so schön hieß, nur dass in Pedros Leben nichts auch nur annähernd in Ordnung war.

Pedro seufzte, wappnete sich mit Geduld und steckte den Schlüssel in das kaputte Schloss. Als er ihn energisch umdrehte, vernahm er statt des erwarteten Widerstands ein metallisches Klicken, was er allerdings nicht als positives Zeichen wertete, zumal er sich angewöhnt hatte, dem Glück zu misstrauen. Und tatsächlich, als er ihn vorsichtig und nicht ohne Nervenkitzel herauszog, kam ihm der Schlüssel samt Zylinder entgegen. Um jede Hoffnung auf eine Reparatur zu zerstören, erklang ein zweites Klicken, woraufhin aus dem Loch, das der Zylinder hinterlassen hatte, diverse kaum zu erkennende winzige Einzelteile purzelten und sich auf dem Boden verteilten.

Wer den jungen Mann dort regungslos unter dem Vordach stehen sah, hätte nicht ahnen können, welch unbändiger Zorn ihn wie ein Stromschlag durchfuhr. Schweigend schluckte er das hässliche Wort hinunter, das ihm bereits auf den Lippen lag, und öffnete die Faust, mit der er wie automatisch gegen die Tür hatte hämmern wollen. Immer mit der Ruhe …, dachte er und fragte sich dann, ob es wirklich sinnvoller war, an der Ruhe festzuhalten, statt sich ganz von ihr zu verabschieden. Ein Problem mehr, ein Problem weniger …, argumentierte er in Gedanken. Das »Problem« war übrigens weder das kaputte Schloss noch dass man es wahrscheinlich nicht mehr reparieren konnte und sie nicht das Geld hatten, ein neues zu kaufen. Das »Problem« war das Feuerzeug, das noch zu Hause lag. Für Pedro, der praktisch von Tabak und Marihuana lebte, war Feuer ein wesentlicher Bestandteil des Alltags. Wie zum Teufel hatte er das Scheißding vergessen können? Wäre er stattdessen doch lieber ohne Hose aus dem Haus gegangen! Er hielt sich den Schlüssel samt Zylinder vor die Augen und war den Tränen nahe. Warum musste sein Leben so erbärmlich sein?

Pedros primitives Haus teilte sich den primitiven Hinterhof mit sechs anderen genauso primitiven Häusern. Er ging zur nächsten Tür, klopfte dreimal und trat ein, ohne auf eine Einladung zu warten. Es war ein winziges Haus ohne Trennwände, in dem unglaublicherweise fünf Personen lebten: seine Cousine, ihr Mann und die drei Söhne. Dank der heillosen Unordnung wirkte es noch kleiner, was Pedro ein seltsames Unbehagen bereitete, weil es bei ihm wahrscheinlich genauso aussähe, würde er nicht mit seiner Mutter zusammenwohnen. Nur die vier Männer waren zu Hause. Die Jungs saßen nebeneinander auf dem nicht gemachten Ehebett und spielten lachend Videospiele, während ihr Vater in Sonntagslautstärke Musik hörte und auf dem verdreckten Herd Essen kochte. Es roch gut, wie Pedro schon beim Eintreten feststellte. Der Mann seiner Cousine, der inzwischen als selbstständiger Motorradkurier arbeitete, war früher Koch gewesen.

»Hey, Roberto, alles klar?«

»Alles klar, Pedro. Und selbst?«

»Alles cool.« Pedro konnte sich ein Lächeln nicht verkneifen. Er fand es immer komisch zu sehen, wie Roberto in seiner geblümten Schürze mit einem Holzlöffel in der Hand vor dem Herd stand und die Spice Girls hörte. Er war groß und muskulös, ein Typ, den man sich eher vor einem Boxsack oder Ähnlichem vorgestellt hätte. »Ich wollte dich um einen Gefallen bitten«, sagte Pedro und legte Schlüssel und Zylinder auf den Tisch. »Kannst du das meiner Mutter geben, wenn sie nach Hause kommt? Vielleicht will sie das Ding noch reparieren oder einfach wegschmeißen, keine Ahnung, aber bitte gib's ihr, okay?«

»Klar, kein Problem.« Roberto nahm den Zylinder in die Hand und betrachtete ihn aufmerksam. »Ein Mist, was?« Er lächelte. Offenbar wollte er lieber nicht wissen, wie das hatte passieren können.

»Allerdings«, antwortete Pedro und zündete sich eine Zigarette an der Herdflamme an. Nachdem er den Rauch ausgestoßen hatte, verabschiedete er sich. »Okay, ich muss los, ich komm schon wieder zu spät. Danke, Mann.«

»Kein Ding. Ich geb's ihr dann.«

Pedro schloss die Tür hinter sich und ging durch den Hof, der seit dem Fall der Mauer vor zwanzig Jahren zur Straße hin praktisch offen war. Natürlich nicht der Berliner Mauer, sondern der primitiven Mauer ihres primitiven Hinterhofs, die Pedros Onkel zufällig auch Ende der 1980er Jahre einreißen ließ, aus Angst, sie könne jemandem auf den Kopf fallen.

Während er sich zähneknirschend die von Schlaglöchern übersäte Rua Guaíba, Schauplatz übelster Schandtaten, extravaganter Skandale und kinoreifer Schießereien, in Richtung Bushaltestelle hochschleppte, dachte Pedro mal wieder darüber nach, wie er am besten reich werden könnte. Der Gedanke hatte ihn in letzter Zeit nicht mehr losgelassen, er hatte das Gefühl, nicht zur Ruhe zu kommen, solange er seinen Traum nicht verwirklichte. Seine Urgroßeltern waren ihr Leben lang arm gewesen, seine Großeltern waren ihr Leben lang arm gewesen, seine Eltern waren ihr Leben lang arm gewesen: Wie lange sollte das noch so weitergehen? Wenn es stimmte, dass man Wohlstand oder zumindest ein würdevolles Leben mit harter Arbeit und Fleiß erreichen konnte, wo lag dann das Problem? Hatte er das Pech, in eine Familie von Taugenichtsen geboren worden zu sein? War das die Erklärung dafür, dass sie über all die Jahre hinweg in Armut lebten? Generationen von Faulenzern, die das erniedrigende Leben verdient hatten, in das sie hineingeboren worden waren? Nein, natürlich nicht. Alle seine Vorfahren hatten ihr Leben lang geschuftet, sie gehörten zu der sozialen Schicht, die dieses beschissene Land am Laufen hielt, und wenn sie schon immer arm waren, dann weil hier irgendetwas falsch lief … Vielleicht war ihr Fehler, dass sie sich zu sehr an die Regeln hielten … Aber damit war jetzt Schluss, er würde diesen Kreislauf durchbrechen. *Er* würde reich werden. Wie? Das spielte keine Rolle. Oder etwa doch? Er seufzte frustriert.

»Scheißleben! Lieber sterben, als weiter so leben wie jetzt. Ich kann nicht mal behaupten zu leben, ich *überlebe.* Ich schufte mich ab, um atmen zu können, und das war's. Ein verdammtes Kraftwerk, das auf Hochtouren läuft, nur um eine beschissene Glühbirne zum Leuchten zu bringen! Ja, doch, ich muss reich werden, koste es, was es wolle. Ich will Dinge erleben, die das Leben lebenswert machen, und mit ehrlicher Arbeit schaffe ich das nie.«

Auf halbem Wege spähte er in eine Gasse und sah drei Jungen auf einer Mauer im Schatten eines Backsteinhauses sitzen. Trotz der Entfernung erkannte er sie sofort und ging auf sie zu. Er stieß eine Rauchspirale durch die Nase und schnippte den Zigarettenstummel weg. Er war schon spät dran und hätte nicht erklären können, warum er nicht einfach seines Weges ging. Er fühlte sich von etwas Unbekanntem angezogen, als gäbe es dort etwas Interessantes für ihn zu tun, etwas, das er vergessen hatte.

Die drei taten ihm leid. Genau wie er sich selbst leidtat. Da saßen sie, barfuß, in Lumpen gekleidet, am Ende der Gasse, lungerten herum und redeten dummes Zeug, vom Vaterland im Stich gelassen. Soweit er wusste, war keiner von ihnen je zur Schule gegangen. Mit der Ausbildung, auf die sie Anspruch hatten, falls sie daran interessiert gewesen wären, hätten sie allerdings sowieso nicht viel anfangen können. Letztendlich waren Bildung und Wissen Konsumgüter wie jedes andere, sie kosteten Geld, und Geld hatten sie ganz offensichtlich keins. Sie hätten sich mit einer der beiden öffentlichen Schulen in der Umgebung begnügen müssen, Afonso Guerreiro Lima oder Tereza Noronha de Carvalho. Pedro war auf beiden gewesen und konnte sich trotz aller Bemühungen der Lehrer nicht vorstellen, dass es einem viel brachte. Was am Ende eine Rolle spielte, nicht nur im Leben dieser Kinder, sondern überhaupt für jeden, war Geld, und nichts anderes. Der Platz eines Menschen in der Gesellschaft hing in Pedros Augen direkt mit der Menge des Geldes zusammen, das er oder sie besaß, und man musste kein Hellseher sein, um die Zukunft dieser drei Jungs vorauszusehen, die sich nicht mal ein Paar Flip-Flops leisten konnten. Unaufhaltsam rückte der Tag näher, an dem sie sich entscheiden mussten, ob sie Bandit oder Sklave sein wollten, um am Leben zu bleiben. Und bestimmt würde ihr desaströses Schulsystem sie nicht vor diesem grausamen Schicksal bewahren.

»Hey, ihr kleinen Gangster!«, begrüßte Pedro sie.

Das Trio antwortete im Chor: »Hey, Pedro, was geht?«

»Und, wo ist das Gras?«, fragte er und hüpfte zu ihnen auf die Mauer.

In Pedros Augen war das wahrscheinlich die meistgestellte Frage am Stadtrand von Porto Alegre. Als wäre Gras eine beliebte und allseits bekannte Freundin, nach der jeder fragte, wenn sie nicht da war. Niemand betrachtete Marihuana als Droge. Zusammen mit Tabak und Alkohol gehörte es zu den Substanzen, mit denen Eltern ihre vorpubertären Kinder meistens unbesorgt experimentieren ließen, jedenfalls unternahmen sie nicht viel dagegen. Echte Drogen waren Kokain und Härteres.

»Gras ist alle, Mann«, informierte ihn einer der Jungen und schnalzte mit der Zunge. »Wir waren schon überall heute Morgen, keiner hat was.«

»Auch nicht in Mangue?«

»Auch nicht in Mangue.«

»In ganz Pinheiro gibt's nirgends Gras, Alter, echt unfassbar!«, beschwerte sich ein anderer. »Die verkaufen nur noch Crack und Koks. Ich würd so gern in Rio wohnen. Oder in São Paulo. Da hast du bestimmt keine Probleme, was zu rauchen aufzutreiben. Das sind noch echte Dealer, die lassen einen nicht im Stich.« Nach einer kurzen Pause fuhr er fort. »Wenn du hier anfangen würdest, gutes Gras zu verkaufen, könntest du einen Haufen Geld machen! Du hättest weder Konkurrenz, weil hier sonst ja niemand was verkauft, noch Probleme mit den Bullen, weil die Bullen sich einen Scheiß darum kümmern, was hier los ist, und um Kundschaft müsstest du dir auch keine Sorgen machen, weil es hier ohne Ende Kiffer gibt.« Er zählte die Vorteile an seinen kleinen Fingern ab und lachte. »Ein Mega-Business, Alter!«

Pedro sagte nichts, er hatte selbst schon darüber nachgedacht und war derselben Meinung wie der Junge. Die Gelegenheit war da. Und es war kein Geheimnis. Erstens ging es der Wirtschaft gut – sogar besser denn je, wie man am laufenden Band aus den Nachrichten erfuhr –, die Menschen hatten mehr Geld in der Tasche und konsumierten Dinge, die bis vor Kurzem nicht für sie vorgesehen waren, genauso wie sie gewisse Substanzen konsumierten, die bis vor Kurzem nichts für ihre Nasenlöcher waren. Bis dahin war es vor allem so – und nicht nur in Lomba do Pinheiro, sondern in ganz Porto Alegre –, dass die Leute Kokain wollten und nicht genug Geld hatten, oder aber sie wollten noch mehr Kokain, als sie ohnehin schon nahmen, und hatten nicht genug Geld. Heute hatten alle mehr Geld. Das Kokaingeschäft war lukrativer denn je, entsprechend der positiven wirtschaftlichen Lage im Land, und den Drogenhändlern war das wahrscheinlich nicht entgangen. Zweitens gab es die Crack-Welle, die nicht nur Heerscharen von Zombies hervorbrachte, sondern auch neue Geldströme fließen ließ. In diesem Zusammenhang war Marihuana kommerziell nicht mehr so interessant wie vorher, weswegen das Angebot in letzter Zeit stark zurückgegangen war. Nur die großen, gut organisierten Banden verkauften weiter Gras, weil sie mit großen Mengen handeln konnten. In Lomba do Pinheiro hingegen, wo es in jeder Ecke eine kleine Gang gab, wollte niemand mit Gras zu tun haben, also mussten die Kiffer weite Strecken zurücklegen, oft ohne Erfolg.

Pedro betrachtete die majestätischen Eukalyptusbäume, die hinter den Baracken aufragten.

Wie lange steht ihr schon da? Seit ich denken kann, sehe ich euch da stehen, groß und still, und alles beobachten. Wie viele Drogenmorde habt ihr mit angesehen? Und was ist danach passiert? Nichts. Gar nichts. Ein Mensch stirbt, und vierundzwanzig Stunden später ist er einen Tag tot, mehr nicht, oder? In diesen Gassen voller Elend, Hass und Leid ist ein Leben nichts wert. Wer tötet, dem macht es nichts aus zu töten. Wer stirbt, dem macht es nichts aus zu sterben. Was ist mit mir, was ist mein Leben wert? Nichts. Im Moment nichts. *Im Moment.* Im Moment wäre Sterben für mich nicht mal das Schlechteste, denn letzten Endes ertrage ich mein Leben nur, statt es zu genießen. Schlimm würde es erst dann, wenn ich ein tolles Leben hätte. Aber um irgendwann ein tolles Leben haben zu können, gibt es nur einen Weg: Ich muss mich über die Regeln hinwegsetzen und mein jetziges kleines beschissenes Leben riskieren.

3

DER STACHEL DES SELBSTHASSES

Marques saß auf dem tadellos gemachten Bett, hörte sich das Schluchzen seiner Frau an und fühlte sich beschissen. Er atmete tief ein und seufzte schwer, als wollte er einen bösen Geist vertreiben. Dann fuhr er sich mit der Hand übers Gesicht und drückte mit Daumen und Zeigefinger die Lippen zusammen, als helfe ihm das beim Denken. Er überlegte, wie er Angélica auf eine möglichst friedliche Art erklären könnte, dass die Nachricht von der ungewollten Schwangerschaft auch ihn getroffen hatte. Sehr sogar. Anders als sie ihm so böswillig unterstellte, war ihm zu keinem Zeitpunkt der Gedanke gekommen, »das sinkende Schiff zu verlassen«. Er würde immer bei seiner Frau bleiben und nicht nur dieses Problem mit ihr meistern, sondern auch alle zukünftigen, ohne je etwas zu verlangen, was sie nicht gerne geben oder tun würde, soweit die Umstände es zuließen. Trotzdem kam er sich jetzt weder edel noch tugendhaft vor. Er wusste, dass all das, was er sich vornahm, vom bedingungslosen Einsatz für den Erhalt ihrer Ehe bis hin zum Vorsatz, mehr Verantwortung zu übernehmen, immer im Hinblick auf Angélicas Wohlergehen, dass all das zu den Pflichten eines Ehemanns gehörte. Dabei ging es eher um ihn als um sie, darum, sich von seinen Schuldgefühlen zu befreien, dass er sie jetzt trösten wollte, sie streicheln wollte, alles zurücknehmen, was er gesagt hatte, sich für die Ohrfeige entschuldigen, die er ihr verpasst hatte. Am Ende tat er nichts von alldem. Er hatte Angst. Eine Heidenangst. Angst davor, zu sentimental zu sein. Und so stach ihn mit jedem unausgesprochenen liebevollen Wort und jeder unterlassenen liebevollen Geste der Stachel des Selbsthasses.

Die beiden waren es eher leid, sich gegenseitig zu kränken, als dass sie wirklich gekränkt waren. Ihnen war klar, dass sie heute nicht mehr streiten würden. Ihnen war auch klar, dass, wenn es bei dem Streit um nichts Wichtiges gegangen wäre, sie sich inzwischen wahrscheinlich schon versöhnt hätten und in diesem Moment hemmungslos vögeln würden. Aber so war es nicht, und die Versöhnung, die zwar unmittelbar bevorstand wie der Donner nach dem Blitz, erfolgte lediglich in Form von ein paar freundlichen Worten, als wäre nichts gewesen, und auch nur weil einer von ihnen irgendwann fand, es sei kindisch, noch länger zu schweigen. Natürlich wünschten sich beide nichts lieber, als die Leidenschaft aus den Trümmern auferstehen zu lassen. Darin waren sie gut. Aber zuerst mal musste das Thema geklärt werden, das zu all dem Streit geführt hatte und von dem sie schnell abgekommen waren, ohne es überhaupt zu merken: das Baby, das Angélica erwartete. Nachdem sie ein paarmal geschnieft hatte, nahm sie das Gespräch wieder auf.

»Okay, Schatz, also, was machen wir jetzt?«, fragte sie entschlossen. Offenbar hatte sie sich eine wahre Donquichotterie in den Kopf gesetzt: nie mehr auch nur eine einzige Träne zu vergießen. Sie wartete. Sie kannte ihren Mann gut genug, um das Gute in ihm zu sehen. Aber sie unterschätzte seinen Stolz, seinen Männlichkeitswahn, seine Ignoranz, Kräfte, die es, ähnlich einem Flaschenhals, dem guten Willen erschwerten, zum Ausdruck zu kommen. Als Marques nur langsam den Kopf schüttelte und sein Blick ins Leere gerichtet blieb, platzte ihr der Kragen. »Scheiße, Mann, du machst es mir aber auch wirklich nicht leicht.«

Widerwillig aus seiner Trance gerissen, schnalzte er mit der Zunge und warf ihr einen strengen Blick zu.

»Woher soll ich das denn wissen, Angélica?« Er zuckte mit den Schultern und streckte die Hand aus, als beschuldigte er die Wand, ihm ein unlösbares Rätsel aufzugeben. »Wir können nur auf ein Wunder hoffen. Noch ein Kind. Verdammt! Ich wollte immer einen Haufen Kinder haben, du weißt, wie sehr ich Kinder liebe, aber wollen ist das eine, können ist das andere … Na ja, wenigstens sind wir beide nicht arbeitslos und –«

»Oh ja, das kann man wohl sagen!«, unterbrach ihn seine Frau mit unverhohlenem Unmut. »Es könnte sehr viel schlimmer sein, ich mag gar nicht daran denken. Aber weißt du was? Das tröstet mich kein bisschen.« Sie lachte trocken. »Es ist schon schwer genug, Daniel einigermaßen durchzubringen. Milch, Kita, Klamotten, Schuhe … Und jetzt noch ein Kind? Ich hab keine Ahnung, wie wir das schaffen sollen …« Sie merkte, dass sie die Beherrschung verlor, und hielt lieber den Mund. Gleichzeitig schloss sie die Augen.

»Weißt du, was ich glaube? Ich glaube, ich muss zur Arbeit. Ich bin sowieso schon spät dran.« Marques stand auf und nahm den Rucksack vom Bett. »Wir reden nachher weiter, okay?«

Angélica nickte energisch.

»Scheiße, ich liebe dich doch«, erklärte sie mit erstickter Stimme, während ihr die Tränen schon wieder über die Wangen liefen.

»Ich liebe dich auch«, antwortete er.

Sie stand auf, um ihn zu umarmen. Es war eine lange, bedeutungsvolle Umarmung. Eine leichte Brise wehte durch das offene Fenster und ließ die Vorhänge sanft und gleichmäßig flattern. Das Sonnenlicht warf Wellen auf die goldenen Laken, draußen sangen die Vögel und feierten, was Vögel eben so feiern. Es hätte ein magischer Moment sein können, in dem einem alles wunderbar erscheint, wie in einer Novela. Hätte. Wäre da nicht dieses unschöne Geräusch gewesen, das auf ihnen beiden lastete und sie in einer Realität verankerte, die alles andere als magisch war: Der Holzfußboden, seit Ewigkeiten verrottet, knarrte laut und unaufhörlich, er schrie quasi um Hilfe und drohte jeden Moment einzubrechen, denn der kleine Daniel, der vor allem ein hungriges Maul war, das man stopfen musste, lief den ganzen Tag fröhlich darauf auf und ab. Und so wie die Dinge nun mal standen, war es leider so, dass sie entweder den Fußboden reparieren oder das Kind füttern konnten. Für beides war kein Geld da. Was bitte sollte daran magisch sein? Kein Vogelgesang oder sonst irgendwas auf der Welt konnte daran etwas ändern.

Sie drückten sich noch mal, dann drehte Marques sich um und ging in das pseudo-protzig eingerichtete Wohnzimmer. Er verabschiedete sich von seinem Erstgeborenen, strich ihm übers Haar, gab ihm einen Kuss auf die Stirn und bat ihn, ein wenig wehmütig und mit gequältem Lächeln, nicht so viel herumzulaufen. Daniel gehorchte augenblicklich. Er setzte sich brav aufs Sofa und sah zu, wie sein Vater die Tür hinter sich schloss. Irgendwas schien mit ihm nicht zu stimmen, das spürte er. Natürlich fehlten ihm die richtigen Worte, um auch nur irgendwie die radioaktive Aura zu beschreiben, die einen frustrierten Menschen umgibt. Seine großen, ausdrucksstarken, neugierigen Augen ruhten auf der geschlossenen Tür, hinter der der geliebte Mensch verschwunden war, dieser Mensch, der ihm so viel bedeutete und der auf eine Art Hilfe brauchte, die jenseits seiner kindlichen Vorstellung lag.

Marques war ein typischer Vertreter seiner Generation, nicht übermäßig intelligent und mit einer Verantwortung betraut, auf die er nicht wirklich vorbereitet war. Jemand, der leichtsinnig, mit wenig Ambitionen und Irokesenschnitt durchs Leben stolperte. Er war in Vila Campo da Tuca im Partenon-Viertel geboren und aufgewachsen und hatte sämtliche Formen von Gewalt aus nächster Nähe miterlebt. Seine Freunde aus der Zeit waren Prostituierte, Drogendealer, Diebe, Junkies und Betrüger geworden oder hatten wie er irgendeinen Job am untersten Ende der sozialen Pyramide angenommen. Vor fast drei Jahren dann, als Angélica zum ersten Mal schwanger wurde, war Marques nach mehrfacher Einladung endlich zu ihr in das Haus mit dem verrotteten Holzfußboden gezogen, wo sie bis dahin allein gewohnt hatte, in Vila Lupicínio Rodrigues in einem Viertel namens Menino Deus.

Vila Lupicínio Rodrigues war der unerwünschte Hinterhof eines bedeutenden Kulturzentrums gleichen Namens. Beide Orte grenzten direkt aneinander, wie um zu beweisen, dass die Kluft zwischen Kultur und armer Bevölkerung keine physische war. Die Bewohner saßen lieber zu Hause rum, als zu den Veranstaltungen im Kulturzentrum zu gehen, selbst wenn sie kostenlos waren. Als wüssten oder spürten sie, dass sie nicht für sie gedacht waren, was auch der Fall zu sein schien. In der Regel kamen die Besucher aus anderen Teilen der Stadt, und zwar in teuren Autos. Und während im berühmten Renascença-Theater Shakespeare und Brecht aufgeführt wurden, diente Vila Lupicínio Rodrigues als Bühne für Tragödien aus dem wirklichen Leben. Denn wie in jedem Armenviertel gab es auch hier blutleere, herzlose Menschen mit Nerven aus Stahl. Einmal, niemand wusste genau warum, war ein Polizist in Uniform allein in das Viertel gekommen und erschossen worden. Der Schütze hatte die Leiche an den Füßen herausgezerrt und eine Blutspur quer durch die Gassen hinterlassen. Den Behörden war es nie gelungen, den Täter ausfindig zu machen, geschweige denn, ihn zu fassen. Obwohl alles am helllichten Tag passiert war, hatte leider niemand etwas gesehen, wusste niemand etwas, oder war zumindest niemand bereit, etwas zu sagen.

Marques' Arbeitsplatz, die von Senhor Geraldo geleitete Filiale der Supermarktkette Fênix, lag in der Rua General Jacinto Osório. Eine kleine Straße zwischen dem Parque Farroupilha, besser bekannt als Parque da Redenção, und Vila Planetário, nicht weit von Vila Lupicínio Rodrigues. Marques hatte bereits die Hälfte des Weges zurückgelegt, als er sich endlich eingestand, größere Schuld an ihrem Streit zu tragen als seine Frau. Während er blind und taub für seine Umgebung weiter in Richtung Supermarkt schlenderte, kehrte er in Gedanken immer wieder zu ihrer Auseinandersetzung zurück. Je gründlicher er noch mal alles durchspielte, von Anfang bis Ende, in allen Einzelheiten, desto tiefer stach ihn der Stachel des Selbsthasses, und je tiefer er stach, desto gründlicher wollte Marques noch mal alles durchspielen, von Anfang bis Ende, in allen Einzelheiten.

»Ich muss dir etwas sagen«, fing Angélica an. »Und ich fürchte, es wird dir nicht gefallen. Setz dich erst mal.«

Marques gehorchte, eher neugierig als beunruhigt. Angélica setzte sich ebenfalls, drückte die Schenkel zusammen, legte die Hände auf die Knie und drückte den Rücken durch, eine Haltung, die insgesamt Ruhe und Frieden ausstrahlen sollte. Ein Trick, den hauptsächlich mit jähzornigen Männern verheiratete Frauen anwandten, wenn sie ein heikles Thema ansprechen wollten, ohne dass die Gemüter sich zu sehr erhitzen. Bevor sie fortfuhr, schloss sie die Augen und machte sich mit einem Seufzer Mut.

»Hör zu, Schatz, ich … Also gut, ich glaube, ich bin wieder schwanger. Ehrlich gesagt, ich weiß es.«

Ein Gefühl der Leere überkam Marques. Sein erster Impuls war, aufzustehen und die Hände vors Gesicht zu schlagen, aber er beherrschte sich, hielt Arme und Beine still und versuchte, sich seine Gefühle nicht anmerken zu lassen. In ihm brodelte es. Da er wusste, dass ihm nichts Gutes über die Lippen kommen würde, zwang er sich zu schweigen. Aber die Zunge – ach, die Zunge! Diese teuflische Peitsche ließ sich längst nicht so leicht kontrollieren wie Arme und Beine. Dieser unstillbare Drang, etwas Böses zu sagen … Seine Zunge war stärker als er.

»Scheiße, und was soll ich jetzt deiner Meinung nach tun?«

Augenblicklich bereute er seine Worte. Er konnte kaum glauben, sie tatsächlich ausgesprochen zu haben. Er war wütend und schämte sich zugleich. Ihm war klar, dass er sie so schnell wie möglich zurücknehmen musste. Himmel Herrgott! Er musste sich sofort entschuldigen, ihr sagen, dass er es nicht so gemeint hatte. Aber die Zunge – ach, die Zunge! Wieder war sie stärker, diesmal weigerte sie sich zu funktionieren, weigerte sich, um Verzeihung zu bitten, während sich auf Angélicas Gesicht eine Mischung aus Wut und Ungläubigkeit abzeichnete.

»Was soll das heißen, ›und was soll ich jetzt deiner Meinung nach tun‹?«, brüllte sie. »Bist du vielleicht nicht der Vater, Marques? Glaubst du, ich hab diesen Mist ganz allein verzapft?«

»Na ja, allein nicht, schätze ich. Aber ich kann mich noch erinnern, wie wir uns mal gestritten haben und du mich rausgeworfen hast, weißt du noch? Danach hab ich die ganze Woche bei meiner Mutter geschlafen.«

Ach, diese Zunge!

»Was bist du bloß für ein Arschloch!«

»Wieso, stimmt das vielleicht nicht?«

»Willst du damit sagen, ich hätte mich damals einmal quer durch die Nachbarschaft gevögelt? Ah, fick dich, echt! Wenn das keine faule Ausrede ist, um dich aus der Affäre zu ziehen, dann weiß ich auch nicht.«

»Was soll das heißen?«

»Jetzt tu mal nicht so! Du willst dich trennen? Dann trennen wir uns, kein Problem. Aber komm mir nicht mit diesem Scheiß.«

»Spinnst du? Wer hat denn was von Trennen gesagt?«

»Wenn hier jemand spinnt, dann du! Ich bin schwanger

von dir, und du willst mir erzählen, dass das Kind nicht von dir ist? Was soll der Scheiß?«

»Das hab ich nicht gesagt.«

»Das ist ja das Problem, Marques. Du sprichst es nicht direkt aus, du machst immer nur irgendwelche Andeutungen. Weil du in Wirklichkeit zu feige bist, mein Lieber. Muss in der Familie liegen. Deine Mutter, diese Schlange, traut sich auch nicht, mir ins Gesicht zu sagen, dass sie mich nicht mag. Stattdessen macht sie immer nur so kleine Andeutungen, genau wie du. Ich glaube, dass –«

Sie hätte noch weitergeredet, hätte sie nicht plötzlich seine Hand im Gesicht gehabt.

»So redest du nicht über meine Mutter! Ist das klar? So redest du verdammt noch mal nicht über meine Mutter!« Er packte sie an den Haaren und brüllte ihr direkt ins Ohr, sodass ihr die Spucke ins Gesicht spritzte.

Das war der Moment, der ihn in der Erinnerung am meisten schmerzte. Der Moment, an dem er am meisten bedauerte, nicht die Zeit zurückdrehen und alles anders machen zu können. An dem der Stachel des Selbsthasses ihn am tiefsten traf. »Wie konnte ich nur so dumm sein?«, fragte er sich, während er an der Fußgängerampel vor dem dichten Verkehr auf der Avenida João Pessoa wartete. Ihn schauderte vor Ungeduld und Ärger: Was hatte er davon, das alles noch mal durchzukauen, sich so zu quälen? Fazit: Angélica und er hatten sich gestritten, aber am Ende hatten sie sich wieder vertragen: Punkt. Sie hatte ihm verziehen, jetzt musste er sich nur noch selbst verzeihen. Den Streit vergessen. Frieden finden.

Den Streit zu vergessen, war gar nicht so schwer. Schwerer war es, nicht daran zu denken, dass ein zweites Kind unterwegs war, noch bevor er sich überhaupt an das erste gewöhnt hatte. Bei dem Gedanken an die verheerenden, unausweichlichen Konsequenzen verspürte er ein flaues Gefühl im Bauch. Und die Tatsache, dass es nie Angélica war, die ungeschützten Sex haben wollte, sondern immer er, dass er sie jedes Mal hartnäckig überreden musste, auf das Kondom zu verzichten, führte dazu, dass besagter Stachel sich wieder in ihm regte.

Als er im Supermarkt ankam, war sein Blick noch nach innen gerichtet, er sah sein Gehirn arbeiten, wie Machado de Assis gesagt hätte, aber die Gedanken waren schon andere, sehr viel angenehmere. Wie sähe sein Leben aus, wenn er mehr Glück hätte? Wenn er reich wäre, wäre er unendlich viel glücklicher, daran bestand kein Zweifel. Vielleicht hätte er sich dann gar nicht erst mit Angélica gestritten. »Du bist schwanger, Schatz? Na, das ist doch mal eine tolle Nachricht! Verdammt, das müssen wir feiern!« Abends würden sie in einem schicken Restaurant essen gehen und nicht nur das Essen genießen, sondern auch das Gefühl, etwas Besonderes zu tun, sich um nichts sorgen zu müssen, den Moment zu leben und Gott dafür zu danken, nicht auch nur irgendein unglückliches Paar mit einem gewöhnlichen, langweiligen Eheleben zu sein. Natürlich hätten sie ein Auto, und auf der Fahrt zu einem exklusiven Motel würde Angélica ihm einen blasen. So ein Leben hatte er sich schon immer gewünscht. Sie würden die ganze Nacht durchvögeln und dann so richtig ausschlafen. Wenn sie aufwachten, würden sie sich etwas Schönes ausdenken, womit sie den Tag verbrachten. Ihr ganzes Leben wäre ein einziges Fest, und wenn das Ende nahte, hätten sie Grund, traurig zu sein …

Nein, nein, nein, das war natürlich alles maßlos übertrieben! Nur Millionäre lebten so, Marques wäre schon mit viel weniger glücklich. Zum Beispiel, wenn er nur vier Stunden am Tag arbeiten müsste und fünftausend Reais im Monat verdiente. Dann bliebe ihm Zeit, mit seinen Freunden Fußball zu spielen, so wie früher. Seinem Sohn Daniel würde es an nichts fehlen, genauso wenig wie dem zweiten Kind, das jetzt unterwegs war. Und Angélica müsste nicht mehr in der Pizzeria arbeiten. Sie könnte den Rest ihres Lebens zu Hause bleiben, sich um die Kinder kümmern und Fernsehen gucken … Obwohl, genau genommen war das keine gute Idee. Wahrscheinlich würde sie dann dick werden. Es sei denn, sie ging ins Gym. Mit fünftausend im Monat könnte er sich vielleicht sogar die Mitgliedschaft leisten … Wie auch immer.

Er erwachte aus seinen Träumen und stellte fest, dass die Arbeit losging. Zeit, in die Realität zurückzukehren. Die harte Realität. Die traurige Realität. Die *kaum erträgliche* Realität. Er senkte den Kopf und musterte sich. Die lächerliche, dreckige, ausgebesserte, zerknitterte Uniform, die schon wer weiß wie viele arme Kerle vor ihm getragen hatten. Er kam sich vor wie ein Versager. Genau das war er. Jemand, der solche Sachen trug, um seinen Lebensunterhalt zu verdienen, der wahrscheinlich niemals so etwas wie Würde erfahren würde, und seine Kinder wahrscheinlich auch nicht. Der Stachel des Selbsthasses bohrte sich tief in ihn hinein.

4

MEISTER UND SCHÜLER

Als unersättlicher Leser hatte Pedro – wenn auch mit viel Mühe – die beneidenswerte Fähigkeit entwickelt, im Bus zu lesen, ohne dass ihm schlecht wurde. Die Mühe hatte sich gelohnt. Aus der einst so langweiligen endlosen Pendelei zwischen Wohnung und Arbeit war ein unbeschreibliches Vergnügen geworden, der am sehnlichsten erwartete Teil des Tages, in dem er »durch die Seelen anderer segeln« konnte, wie er zu sagen pflegte. An diesem Tag jedoch hatte er keine Lust zu lesen. Nachdem er in den Bus gestiegen war und sich in seine Ecke gesetzt hatte, brütete er über einer Idee, die ihm nicht mehr aus dem Kopf ging.

Er war fest entschlossen, sein ruhmloses, armseliges Leben als redlicher Arbeiter hinter sich zu lassen und stattdessen Marihuana zu verkaufen. So würde er sich Eintritt in die Welt sorglosen Überflusses verschaffen, in die er nie eingeladen worden war und es auch nie sein würde. Das war natürlich mit gewissen Risiken verbunden, aber die würde er auf sich nehmen. Er würde sorgfältig und unauffällig vorgehen, sein Plan musste einfach funktionieren. Und selbst wenn er schiefgehen sollte, was hatte er denn zu verlieren? Weder Gefängnis noch Tod konnten schlimmer sein als sein beschissenes kleines Leben.

Nichtsdestotrotz bereitete ihm der Gedanke, zu sterben oder hinter Gittern zu landen, große Sorgen und stürzte ihn in tiefe Zweifel. Schluss damit! Welch hinterlistige Hexe spukte da in seinem Kopf, versuchte, seinen Willen zu untergraben, ihn mit Angst zu vergiften, ihn glauben zu machen, sein Plan sei zum Scheitern verurteilt, ihn zum Aufgeben zu bewegen, dazu, das Unannehmbare anzunehmen: die mediokre Existenz, in die er hineingeboren war. Nur mit Mühe gelang es ihm, die unangenehme Vorstellung zu verdrängen, das beängstigende Bild, wie er vergessen in einer dunklen Zelle oder der Schublade eines Leichenschauhauses lag. Denn dies war ein entscheidender Moment. Er durfte nicht an sich zweifeln. Er musste mit aller Kraft an sich glauben, daran, dass er alles richtig machen würde, sich darauf konzentrieren, dass er erfolgreich sein würde, er durfte seine Energie nicht mit Zweifeln und Ängsten verschwenden, durfte nicht die Motivation verlieren, durfte seinen Plan auf keinen Fall aufgeben. Kaum hatte er seine Gedanken in diese Richtung gelenkt, spürte er einen wilden Löwen in sich erwachen, der zu allem fähig war.

Wie immer stieg er vor dem Colégio Júlio de Castilhos aus, dem Julinho, und lief an der Schule entlang in Richtung der Fênix-Filiale, in der er arbeitete – und die von Senhor Geraldo geleitet wurde. Kurz darauf betrat er den Laden, ärmlich gekleidet, mit zerrissenem Rucksack, unrasiert und ungekämmt, aber mit einem Selbstbewusstsein, das an Überheblichkeit grenzte. Im Umkleideraum im ersten Stock zog er sich um, lief dann schnell die Treppe runter ins Erdgeschoss und suchte in den Gängen nach Marques. Er wollte ihm unbedingt von seinem Plan erzählen.

»Ah, da bist du! Wie geht's, Mann?«

»Hey Pedro, alles klar, Mann. Und bei dir?«

»Alles klar.«

Pedro und Marques waren Lagerarbeiter. Soll heißen, unter ihren diversen Aufgaben – Lastwagen ausladen, das Lager organisieren und den Boden wischen – war die wichtigste, die Regale aufzufüllen, sodass man sie im Grunde auch Regalauffüller nennen konnte. In ihren Arbeitspapieren stand eine Jobbezeichnung, die vager nicht hätte sein können: Betriebsassistent. »Mädchen für alles« oder einfach »Allrounder« wäre auf dasselbe hinausgekommen. Jedenfalls konnten sie für alles Mögliche eingesetzt werden, ohne dass sie eine arbeitsrechtliche Beschwerde wegen rechtswidrigem Einsatz hätten einreichen können.

Pedro war lange vor Marques eingestellt worden, und schon an dessen erstem Arbeitstag vor mehr als einem Jahr war klar, dass sie gute Freunde werden würden. An jenem Tag, kurz bevor sie sich kennenlernten, hatte Pedro, der damals schon in der Spätschicht arbeitete, den Kollegen von der Frühschicht geholfen, einen großen Lastwagen auszuladen.

»Wir haben einen Neuen, Leute. Schon gesehen?«

»Ach, wirklich?«

»Vielleicht der Typ, den Senhor Geraldo dir für die Nachmittagsschicht zur Seite stellen wollte.«

»Vielleicht«, erwiderte Pedro.

»Wo ist er denn?«

»Ich hab ihn vorhin gesehen, als ich auf Toilette war, da haben sie ihn ins Personalbüro gebracht. Wahrscheinlich ist er da noch. Bestimmt kommt Ana gleich und stellt ihn uns vor.«

Während sie sich unterhielten, standen sie in der »Entladekette«, einer strategischen Formation, um die Lastwagen schnell und effizient zu entladen. Der Vorderste stand im Laderaum, schnappte sich Paletten, Pakete und Kisten und warf sie dem Nächsten zu, der sie draußen auffing und in einer Pendelbewegung gleich dem Nächsten zuwarf, und so weiter, bis zum Letzten, der alles auf einem Rollwagen stapelte. Wenn der voll war, wurden die Waren ins Lager gefahren und dort entsprechend eingeordnet.

»Okay, Leute, passt mal auf, wir müssen dafür sorgen, dass der Neuling nicht auf dumme Gedanken kommt!«, erklärte Pedro. »Er wird als Lagerarbeiter eingestellt, so wie wir, aber wir sollten ihm von Anfang an klarmachen, dass er hier noch einiges andere zu tun hat, zum Beispiel den Scheißlastwagen mit uns auszuladen.« Während er so sprach, wurde ihm erst das Gewicht seiner Worte bewusst, und so fügte er hinzu: »Wisst ihr was? Ich geh gleich mal hin und sag ihm, dass er direkt mithelfen kann.«

»Vielleicht ist das keine so gute Idee, Pedro. Das gibt nur Ärger vom Chef. Von wegen, es sei seine Aufgabe, die Neuen einzuweisen, und nicht deine.«

»Na, das werden wir ja sehen! Der Chef kann mich mal! Schau uns doch mal an, Mann. Wir sind alle schweißgebadet und am Ende. Je eher wir Hilfe kriegen, desto besser. Wenn wir schon wegen so was auf den Chef angewiesen sind, dann gute Nacht, mein Lieber.«

Pedro hatte recht, wie er bald merken sollte. Als er mit dem neuen Kollegen reden wollte, sah er Paulo, den besagten Chef, der unverblümt mit einer Angestellten aus dem Backshop flirtete und für alles andere blind war. Idiot!, dachte er genervt.

Er lief die Treppe hoch ins Personalbüro, wo er hoffte, den Neuen anzutreffen. Als er anklopfte, wurde er von einer weiblichen Stimme hereingebeten. Bevor er etwas sagen konnte, legte Ana los: »Ah, Pedro, gut, dass du da bist! Du bist meine Rettung! Ich hab *so* viel um die Ohren heute! Du glaubst es nicht! Kannst du nicht vielleicht den neuen Kollegen herumführen und den anderen vorstellen, du kennst hier doch alle?« Ohne seine Antwort abzuwarten, drehte sie sich zu ihm um und verkündete ungeniert: »Du kannst mit Pedro mitgehen, Marques. Er zeigt dir alles.«

Mit dem Kollegen im Schlepptau ging Pedro die Treppe runter.

»Also … Marques, richtig? Ich bin Pedro. Hast du schon mal im Lager gearbeitet?«

»Ja.«

»Dann weißt du, dass du die Regale einräumen musst?«

»Weiß ich.«

»Gut, nur dass du hier bei Fênix alles Mögliche machen musst, zum Beispiel auch den Fußboden wischen.« Als er sah, wie sich Marques' Miene verfinsterte, hob er die Hände, als wollte er sich ergeben. »Nein, nein, versteh mich nicht falsch, mein Freund. Ich will dich nicht rumkommandieren. Ich bin nicht dein Chef oder so was. Ich bin genauso ein Handlanger wie du. Ich will dir nur erklären, wie das hier läuft. Dasselbe kriegst du nachher noch vom Filialleiter zu hören, der ist nur gerade …«, Pedro rollte mit den Augen, »… na ja, beschäftigt.« Er hatte das Gefühl, zum Punkt kommen zu müssen, also legte er ihm die eine Hand auf die Schulter und fing mit der anderen an zu gestikulieren, wie immer, wenn er jemandem etwas erklären wollte. »Also, pass auf, Mann. Heute ist Mittwoch, mittwochs gibt's hier immer jede Menge Angebote. Der Laden ist voll, und alle haben ohne Ende zu tun. Wenn's dir also nichts ausmacht, vergessen wir mal, was die blöde Ana gesagt hat. Dieses alberne Vorstellen machen wir ein andermal. Ich nehm dich direkt mit zu dem Lastwagen, den wir gerade entladen, da können wir deine Hilfe brauchen. Und danach füllen wir die Regale auf, sonst sind die bald leer. Verstanden? Abgesehen davon sind wir in der Spätschicht nur zu zweit, nämlich ich und jetzt du. Die anderen drei sind von der Frühschicht und gehen demnächst nach Hause. Wir sollten uns also beeilen, solange sie noch da sind, sonst bleibt der Scheiß nachher an uns hängen.«

Nach einer kurzen Pause fragte Marques: »Soll das heißen, du hast die Regale bisher ganz allein aufgefüllt?«

»Nee. Senhor Geraldo hat mir geholfen, obwohl er hier der Manager ist. Der Filialleiter hilft auch manchmal mit. Letztendlich macht hier jeder alles. Du darfst dich nur nicht beim Rumstehen erwischen lassen. Wenn zum Beispiel nicht viel los ist und die Kassiererinnen nichts zu tun haben, dann schließen sie einfach ein paar Kassen und schicken die Mädchen zu uns. Verstehst du? Okay, jetzt weißt du schon mal einigermaßen Bescheid. Wenn du irgendwann siehst, dass alle Regale voll sind, dass es nichts aufzufüllen gibt, schieb irgendwas hin und her und tu so, als würdest du arbeiten, sonst kannst du nämlich den Boden wischen oder dem Fleischer helfen, den Kühlraum aufzuräumen, oder was sonst so anliegt. Nichtstun ist verboten.«

»Okay, aber kann man sich nicht mal irgendwo kurz

verkrümeln und eine Pause einlegen?«, wollte Marques wissen, was offenbar auf seinen Charakter schließen ließ.

Ein Funkeln trat in Pedros Augen.

»Na ja, ich würde sagen, wer einen Weg finden will, der findet ihn. Natürlich verkrümeln wir uns mal. Wenn's darum geht, bin ich ehrlich gesagt der Erste«, flüsterte er und lachte. »Und nicht nur, um kurz Pause zu machen, auch, um einen Happen zu essen, wenn du verstehst, was ich meine?«

»Und ob, und ob!« Marques lachte mit.

Beide freuten sich zu sehen, dass sie aus demselben Holz geschnitzt waren. So mussten sie sich nicht erst groß was vormachen. Und als die Kollegen von der Frühschicht gegangen waren und es etwas ruhiger im Laden wurde, schnappten die zwei sich eine Schachtel Pralinen aus dem Lager und aßen sie heimlich im Umkleideraum.

»Übrigens, mit so was musst du aufpassen, Marques«, warnte Pedro ihn. »›Denunzianten gibt es überall, und sie alle wollen jemand verpfeifen‹.«

Marques war kein großer Samba-Fan und wusste nicht, dass das ein Liedzitat war, aber die Botschaft hatte er verstanden.

»Arschlöcher findet man überall, kann man nichts machen«, sagte er. »Ich frage mich, was die Typen davon haben, jemanden zu verpetzen. Keine Ahnung, wenn es einen Preis dafür gäbe, könnte ich es ja noch verstehen. Aber nee, die machen das nur, weil sie solche Wichser sind. Ich kenn solche Typen.«

»Mann, ey, wenn du wüsstest, wie wütend mich das macht, mich hier verstecken zu müssen, wie eine Ratte, nur um mal in Ruhe was zu essen ... Der ganze Scheiß hier gehört ja in Wirklichkeit auch uns. Alles, was hier im Laden steht, ist auch unseres. Wusstest du das?«

Marques sah ihn neugierig an. Mit einer Praline zwischen den Zähnen nuschelte er: »Wieso? Wie meinst du das?«

Pedro dachte kurz nach. Er bereute es immer, diese Themen anzuschneiden, weil die Leute ihn am Ende meistens für verrückt hielten. Aber dann zog er einen Fuß auf die Bank, hielt sein Knie umfasst und sagte: »Also, pass auf, ich erzähl dir jetzt mal was. Stell dir vor, du triffst mich, und ich hab ein neues Hemd an. Du fragst mich, wo ich das herhabe, und ich sage, ich hätte es selbst gemacht. Ich hätte den Stoff gekauft, das Muster entwickelt, hätte alles selbst geschnitten und genäht. Ich hätte also das ganze Hemd gemacht, und zwar allein. Die Frage ist: Würdest du mir das glauben?«

Marques fand die Frage seltsam, antwortete aber: »Klar. Warum nicht?«

»Super. Vergiss das und stell dir was anderes vor: Du triffst mich vor einem neuen Hochhaus. Mit, sagen wir, vierzig Stockwerken. Du fragst mich, was das für ein Haus ist, und ich antworte, dass ich das Haus gebaut hab, ganz allein. Ich hab es entworfen, hab jeden einzelnen Stein verlegt, den Beton angemischt, hab alles gestrichen und so weiter und so fort. Und jetzt, würdest du mir jetzt glauben?«

»Nee, also, das nicht.«

»Natürlich nicht, Mann. Und, verstehst du jetzt, was ich meine?«

Marques runzelte die Stirn und schüttelte den Kopf.

»Ganz einfach, Alter! Ein Hemd kannst du allein machen, aber doch nicht ein ganzes Hochhaus.«

»Ach so, ja, doch, das hab ich verstanden …«

»Na siehst du!«

»Ich versteh nur nicht, was das eine mit dem anderen zu tun hat. Du meintest ja, die ganzen Sachen hier im Laden würden auch uns gehören …«

»Immer mit der Ruhe. Da komm ich gleich noch zu. Ich will nur, dass du verstehst, was ich meine. Also, dir ist klar, dass man ein Hemd allein machen kann, aber kein ganzes Hochhaus, ja?«

»Okay, ja, verstanden. Ich meine, ist ja logisch.«

»Genau, das ist logisch. Aber so was vergessen die Leute gern, oder? Wir reden hier von Grenzen. Grenzen. Die Leute vergessen gern, dass der Mensch begrenzte Möglichkeiten hat, und diese Begrenzungen, die leicht aufzuzeigen sind, sind der Beweis dafür, dass manche Menschen zu viel Geld haben. Weißt du, was ich meine? Manche Menschen besitzen zu viel. Und das ist nicht richtig. Wenn du nämlich zu viel Geld hast, wenn du zu viel besitzt, ohne es wirklich verdient zu haben, dann bedeutet das, dass die Typen, die das alles geschaffen haben, leer ausgehen, und das ist deine Schuld. Was ich sagen will, es gibt Grenzen für das, was ein Mensch allein schaffen kann, Marques. Es gibt Grenzen. Und diese Grenzen, die von Mensch zu Mensch verschieden sind, diese Grenzen sollten den Lebensstandard nach oben hin bestimmen. Verstehst du? Die einen machen Hemden, andere pflanzen Kartoffeln, machen die Straßen sauber, unterrichten Mathematik. Egal, alles Arbeit. Mit ihrer Arbeit leisten die Menschen einen gesellschaftlichen Beitrag, ja? Sie produzieren etwas, sie stellen etwas her, das es vorher nicht gegeben hat, etwas, das andere Menschen brauchen. Nur, dass es eben für jeden Grenzen gibt. Wenn meine Arbeit zum Beispiel darin besteht, Hemden herzustellen, dann schaffe ich vielleicht fünf Stück am Tag, und du schaffst vielleicht sechs, okay? Und wenn du mehr Hemden machst als ich, dann hast du auch einen besseren Lebensstandard verdient. Weil dein Beitrag zur Gesellschaft größer ist als meiner.«

»Okay, das ist doch auch der Fall, oder?«

Pedro riss Mund und Augen auf.

»Bitte? Mein Gott, in was für einer Welt lebst du? Das ist natürlich nicht der Fall!«

»Wieso das denn nicht?«

»Junge, jetzt hör mal zu! Wenn ich fünf Hemden am Tag schaffe und du sechs, alles klar, dann sollte es einen Unterschied zwischen deinem und meinem Lebensstandard geben, aber keinen so großen. Vielleicht hättest du Schinken zum Frühstück, und ich nur diese labbrige Mortadella. Aber jetzt frag ich dich: Wie viele Hemden muss ein Mensch am Tag machen, um einen Lebensstandard wie der Besitzer dieser Supermarktkette zu haben? Hast du da mal drüber nachgedacht? Wie viele verdammte Hemden, Marques? Wie viel muss ein Mensch arbeiten, um so einen Lebensstandard verdient zu haben? Denk da mal drüber nach, Mann. Rechne das mal aus. Der Mann besitzt mehrere Häuser, sogar im Ausland, natürlich alles Villen. Dazu einen Haufen Autos. Fazendas. Teure Klamotten. Für unsere beiden Monatsgehälter zusammen geht der einmal essen. Der Schmuck, den er seiner Frau schenkt, ist zehnmal so viel wert wie dein Haus. Und das Geld geht nie zu Ende. Keine Ahnung, wenn man das mal durchrechnet, müssten ihm seine Läden Millionen einbringen, und zwar jeden Monat. Alter, ich kann mir nicht mal vorstellen, wie viel Geld der Scheißkerl auf dem Konto haben muss, und es kommt immer noch mehr dazu. Begreifst du jetzt, was ich meine? Im Grunde kann man das gar nicht begreifen. Der Kerl verdient in einem Monat mehr, als du in deinem ganzen Leben gesehen hast! Wie kann das angehen, Marques? Ist der Typ Superman oder was? Hat er vielleicht drei Eier? Verstehst du jetzt, was ich sagen will? Ich spreche von einem Zusammenhang zwischen Ursache und Wirkung, den es eigentlich geben sollte, aber nicht gibt. Einem direkten Zusammenhang zwischen dem, wie viel man arbeitet und wie viel man verdient. Wie gesagt, jeder sollte den Lebensstandard haben, den er oder sie verdient, das heißt, den bestmöglichen Lebensstandard, je nachdem, wie hart man arbeitet. Das wäre gerecht. So, und du willst mir also erzählen, dass es diese Art von Gerechtigkeit schon gibt, dass es so läuft auf der Welt? Alter! Wenn es so wäre, warum sind wir dann nicht reich? Glaubst du wirklich, wir arbeiten nicht mehr als der Besitzer dieser Supermarktkette? Der Typ arbeitet doch gar nicht, Marques! Aber selbst wenn er es täte, könnte er nicht genug arbeiten, um diese Unmengen von Geld zu verdienen, während wir uns totarbeiten, um gerade mal so viel zu verdienen, dass wir nicht verhungern und weiter arbeiten können. Das Recht, den Mund aufzumachen und zu sagen, dass dir etwas gehört, mit anderen Worten, das Recht auf Privateigentum, dieses Recht sollte Hand in Hand mit dem Verdienst gehen, und Verdienst ist gleichbedeutend mit Arbeit. Verdienst ist Schweiß im Gesicht und Schwielen an den Händen. Nichts anderes.

Der wahre Maßstab für Gerechtigkeit ist Arbeit. Und anhand dieses Maßstabs kann jeder sehen, dass der Besitzer dieser Supermarktkette sehr viel mehr Geld verdient, als ihm zusteht, während wir, die Angestellten, viel weniger verdienen, als uns zusteht.«

Marques wirkte nachdenklich. Allmählich verstand er, was Pedro meinte. Er hatte ein mulmiges Gefühl im Bauch. Es war tatsächlich eine erschreckende Erkenntnis, sich in seinem ganzen Leben noch nie wirklich Gedanken darüber gemacht zu haben, warum manche Menschen reich und andere arm waren.

»Scheiße, Mann, so hab ich das noch nie gesehen …« So wie sich seine Miene verdüsterte, schien ihm allerdings noch nicht alles klar zu sein. Er hielt sich die Hand ans Kinn und rieb es wie eine Wunderlampe. »Okay, nur, als sie mich eingestellt haben, haben sie mir ein Video über die Geschichte von Fênix und so gezeigt.«

»Ich weiß. Den Schwachsinn musste ich mir auch ansehen.«

»Na, also! Der Besitzer hat ja mit einem kleinen Laden angefangen. Der ist ja nicht reich geboren. Er hat den Laden aufgemacht, hart gearbeitet, und dann ist das Ganze immer größer geworden. Meinst du, was sie da in dem Video zeigen, ist alles gelogen? Ich wüsste nicht, warum ich das nicht glauben sollte. Solche Geschichten gibt es, Mann. Im Grunde hat er sich das alles aus dem Nichts aufgebaut.«

»Ach, wirklich? Er hat es aufgebaut? Sein ganzes Imperium, die zig Läden und Lastwagen, die tonnenweise Waren durch die Gegend fahren, die ganze Maschinerie, das alles hat er ganz allein aufgebaut? Wenn du das glaubst, dann hast du auch keinen Grund daran zu zweifeln, dass ich allein ein ganzes Hochhaus gebaut habe, wie ich vorhin meinte. Nichts anderes ist Fênix nämlich: ein Haufen Gebäude, ein Haufen Lastwagen, ein Haufen Maschinen, ein Haufen Waren, ein Haufen Sachen, und du willst mir erzählen, der Typ, dem das alles gehört, hat das alles allein aufgebaut?«

»Nein, nein. Natürlich hat er nicht alles allein aufgebaut. Er hat jede Menge Leute eingestellt. Aber er hat niemanden zur Arbeit gezwungen.«

Pedro seufzte, wie wenn man jemandem erklären muss, was doch offensichtlich war.

»Pass auf, Marques, vom ersten Augenblick an, seit der Mann den ersten Laden aufgemacht hat, waren alle, die für ihn gearbeitet und ihm geholfen haben, daraus das Imperium zu machen, das es heute ist, all diese Leute waren dazu gezwungen. Gut, ich behaupte nicht, dass er schuld daran ist. Er hat sie nicht persönlich gezwungen. Das heißt aber nicht, dass es keinen Zwang gab. So läuft das nun mal, so ist die Welt nun mal eingerichtet, verstehst du? Die Welt ist, wie sie ist, aber sie müsste nicht so sein. Sie wurde so *eingerichtet.* Und du kannst darauf wetten, dass die Leute, die sie so *eingerichtet* haben, Millionen – er rieb Daumen und Zeigefinger aneinander –, *Millionen* von Gründen hatten zu wollen, dass sie genauso ist, wie sie ist. Denk mal nach. Wenn alle Menschen, die für Fênix gearbeitet haben, nicht für Fênix gearbeitet hätten, was würden sie stattdessen machen? Sie würden entweder verhungern oder für eine andere Supermarktkette arbeiten oder irgendwas ganz anderes. Egal. Die Arbeitsbedingungen wären ähnlich, das Gehalt wäre ähnlich. Und da liegt der Zwang, den kaum jemand sieht: Entweder du gibst dich mit einem der Scheißjobs zufrieden, die für dich vorgesehen sind, oder du verhungerst. Verstehst du? Okay, der Besitzer von Fênix hat die Leute nicht gezwungen, für ihn zu arbeiten. Aber was macht das für einen Unterschied? Die Leute haben trotzdem für ihn gearbeitet, weil sie dazu gezwungen waren, und er hat es ausgenutzt. Deswegen ist er heute Millionär. Oder Milliardär. Und weißt du, was das Schlimmste daran ist, Marques? Irgendwie, ich weiß nicht wie, haben sie die Menschen dazu gebracht, das okay zu finden. Zu glauben, dass die Welt eben so ist. Dass das alles ganz normal ist, wie der Regen und der Wind. Dass dieses System schon immer existiert hat, als wäre es nicht bis ins letzte Detail geplant. Und ich wiederhole: Du kannst darauf wetten, dass es kein armer Schlucker wie du und ich war, der sich das alles ausgedacht hat.«

Marques wurde immer nachdenklicher, sein Blick war ins Leere gerichtet.

»Hm, vielleicht hast du recht …«

»Natürlich hab ich recht, Mann!« Pedro liebte es, über solche Dinge zu reden, und so wurde er im Laufe des Gesprächs immer euphorischer. Auch weil sein neuer Freund erstaunlicherweise nicht gelangweilt wirkte. »Hör zu, ich erklär dir jetzt Schritt für Schritt, wie das Ganze abläuft, und dann wirst du sehen, wo der Hund begraben liegt«, verkündete er mit leuchtenden Augen. »Stell dir vor, du eröffnest deinen eigenen kleinen Laden, so wie der Typ von Fênix. Solange du als Einziger dort arbeitest, streichst du alle Gewinne ein. Ich sag dir auch, warum: Weil du ein Anrecht auf alles hast, was du mit deinen eigenen Händen produzierst. Alles. Alles Geld, das du durch deine harte Arbeit verdienst, muss dir gehören, und nur dir. Das ist gerecht. Stell dir also vor, dein Laden bringt am Anfang zweitausend im Monat ein und du reißt dir ganz allein den Arsch auf, mit wem teilst du dann das Geld? Okay, so weit, so gut. Jetzt sagen wir mal, du legst jeden Monat ein bisschen Geld zur Seite, bis du irgendwann zehntausend zusammenhast. Und da fängt der ganze Mist dann nämlich an. Nehmen wir an, du willst dieses Geld in deinen Laden investieren, indem du zum Beispiel ein paar Öfen kaufst, um Brot zu backen. Alles klar, jetzt verkaufst du frisches Brot. Dadurch wird dein Gewinn stark ansteigen, nicht nur durch den Brotverkauf, sondern auch weil die Kundschaft zunimmt. Die Leute stürmen deinen Laden, weil du jetzt Brot verkaufst, aber sie kaufen nicht nur dein Brot, sondern alles Mögliche. Es gibt nur ein Problem: Durch deine Investition ist das Geschäft expandiert. Verstehst du? Also hast du auch mehr Arbeit. Neben allem, was du vorher schon allein gemacht hast, musst du dich jetzt auch noch um die Öfen kümmern, du musst den Teig zubereiten, das Brot backen, die Öfen reinigen und noch einen Haufen andere Sachen. Kurz, du schaffst die Arbeit nicht mehr allein. Du kannst nicht alles machen, was du vorher gemacht hast, und dich dazu noch um das Brot kümmern. Was machst du also? Du stellst zwei Bäcker ein, einen für morgens und einen für nachmittags, während du selbst so weitermachst wie vorher. Und jetzt pass gut auf, Marques, hier kommt nämlich die Sünde ins Spiel. Ich hab ja gerade gesagt, dass es richtig ist, wenn einem alles gehört, was man mit den eigenen Händen produziert hat. Um die Bäcker zu bezahlen, müsstest du also ausrechnen, wie viel mehr Geld durch ihre Arbeit reingekommen ist, und ihnen dieses Geld geben. Was sich ja in unserem Fall leicht ausrechnen lässt. Überlegen wir mal: Wenn das Geschäft vorher zweitausend im Monat eingebracht hat und jetzt, sagen wir, fünftausend, und du selbst nicht mehr Arbeit hast, weil du dasselbe machst wie vorher, dann bedeutet das, dass die Differenz, die dreitausend, nicht dir gehört. Warum? Weil es nicht das Ergebnis deiner Hände Arbeit ist. Die dreitausend gehören den beiden Bäckern, weil sie das Ergebnis ihrer Arbeit sind. Und genau wie dir muss auch ihnen alles gehören, was sie mit ihren eigenen Händen produzieren. Das ist gerecht. Das Problem ist, zwischen dem, was gerecht ist, und dem, was das Gesetz sagt, klafft ein Abgrund. Es gibt einen gesetzlichen Mindestlohn. Und da kommt das Arschloch in dir hervor. Du zahlst den beiden Bäckern jeweils den Mindestlohn, aber wer sagt, dass dieser Mindestlohn gerecht ist, wenn man berücksichtigt, welchen Einfluss die Arbeit der Bäcker auf den Gesamtertrag hat? Wer rechnet das aus? Das merkt doch jeder Idiot, dass da was nicht stimmt. Der Lohn liegt immer viel zu weit unter dem tatsächlichen Wert der Arbeit. Was bedeutet das für dich? Du zahlst deinen Bäckern ihre paar Kröten und behältst den Rest von den dreitausend für dich, ohne dass du mehr gearbeitet hättest als vorher. Das nennt man dann ›Unternehmergeist‹. Weißt du, wie ich es nenne? Ich nenne das ›legalen Diebstahl‹. Und zwar, weil das Gesetz es erlaubt, aber wenn du so handelst, behältst du Geld, das dir der Logik der Produktion nach eigentlich nicht zusteht, das heißt, du stiehlst unter dem Schutz des Gesetzes.«

Marques' gerunzelter Stirn nach schien er nicht wirklich überzeugt.

»Das ergibt zwar alles Sinn, was du da erzählst, Pedro, aber wenn ich Geld spare und in mein Geschäft investiere, Alter, dann erwarte ich doch, dass am Ende mehr Geld dabei rauskommt. Das ist doch die Logik daran. Sonst brauch ich gar nicht erst investieren. Warum soll mein Unternehmen wachsen, wenn der Gewinn, den ich dabei mache, nicht bei mir landet, sondern bei den Leuten, die ich dafür anstelle? Dann investier ich doch lieber gar nicht erst, stell niemanden ein und arbeite allein in meinem kleinen Laden. So behalte ich wenigstens immer den Gewinn für mich.«

»Bingo! Aber dann bleibt dein Laden immer ganz klein und reicht nicht für alle Leute, und damit gibst du anderen den Raum, ihren eigenen Laden aufzumachen, und dann können alle in Frieden in ihren eigenen Läden arbeiten und so viel Geld machen, wie sie tatsächlich verdienen. Aber so denkt ein Unternehmer nicht. Ein Unternehmer will immer mehr Geld machen und dafür immer weniger arbeiten, richtig? Jetzt überleg mal, was du eben gesagt hast, Mann! Du sagst, du würdest lieber keine Angestellten haben, um ihnen nicht das Geld geben zu müssen, das ja ihnen gehört, weil sie es erarbeitet haben und nicht du. Wenn du dich also nicht auf Kosten anderer bereichern kannst, verzichtest du lieber auf ihre Arbeit. Siehst du? Ist doch glasklar. All diese Unternehmer, die dafür vergöttert werden – stell dir das vor! –, die dafür vergöttert werden, dass sie Arbeitsplätze schaffen, das sind in Wirklichkeit Teufel, Schmarotzer, Verbrecher, allesamt Arschlöcher sind das! Das ist die Wahrheit. Es ist bestimmt nicht zum Wohle des Volkes, dass sie Arbeitsplätze schaffen. Die Menschen sind ihnen vollkommen egal. Scheiß auf die Menschen! Sie nutzen nur die Situation aus, um immer mehr Geld zu verdienen, ohne selbst mehr arbeiten zu müssen. Unternehmertum ist der Zauber des Kapitalismus, Marques. Und das funktioniert so: Du sparst ein bisschen Geld, kaufst ein paar Maschinen, holst dir ein paar Arbeiter, legst ein schwarzes Tuch drüber, sagst einen Zauberspruch, und dann ziehst du irgendwann das Tuch weg, und auf einmal sind die Arbeiter deprimierter, müder, wütender und unglücklicher. Aber dein Geld, ah, dein Geld hat sich verzehnfacht, verfünfzehnfacht, verzwanzigfacht, ohne dass du auch nur einen Finger krumm machen musstest! Schön, oder?« Pedro lachte trocken. »Nein, Mann. Ganz bestimmt nicht. Wir wissen besser als jeder andere, was sich unter dem schwarzen Tuch abspielt. Und das ist alles andere als schön. Es ist unheimlich. Zum Verzweifeln ist es. Schrecklich. Oder etwa nicht? Du bist ein Arbeiter, du weißt genau, wovon ich spreche. Stimmt es vielleicht nicht? Arbeiten wir uns etwa nicht zu Tode? Und wofür? Wie denkst du darüber? Wie denkst du darüber, dass wir Schweiß, Tränen und manchmal auch Blut vergießen, dass wir es gar nicht anders kennen, dass schon unsere Eltern es so kannten und davor deren Eltern und dass all das nur dazu da ist, den Reichtum dieser widerlichen Menschen zu vermehren, die die Hälfte des Jahres am Strand von Torres und die andere Hälfte in den Bergen von Gramado verbringen, ohne sich um irgendwas Sorgen zu machen, während wir hier unser Leben zwischen Zuhause und Arbeit vergeuden? Na? Wie findest du das?« Pedro machte eine Pause und sah seinem neuen Freund in die Augen. Schließlich lächelte er und schüttelte den Kopf. »Glaub mir, Mann. Diese Pralinen hier, die gehören auch uns. Die kannst du ohne schlechtes Gewissen essen. Weil sie – wie alles in diesem Laden – von Geld gekauft wurden, das mit meiner Arbeit generiert wurde, mit deiner Arbeit, der Arbeit der Putzleute, der Bäcker und Fleischer. Verstehst du? Dieses ganze Imperium hier, Marques, gehört in Wirklichkeit vielen Menschen, unter anderem dir und mir. Egal, in wie vielen Dokumenten steht, dass Fênix angeblich nur diesem einen Typen gehört. So ein Dokument ist nur ein Stück Papier, da kannst du alles Mögliche reinschreiben, auch Lügen. Aber die Logik, Mann, die enttäuscht uns nie. Nur wenn du selbst nachdenkst, mit deinem eigenen Kopf, stellst du fest, wer auf dieser Welt tatsächlich was verdient. Gesetze und Dokumente haben noch nie der Wahrheit und Gerechtigkeit gedient.« Pedro schien fertig zu sein, fügte dann aber noch hinzu: »Ah, und falls du noch Zweifel hast, noch eine Sache, was das Thema Geld sparen und investieren betrifft. Erstens, wenn du zehntausend Reais hast, hast du das Recht, diese zehntausend auszugeben, nicht mehr und nicht weniger. Okay? Ist ja logisch, oder? Du kannst zehntausend Reais ausgeben und keinen Centavo mehr. Aber du kannst nicht erwarten, dass die zehntausend sich auf wundersame Weise vermehren, ohne dass du einen Handschlag dafür tust. Wenn deine zehntausend sich vermehren, ohne dass du etwas dafür tust, dann hat verdammt noch mal jemand anderes dafür gearbeitet! Und wenn du dann deine zehntausend abziehst, gehört der Rest diesem jemand, der dafür gearbeitet hat. Zweitens, wenn du die zehntausend in Öfen zum Brotbacken investierst, dann sind sie eigentlich nur vorübergehend dein rechtmäßiges Eigentum. Wenn du nämlich die Bäcker angestellt hast und sie an den Öfen arbeiten lässt, dann ist es ihre Arbeit, die dir deine zehntausend ganz schnell wieder reinbringt, und von da an, mein Lieber, sind es nicht mehr wirklich deine Öfen, vom logischen Standpunkt aus hast du nicht mehr das Recht, durch die Arbeit der Bäcker unbegrenzt Geld mit deinen Öfen zu verdienen. Die zehntausend, die du gespart und investiert hast, hast du ja schon wiederbekommen. Also, du hast zehntausend gespart, dann darfst du auch zehntausend ausgeben. Nicht mehr. Pass auf: Fändest du es nicht komisch, wenn aus den zehntausend immer mehr würde, wie ein Haufen Bakterien, die sich selbst reproduzieren, ohne dass du etwas dafür tun müsstest? Ah! Natürlich nicht! Ist ja nur in deinem Sinne, an den Zauber zu glauben. Zu glauben, dass die Welt so funktioniert. Aber das stimmt so nicht. Viel Geld bedeutet immer auch viel Arbeit. Und die größte Sünde auf der Welt – auf die das Gesetz scheißt –, die größte Sünde, die schlimmste Ungerechtigkeit, die Mutter aller sozialen Probleme, die du dir vorstellen kannst, die größte Sünde ist es, Geld und Arbeit zu trennen, wenn also das Geld in den Taschen von jemandem landet, der dafür keinen Finger krumm gemacht hat. Wenn du ein Vermögen besitzt und die Arbeit, die dafür nötig war, nicht von dir geleistet wurde, dann wurde sie von jemand anderem geleistet. Deswegen gehört dieses Vermögen nicht dir, sondern den Menschen, die dafür gearbeitet haben.«

Mit der Zeit entwickelten sich noch viele ähnliche

Gespräche zwischen den beiden, und Marques' Bewunderung für Pedro wuchs immer mehr. Zumal der seine eigene Wut so eloquent in Worte zu fassen wusste. Wenn er ihn reden hörte, spürte er, dass alle seine Sorgen des kleinen Mannes letztendlich berechtigt waren. Aber auch wenn er Pedro insgeheim für den klügsten und gebildetsten Menschen hielt, mit dem er sich je unterhalten hatte, gefiel es ihm ganz und gar nicht, als er ihn eines Tages seinen »Schüler« nannte.

»Weißt du was, Marques, du bist der beste Schüler, den ich je hatte.«

»Schüler? Du kannst mich mal!«

Pedro lachte.

»Hey, hey, jetzt fühl dich nicht gleich angegriffen. Wenn ich dein Lehrer bin und du mein Schüler, bin ich deswegen kein bisschen besser als du. Es ist doch so: Wenn es auf der ganzen Welt nur zehn Menschen gäbe, dann gäbe es zehn Lehrer und zehn Schüler. Jeder kann Lehrer von jedem sein. Jeder Mensch ist ein Quell des Wissens. Ich bin sicher, dass du einen Haufen Dinge weißt, die ich nicht weiß. So viel, dass einer von uns beiden tot wäre, bevor du mir alles hättest beibringen können. Es hängt nicht davon ab, wie viel man weiß, ob man Lehrer oder Schüler ist. Du bist dann Lehrer, wenn du etwas Wichtiges weißt, was der andere auch wissen sollte.«

»Ah, okay, du findest es also wichtig, dass ich mir das alles anhöre?«

»Nein, nicht ich finde es wichtig. Klar freut es mich, wenn du mir zuhörst, aber wenn nicht, was sollte ich dagegen tun? Viele Menschen können nichts damit anfangen, was ich erzähle. Manche halten mich sogar für verrückt. Du nicht. Du hörst mir zu. Das bedeutet, dass *du* es wichtig findest. Und ehrlich gesagt kann ich mir sogar vorstellen, warum.«

»Warum?«

»Na ja, ich bin kein Psychologe oder so was, aber ich hab das Gefühl, du bist jemand, der sich ganz schön hart rannimmt. Ich glaube, du bist zu streng mit dir. Du merkst selbst, dass du ein Scheißleben hast, genau wie ich, während andere Leute nur so mit dem Geld um sich schmeißen. Du siehst das, verstehst aber nicht wirklich, warum es so ist. Deswegen glaubst du an etwas, an das die meisten Menschen glauben, das aber einfach nicht existiert: die Leistungsgesellschaft. Dieser Glaube tut dir nicht gut. Denn wenn die Leute, die mit Geld um sich werfen, es verdient haben, was sie haben, dann hast du, der du nichts hast, es auch verdient, nichts zu haben. Weswegen du das Gefühl hast, ein Versager zu sein. Also trägst du eine verdammt schwere Last auf deinen Schultern. Du fragst dich dein Leben lang, was du falsch gemacht hast. Und dann komm ich, reiß mein blödes Maul auf und zeig dir die Welt aus einer anderen Perspektive. Weißt du, was ich meine? Ich geb dir einen Bösewicht, damit du deine Wut in die richtige Richtung lenken kannst. Ich zeig dir, dass du nicht der Bösewicht in deinem Leben bist. Ich zeig dir, dass während du mit aller Kraft versuchst aufzusteigen, es einen Haufen Mistkerle gibt, die genau das zu verhindern versuchen, die wollen, dass du in deiner Scheiße stecken bleibst, weil sie sonst nämlich selbst drinstecken würden. Sie reiten auf uns, Bruder, das ist das, was ich dir zeigen will. Und wenn du das verstehst, fühlst du dich besser. Klar, du bist immer noch genauso arm, aber wenigstens fühlst du dich weniger schuldig und hasst dich nicht mehr selbst dafür. Du erkennst, was du wert bist, du bist stolz auf dich, dir wird klar, dass es ein echtes Wunder ist, wie du es schaffst, jeden Morgen aus dem Bett zu kommen und dich dieser beschissenen Welt zu stellen, die dich einfach nur fertigmacht, bis du irgendwann tot bist. Deswegen findest du es wichtig, was ich sage.«

Marques musste ihm beipflichten.

»Tja, ich fürchte, du hast wie immer recht. Aber jetzt mal eine Frage: Wenn ich dein Schüler bin, wessen Schüler bist du dann? Wer ist dein Lehrer? Das würde mich interessieren.«

»Weißt du, ich hab da so diverse Quellen. Eine Menge Lehrer. Die meisten sind schon lange tot, aber ich kann mich in ihrem Geist bewegen, indem ich ihre Schriften lese. Keine Ahnung, ich schätze, am meisten beeinflusst hat mich ein deutscher Philosoph namens Marx. All das, worüber wir gesprochen haben, ist nach ihm benannt. Marxismus nennen sie das. Er war der Erste, der die Welt so gesehen hat. Dass die Arbeiter im Vordergrund stehen und nicht die, die sie ausbeuten.«

»Der Typ heißt Marques, so wie ich?«

»Nein. Marx, mit x.«

»Hm … okay, aber wenn das alles nichts Neues ist, warum hat es dann noch nie jemand in die Praxis umgesetzt?«

»Haben sie versucht. Hat aber nicht geklappt.«

»Es hat nicht geklappt?«

»Hat nicht geklappt.«

»Wie jetzt? Nicht geklappt, warum?«

Pedro lachte.

»Es hat nicht geklappt, weil die Idee zu hoch für die meisten Menschen ist. Weil die Welt noch nicht bereit dafür ist. Weil niemand will, dass es funktioniert. Die Reichen wollen nicht, dass die Welt gerecht ist, aber die Armen wollen es auch nicht. Glaub mir: Nicht mal die Menschen, die am meisten an der Ungerechtigkeit leiden, nicht mal die wollen eine gerechte Welt, wenn man ihnen erzählt, wie sie aussehen würde. Und weißt du, warum? Weil in einer gerechten Welt, wenn sie wirklich gerecht ist, niemand reich werden würde. Das wäre gar nicht möglich. Warum, hab ich dir ja schon am ersten Tag erklärt. In einer gerechten Welt hinge der Lebensstandard davon ab, wie viel du arbeitest. Weißt du noch, was ich gesagt habe? Es gibt eine Grenze dessen, was wir allein schaffen können. Diese Grenze ist unsere maximale Arbeitskraft, die von Mensch zu Mensch variiert, aber niemals, Marques, niemals so groß sein wird, dass man damit Reichtum erlangen kann. Es ist einfach nicht möglich. Durch Arbeit allein wirst du nie reich werden. Das schaffst du tatsächlich nur, indem du einen bestimmten gesellschaftlichen Mechanismus ausnutzt, legal oder illegal, der es dir ermöglicht, mehr Geld zu machen, als es deine maximale Arbeitskraft erlauben würde. Aber dadurch, dass du reicher als normal wärst, reicher als verdient, werden andere Menschen ärmer als normal, ärmer als verdient, weil das Geld, das du zu viel hast, sie zu wenig haben, obwohl sie dafür gearbeitet haben und du nicht. Ist doch Mist, oder? Aber Vorsicht, Mann, denk nicht, die Armen wären alle nur zu bemitleiden. Es braucht nicht viel, damit ein Armer zum Bourgeois aufsteigt. Da reicht schon eine gute Gelegenheit. Die Armen ackern sich krumm, um das Vermögen von ein paar bourgeoisen Arschlöchern zu vermehren, aber weißt du, was sie sich am meisten wünschen? Eines Tages selbst dazuzugehören. Sich an der Arbeit anderer zu bereichern, das ist alles, was sie wollen. Was sie eigentlich wollen, Marques, ist, mit den anderen dasselbe zu machen, was man mit ihnen gemacht hat …«

Ein merkwürdiger Ausdruck trat in Pedros Gesicht. Als hätte er plötzlich einen Magenkrampf gehabt.

»Alles okay, Pedro?«

»Das Ding ist, ich spreche nicht nur von den anderen. Ich meine damit auch mich. Es sieht vielleicht so aus, als wollte ich den Richter spielen, als wollte ich dir erzählen, wer im Recht und wer im Unrecht ist. Ehrlich gesagt tue ich das auch. Sollte ich aber nicht. Und das weiß ich auch. Ich darf wirklich über niemanden urteilen. Weil ich nämlich kein Stück besser bin. Das ist alles so kompliziert, Mann! So verdammt kompliziert. Vielleicht rede ich auch nur einen Haufen Scheiße. Könnte ja sein. Vielleicht ist es noch viel komplizierter, als ich dachte. Vielleicht kommt demnächst irgendein Experte an, irgendein studierter Wichser, und beweist mir, dass A plus A gleich B ist und ich mit allem völlig falschliege. Könnte doch sein. Aber eins weiß ich ganz sicher, da gibt es keine Zweifel: Ich will Geld. Ich will *Geld!* Täusch dich mal nicht, mein Lieber. Was glaubst du denn? Glaubst du, ich will die Welt verändern? Es gab mal eine Zeit, da war ich naiv genug zu denken, man könnte die Welt verändern. Aber so naiv bin ich nicht mehr. Wenn ich mich umsehe und merke, wie ungerecht alles ist und dass sich niemand wirklich für Gerechtigkeit interessiert, dann frage ich mich, was ich hier eigentlich will. Ich wollte nicht an diesem Punkt landen. Ich bin wie Mephisto, ich hätte auch lieber das Ewig-Leere. Aber da ich nun mal hier bin, will ich nicht mit leeren Händen dastehen. Ich will Geld. Weißt du übrigens, woran mich das alles erinnert? Es erinnert mich an unsere Kindheit, an die Spiele damals. Immer gab es irgendwas, was niemand machen wollte. Beim Fußball wollte niemand ins Tor, beim Verstecken wollte niemand suchen, beim Kriegen wollte niemand hinter den anderen herlaufen. Mit der Welt ist es genauso: Die meisten Menschen sind sich einig, dass eine wirklich gerechte Welt keine gute Idee ist. Es muss Arm und Reich geben. So läuft das Spiel. So ist das Leben. Und wer bin ich, mich gegen die Mehrheit zu stellen? Alles klar, damit kann ich leben. Aber es gibt etwas, womit ich auf keinen Fall leben kann: Ich hab keine Lust, bei diesem Scheißspiel der Arme zu sein! Das werde ich niemals akzeptieren, Marques. Ich bin arm, ich war mein Leben lang arm, aber es vergeht kein Tag, an dem ich mich damit abfinde. Es vergeht kein Tag, an dem ich nicht stundenlang darüber nachdenke, wie ich zu Geld komme. Und irgendwann werde ich das, und es ist mir egal, was ich dafür tun muss. Wenn ich stehlen muss, dann stehle ich. Wenn ich töten muss, dann töte ich. Ich will nichts mehr von Ethik und Moral hören, von Gesetzen und Richtig und Falsch. Ich scheiß auf das alles! Was ich will, ist reich werden. Was ich will, ist Geld, viel Geld. Und noch was: Ich will es bald. Das ist alles, was ich will. Das ist das Einzige, woran ich denke. Also, Marques, schreib dir das hinter die Ohren: Ich bin noch nicht sicher, wie ich es anstelle, aber eines Tages, Mann, da kauf ich mir kein Klopapier mehr, weil ich mir den Arsch mit Hundert-Reais-Scheinen abwische.«

Heute, Monate nach dieser Prophezeiung, hatte Pedro beschlossen, dass es an der Zeit war, den Traum vom Reichtum zu verwirklichen, indem er bei sich im Viertel Marihuana verkaufen würde, wie er Marques jetzt erklärte, während sie Kekse in die Regale räumten. Begeistert schilderte er ihm seinen detaillierten Plan, gestikulierte wild und malte ihm aus, welch grenzenloser Reichtum sie erwartete.

»Im Grunde ist Dealen auch nur ein Spiel«, behauptete er schließlich, in einem Falsett, wie wenn man eine allgemein bekannte Tatsache kommentiert. »Und die Regeln kenne ich. Ich denke, ich werde ein guter Spieler sein.«

»Es ist nicht nur ein Spiel«, widersprach Marques. »Es ist ein gefährliches Spiel.«

»Gut, da hast du recht. Die Gefahr ist da. Aber das bringt der Job eben mit sich, wie es so schön heißt. So wie man als Dealer ins Gefängnis kommen oder erschossen werden kann, kann man genauso als Elektriker einen Stromschlag kriegen, als Motoradkurier bei einem Unfall ein Bein verlieren oder als Taxifahrer überfallen und ermordet werden. Das Risiko ist mir bewusst. Ich weiß, worauf ich mich einlasse. Das Ding ist, ich hab einfach keine Lust mehr zu warten, Mann. Ich hab schon zu lange zu viele Pläne geschmiedet. Schluss damit. Jetzt heißt es, einen davon in die Tat umzusetzen, und ich hab mich dafür entschieden, Gras zu verticken. Ich will endlich das Leben, von dem ich schon so lange träume. Ich hab keine Lust mehr, mir immer nur vorzustellen, wie es sein würde.«

Marques zog die Augenbrauen hoch.

»So ein Zufall. Genau dasselbe hab ich heute auf dem Weg zur Arbeit auch gedacht.«

»Du hast auch daran gedacht zu dealen?«

»Nein. Ich hab überlegt, wie ein besseres Leben aussehen könnte. Ich hab mir vorgestellt, was ich dann machen würde.«

»Ich weiß, was du meinst. Wir träumen alle von einem besseren Leben. Deswegen halten wir durch, deswegen machen wir weiter. Aber pass auf: Wenn wir das jetzt nicht durchziehen, dann wachen wir irgendwann auf und sind neunzig und träumen immer noch, und alles ist genauso scheiße, wie es immer war.«

»Ja, Mann, du hast recht.«

5

OPERATION HEXENWERK

In der Pause gingen Pedro und Marques wie immer hoch in den Umkleideraum und stürzten sich auf ihr Festessen. Eiskalte Getränke, Pralinen, Schokoriegel, Kekse, ein großes Stück Torte, Schmalzgebäck: alles auf Kosten von Fênix. Während sie sich den Bauch vollschlugen, sagte Marques plötzlich: »Okay, ich bin dabei.«

»Hä?« Pedro war noch mit dem Essen beschäftigt. »Bei was?«

»Beim Grasverkaufen.«

»Echt, wieso?«

»Angélica ist schwanger.«

Vielleicht lag es an seiner lakonischen, ungerührten Art, jedenfalls war Pedro verwirrt. Er war nicht sicher, ob er ihm gratulieren oder sein Beileid aussprechen sollte. Er riskierte ein Lächeln.

»Wow, Glückwunsch, Mann!«

Es war die falsche Wahl.

»Den Glückwunsch kannst du vergessen!«, schimpfte Marques, sodass Pedro das Lächeln gleich wieder verging. »Glückwunsch zu was? Das wird die Hölle … also, wenn wir das Kind kriegen …«

»Überlegt ihr abzutreiben?

»Na ja, in meinen Augen wäre es das Beste. Das hab

ich natürlich so nicht zu Angélica gesagt. Ehrlich gesagt hatten wir einen schlimmen Streit heute Morgen, und ich will erst mal vermeiden, dass wir uns wieder an die Gurgel gehen. Eine Abtreibung müsste also von ihr ausgehen. Wenn sie es will, bin ich einverstanden, aber ich bringe das Thema bestimmt nicht auf. Unabhängig davon, vielleicht können wir ja tatsächlich ein bisschen Geld verdienen, wenn wir Gras verkaufen. Ich meine: echtes Geld. Falls ja, würde ich nichts lieber tun, als noch ein Kind bekommen. Ich liebe Kinder.«

»Super, Mann. Dann lass uns das gemeinsam starten. Aber sag mal, ist dein Bruder nicht schon im Geschäft? Warum hast du dich nie mit ihm zusammengetan, und warum jetzt mit mir?«

»Na ja, mein Bruder war schon im Knast, wurde angeschossen, hat Leute umgebracht ... Das ist nicht das, was ich will. Ich hab irgendwie das Gefühl, dass du es ruhiger angehen lässt. Du bist intelligenter.« Marques machte eine Pause und trank einen Schluck. Dann zog er die Augenbrauen zusammen. »Warum verkaufen wir nicht Crack und Koks statt Gras? Damit würden wir viel mehr verdienen. Außerdem, ob die Polizei uns jetzt mit einem Kilo Gras oder mit einem Kilo Koks oder Crack erwischt, ist auch egal, wir landen genauso im Knast. Also, wenn schon Risiko, dann lieber mehr Geld, oder?«

»Das Problem ist, wenn wir Crack und Koks verkaufen, können wir nicht unsere eigenen Chefs sein. Das Geschäft in Porto Alegre ist hart umkämpft, wo wäre da noch Platz für uns? Du findest an jeder Ecke jemanden, der Crack und Koks vertickt, und wenn du da auf einmal mitmischen willst, ballern dir die Typen einfach die Rübe weg. Wenn wir in das Geschäft einsteigen wollen, müssten wir auf jeden Fall in eine der Gangs eintreten, den Balas, den Manos, keine Ahnung. Was nicht nur bedeutet, dass wir einen Boss hätten, sondern auch jede Menge Ärger. Stell dir vor, du stehst an der Ecke, vertickst dein Zeug, und auf einmal kommt die gegnerische Gang, und dir fliegen ein paar Kugeln um die Ohren? Nein, danke, Mann!«

»Aber so ist das eben. Wer sich in den Regen stellt, wird nass.«

»Pass auf, Mann. Wenn du dich in den Regen stellen willst, geh zu deinem Bruder. Ich steh nicht gern im Regen, und wenn, dann nur, weil ich muss. Dazu gibt's ja Regenschirme. Damit ich so trocken wie möglich ans Ziel komme. Jetzt mal ernsthaft: Wenn du mit mir zusammenarbeiten willst, super, aber ich sag dir gleich, wir machen es anders als die anderen. Was glaubst du, warum dein Bruder immer Ärger hat? Typen wie ihm reicht es nicht, Geld zu machen. Er muss auch noch bis an die Zähne bewaffnet durch die Gegend laufen, Leute töten, gefürchtet sein, sich mächtig fühlen. Alles klar, jedem das seine. Aber der echte Gangster, das bin ich. Ich hab mein Hirn zum Denken, und nicht, damit es auf dem Fußboden verteilt liegt. Ich will nur das Geld, ich will keinen Ärger. Klar, wenn es Ärger gibt, müssen wir was unternehmen, dann tun wir, was zu tun ist. Aber Ärger suchen werden wir bestimmt nicht. Wir gehen Konflikten aus dem Weg, Marques. Verstanden? Und deswegen verkaufen wir auch nur Gras. Wegen Gras fängt niemand Krieg an. Bei uns im Viertel zum Beispiel verkaufen sie noch nicht mal welches, obwohl genügend Leute es kaufen würden. Apropos, sag mal, bei euch in Lupicínio, wie ist das, verkauft da jemand Gras?«

»Nee. Nur Koks und Crack.«

»Und verstehst du dich gut mit dem Boss?«

»Klar, ist so was wie ein Bruder. Wir spielen manchmal Snooker.«

»Das ist doch genial. Dann kannst du ja locker Gras bei euch verkaufen.«

Marques schenkte sich noch einen Schluck ein und dachte kurz nach. Schließlich fragte er: »Wo kriegen wir das Gras denn eigentlich her? Hast du Kontakte?«

»Hm, hm«, verneinte Pedro, während er auf einem Stück Schmalzgebäck kaute. »Aber ehrlich gesagt mach ich mir gerade um etwas anderes Gedanken.«

»Was denn?«

»Das Startkapital. Geld. Money. Ich weiß nicht, woher wir das Geld für die erste Lieferung nehmen sollen.«

»Wie viel brauchen wir?«

»Keine Ahnung … mit einem Tausender könnten wir vielleicht schon mal starten.«

Daraufhin verstummten sie. Die Hitze im Umkleideraum war kaum zu ertragen, die beiden waren komplett nassgeschwitzt. Aber essen und trinken konnten sie nun mal nicht woanders, denn ›Denunzianten gibt es überall, und sie alle wollen jemand verpfeifen‹.

»Ah, ich weiß!«, durchbrach Marques das Schweigen. »Was ist mit Operation Hexenwerk?«

Pedro schlug sich auf die Stirn.

»Alter, klar! Warum bin ich nicht selbst darauf gekommen?«

»Operation Hexenwerk« war der Codename für einen

Geheimplan, den die beiden ausgeheckt hatten und seit einer Weile zusammen mit ein paar Kollegen aus dem Supermarkt praktizierten. Pedro hatte den Namen aus dem Roman *Dame, König, As, Spion,* den er zu dem Zeitpunkt las. Die anderen fanden ihn gut, weil er so albern klang. Die Aktion bestand darin, in großen Mengen Waren zu stehlen und anderswo zu verkaufen oder selbst zu konsumieren. Bis schließlich Senhor Geraldo auf die zunehmende Diskrepanz zwischen offiziellen und tatsächlichen Lagerbeständen aufmerksam wurde.

Für einen Geheimplan war er mit der Zeit ziemlich populär geworden. Inzwischen wusste fast die Hälfte der Beschäftigten nicht nur genau, was es mit der Operation Hexenwerk auf sich hatte, sondern beteiligte sich auch aktiv daran. Und zwar aus allen Bereichen, Wachmänner, Leute aus der Fleisch-, Backwaren-, Obst- und Gemüseabteilung, Regalauffüller, Putzleute, Kassierer, Verpacker. Selbst Paulo, der Filialleiter, war manchmal dabei, nahm aber immer nur ein paar Steaks und Rippchen für das Churrasco am Wochenende mit. Alle anderen nahmen alles mit, Kekse, Deoroller, Getränke, Spielzeug, einfach alles. In den letzten Tagen beschäftigte ein rätselhaftes Graffiti die nicht eingeweihten Mitarbeiter: Überall im Supermarkt tauchten die mit Filzstift geschriebenen Worte »Operation Hexenwerk« auf.

»Was soll das sein, ›Operation Hexenwerk‹?«, fragten sich die einen.

»Wer schreibt das da hin?«, fragten sich andere.

Nicht mal Marques und Pedro, die Initiatoren der Operation, wussten, wer mit den Kritzeleien angefangen hatte, kritzelten aber inzwischen selbst mit und waren sicher nicht die Einzigen, die sich hatten anstecken lassen, zumal der Schriftzug sogar schon in der Damentoilette gesichtet worden war.

Nach der Pause gingen die beiden zurück an die Arbeit, während ihre Mägen sich lautstark über den exzessiven Süßigkeitenverzehr beschwerten. Würden sie mit der Operation Hexenwerk tausend Reais zusammenkriegen? Schweigend füllten sie ein Regal mit Waschmitteln auf und suchten nach einer Lösung. Es schien keine zu geben.

Vor den Ladentüren brach bereits die Dämmerung an. Der blaue Himmel verdunkelte sich im Osten und wurde im Westen orange. Draußen herrschte Hochbetrieb. Hunderttausende von Arbeitern kehrten erschöpft nach Hause zurück, raus aus den gehobenen Vierteln, rein in die armen. Bald würde es dunkel sein und der Supermarkt schließen. Marques und Pedro lief die Zeit davon. Da sie es kaum abwarten konnten, ihren Plan in die Tat umzusetzen, kam es nicht infrage, die nötigen tausend Reais langsam anzusparen. Es musste alles auf einmal sein, am besten noch heute. Leider würden sie schon bald feststellen müssen, dass Operation Hexenwerk nach dem heutigen Tag keine Option mehr war.

»Marques, Pedro, ihr werdet es nicht glauben!«, rief Jorge, einer der Wachleute. Man hörte ihm an, dass er schlechte Nachrichten hatte. »Das war's mit Operation Hexenwerk, Mann, das Ding ist durch.«

»Was? Wieso?«, fragte Marques.

»Ich hab gerade mit Senhor Geraldo gesprochen. Er meinte, er war mit Pferdegesicht zum Mittagessen, und sie hätten beschlossen, das Wachpersonal aufzustocken. Er hat gerade noch mal angerufen. Wie es aussieht, schickt er sechs Kollegen aus den anderen Läden, die morgen hier anfangen, um die Diebstähle zu stoppen. Der Spaß ist vorbei, Mann, ich sag's dir.«

Pedro gab sich gleichgültig.

»Tja, im Grunde keine große Überraschung. Ich finde, es hat erstaunlich lange gedauert. Eigentlich war das gar nicht so geplant. Am Ende ist es wirklich aus dem Ruder gelaufen. Aber keine Sorge, heute Abend sorgen Marques und ich für den krönenden Abschluss. Stimmt's, Marques?«

Marques nickte.

»Was habt ihr vor? Nehmt ihr irgendwas Spezielles mit?«, fragte Jorge.

»Das ist die Frage. Wir brauchen etwas, das uns einen Tausender einbringt.«

»Einen Tausender?« Jorge erschrak. »Ihr seid doch verrückt. Da braucht ihr ja einen Lastwagen. Es sei denn …«

Die beiden sahen ihn erwartungsvoll an.

»Hm, schon mal an diesen scheißteuren Whisky gedacht?«

Jetzt waren sie enttäuscht.

»Klar, Mann«, erwiderte Marques. »Das war das Erste, woran wir gedacht haben. Haben wir aber leider nicht mehr auf Lager.«

»Jetzt schon«, widersprach Jorge. »Ist heute mit dem Lastwagen gekommen. Zehn Stück.«

»Welcher Lastwagen? Heute ist kein Lastwagen gekommen.«

»Wieso das denn nicht? Natürlich ist einer gekommen. Nur früher als sonst. Heute Morgen, vor unserer Schicht. Ich hab den Whisky sogar gesehen, auf dem Friedhof.«

Der Friedhof war der Teil des Lagers, wo die Getränke standen. Er hieß so wegen der fetten Rattenkadaver, die dort regelmäßig herumlagen.

»Alter, das ist unsere Chance!«, rief Pedro begeistert. »Lass uns die zehn Flaschen mitnehmen, vielleicht kriegen wir damit den Tausender zusammen.«

»Wozu braucht ihr eigentlich das Geld?«, fragte der Wachmann.

»Um Gras zu kaufen und es dann wieder zu verkaufen.«

Jorge lächelte.

»Das ist nicht ohne, Mann«, warnte er sie. »Da dürft ihr euch keine Fehler erlauben, sonst seid ihr fällig, ist euch das klar?«

Diesmal lächelte Pedro.

»Wir sind ja keine Idioten. Klar ist das kein Kinderspiel. Aber die Jungs, die dabei draufgehen oder in den Knast wandern, sind teilweise auch einfach zu blöd.«

»Ach, und du bist also besonders clever, oder wie? Dann erklär mir doch mal, warum so ein cleverer Typ wie du im Supermarkt Regale auffüllt.«

Pedro fing wie immer an zu philosophieren.

»Die Frage müsste andersrum lauten: Wie kann jemand, der im Supermarkt Regale auffüllt, so intelligent sein?«

Anders als Marques hatte Jorge nicht das geringste Verständnis für Pedros kryptische Bemerkungen. Alles, was er von sich gab, war in seinen Augen Unsinn.

»Ah, leck mich doch mit deinem Gequatsche! Das hör ich mir nicht an!«

Sie lachten. Jorge holte einen Stift raus, riss ein Stück von einem Preisschild ab, schrieb eine Telefonnummer drauf und gab sie Pedro.

»Okay, wenn ihr wirklich Gras verkaufen wollt, ruf die Nummer hier an und rede mit Fabrício. Sag ihm, du hast die Nummer von mir.«

»Wer ist das?«, fragte Marques.

»Ein Freund von mir bei der Polizei, wieso?«, scherzte Jorge. »Ein Dealer natürlich, Witzbold! Er holt die Drogen aus dem Ausland und verteilt sie in Porto Alegre. Guter Typ. Ich bekomm für jeden neuen Abnehmer einen Hunderter. Vielleicht macht er euch ja einen guten Preis für die erste Lieferung.«

Schon komisch, wie sich manchmal alles findet und sich ein Hindernis nach dem nächsten auflöst. Von einer Minute auf die andere war die Frage nach dem Startkapital geklärt, und sie hatten auch noch einen Lieferanten. Wenn das Glück einem so wohlgesonnen ist, hat man das Gefühl, endlich auf dem richtigen Weg zu sein und dass von da an alles gutgehen wird.

Es war schon Abend, als Marques durch den vollen Laden zu Kasse sechs ging.

»Fabiana, gibst du mir mal fünf Tüten, bitte?«

»Operation Hexenwerk?«, fragte die Kassiererin mit wissendem Blick.

»Vielleicht, vielleicht auch nicht«, erklärte Marques. »Wird sich zeigen.«

Mit den Tüten in der Hand lief er in Richtung Lager. Vor dem Eingang stand ein kleiner Teenager mit rasiertem Kopf und den Händen in den Taschen. Er hatte die undankbare Aufgabe, stundenlang Einkäufe einzutüten, sein erster Job überhaupt. Inzwischen war er gut mit Marques und Pedro befreundet. Er hieß Luan und wurde seit einiger Zeit auch wieder so genannt. Seinen Spitznamen Chokito, nach einem Schokoriegel, war er losgeworden, seit er nicht mehr überall Pickel im Gesicht hatte.

»Okay, Luan, geht los«, sagte Marques. »Jorge steht da hinten auf der anderen Seite. Wenn jemand kommt, gibt er dir ein Zeichen, also behalt ihn im Auge, okay? Und wenn er dir ein Zeichen gibt, sagst du Pedro und mir Bescheid.«

»Kein Problem, Mann«, antwortete Luan. »Aber lasst euch nicht zu lange Zeit.«

Um die beiden Überwachungskameras zu umgehen, machte Marques einen Umweg am Fleischtresen vorbei. Er nickte den Schlachtern zu, die Bescheid wussten, durchquerte den übel riechenden Raum, in dem das Fleisch entbeint wurde, und betrat einen schwach beleuchteten Gang. Als er am Ende links abbog, befand er sich im hinteren Teil des Lagerhauses. Auch dort war kaum Licht, und man hörte nur den Widerhall seiner schnellen Schritte. Um den nächsten Kameras auszuweichen, ging er unter der Treppe zum Umkleideraum durch, schlich an Stapeln von Waschpulver vorbei und betrat schließlich durch eine Tür den sogenannten Friedhof. Der Teil des Lagers war vollkommen dunkel. Die Glühbirnen waren schon vor längerer Zeit durchgebrannt, und niemand hatte sich je die Mühe gemacht, sie auszuwechseln. Langsam tastete Marques sich vor, um nicht gegen die Bierkästen oder Paletten mit Softdrinks zu stoßen.

Auf einmal hörte er Pedro im Dunkeln flüstern.

»Hier, Marques!« Er hatte die Whiskyflaschen schon aus den Kisten geholt. »Komm, komm, lass uns das schnell über die Bühne bringen.«

Sie steckten die Flaschen in die Einkaufstaschen und liefen hoch in den Umkleideraum.

Ganz hinten im Umkleideraum war ein Kippfenster. Nur Eingeweihte der Operation Hexenwerk wussten, dass es aus irgendeinem Grund nicht einzementiert war und nur eingezwängt in der Öffnung in der Mauer saß, immerhin so fest, dass der Wind es nicht rausdrücken und man es auch mit den Händen nicht leicht herausnehmen konnte. Doch genau das tat Pedro jetzt: Er zog es aus der Öffnung, während Marques sich auf die Zehenspitzen stellte und nach etwas oben auf dem Spind griff. Schließlich zauberte er eine Rolle Wäscheleine hervor, die sie aus den Supermarktbeständen entwendet hatten und regelmäßig für Operation Hexenwerk benutzten – natürlich nicht zum Wäscheaufhängen. Er wickelte sie auseinander und zog das eine Ende durch die Griffe der Einkaufstaschen mit den Whiskyflaschen. Im nächsten Moment beugte er sich aus dem Loch in der Wand, in dem eben noch das Fenster gesteckt hatte, hielt die Leine wie ein U und ließ vorsichtig die Tüten an der Außenwand herunter. Das blasse Mondlicht war ihr einziger Zeuge. Als sie unten auf dem benachbarten Hof aufsetzten, zog er die Leine wieder hoch, rollte sie zusammen und versteckte sie oben auf dem Spind, während Pedro das Fenster wieder einsetzte.

»Fertig. Okay, dann ziehen wir uns jetzt um und hauen ab.«

»Abhauen? Wie das? Es ist erst acht …«

»Wir müssen noch den Whisky verkaufen. Je eher wir gehen, desto besser. Ich will nicht so spät nach Hause kommen.«

»Auch wieder wahr. Okay, dann lass uns los.«

Sie zogen sich um, hängten sich die Rucksäcke über die Schultern und gingen runter.

»Das war's, Luan, du kannst gehen«, teilte Pedro ihm mit und klopfte ihm auf die Schulter. Dann gab er Jorge am anderen Ende das Daumenhochzeichen.

In den Fênix-Supermärkten gab es bestimmte Sicherheitsmaßnahmen, unter anderem musste der Manager die Rucksäcke der Mitarbeiter überprüfen, bevor sie gehen durften. Deswegen klopften Marques und Pedro jetzt an die Tür von Senhor Geraldos Büro, das wie gesagt eher aussah wie ein improvisierter Lagerraum als das Geschäftszimmer einer Supermarktleitung.

»Herein!«, donnerte es von der anderen Seite.

Sie traten ein.

»Was soll das heißen?«, fragte Senhor Geraldo, als er die beiden ohne Uniform sah. »Ihr wollt schon gehen?«

»Ja, genau«, antwortete Pedro.

»Das geht aber nicht! Habt ihr euren Vertrag nicht gelesen? Da steht ganz klar: Von eins bis zwanzig nach neun.«

»Soll nicht die Regel werden, Senhor Geraldo, nur heute. Außerdem fangen wir manchmal auch früher an und helfen den Jungs von der Frühschicht, wenn viel los ist. Und dann bleiben wir trotzdem bis Ladenschluss und arbeiten länger, als im Vertrag steht. Stimmt doch, oder?«

»Das spielt keine Rolle. Ihr könnt nicht einfach gehen, wann es euch gefällt, *tchê!*«

Gespräche dieser Art wären den meisten Menschen wahrscheinlich unangenehm, nicht jedoch Marques und Pedro. Pedro schienen sie sogar ein bisschen zu amüsieren, jedenfalls argumentierte er immer fröhlich weiter. Marques dagegen war ein Hitzkopf und wurde schnell wütend. Er unterbrach Senhor Geraldo in seiner Leier.

»Okay, wollen Sie sich jetzt unsere Rucksäcke ansehen oder nicht?«

»Aber, Marques, ihr habt noch nicht Feierabend –«

»Gut, dann also nicht? Weil wir sonst nämlich trotzdem gehen.«

Missmutig gab Senhor Geraldo sich geschlagen, überprüfte die Rucksäcke und schüttelte den Kopf.

»Ihr könnt gehen«, knurrte er, um seine Autorität nicht ganz zu verlieren.

Die beiden traten aus der künstlich unterkühlten Supermarktluft hinaus in die Hitze und bogen rechts ab in die Rua General Jacinto Osório. Schon nach wenigen Metern bogen sie jedoch gleich wieder rechts ab durch das offene Tor der Escola Luciana de Abreu, die direkt neben dem Supermarkt lag. Dieses Jahr fielen die Ferien aus, weil die Lehrer im Jahr davor gestreikt hatten und jetzt der Unterricht nachgeholt werden musste.

»Seid ihr Schüler hier?«, erkundigte sich eine Lehrerin, als sie die beiden durch die Eingangshalle gehen sah. Es war das erste Mal, dass sie auf dem Schulgelände erwischt wurden, normalerweise war das Gelände menschenleer.

Pedro wusste, wann er seinen Charme spielen lassen musste. Er lächelte und gab sich schüchtern.

»Ehrlich gesagt, nein. Wir wollten nur kurz mit meiner Schwester sprechen, die hier zur Schule geht. Es ist wichtig, dauert aber bestimmt nicht lange.«

»In Ordnung, wisst ihr, wo ihr hinmüsst?«

»Ja, danke, wissen wir.«

Ohne dass die Frau es bemerkte, liefen sie einmal quer durch die Halle zum Hinterhof, wo abends weder Schüler noch Lehrer oder Schulpersonal unterwegs waren, erstens, weil er nicht beleuchtet war, und zweitens, weil es während des Abendunterrichts keine Pausen oder andere Aktivitäten im Freien gab. Und so marschierten sie unbesorgt vorbei an einem langen Pavillon, hinter dem, in einer besonders dunklen Ecke vor der Mauer zum Supermarkt, die fünf Tüten mit je zwei Flaschen Whisky standen. Sie steckten die Flaschen in die Rucksäcke und verschwanden wieder.

Jetzt mussten sie den Whisky nur noch verkaufen. Ihre Füße wussten genau, wohin sie sie tragen sollten. Ohne sich groß abzusprechen, liefen sie zur nächsten Bushaltestelle in der Avenida João Pessoa und stiegen in den 346er Richtung Zentrum.

Sie waren aufgeregt wie zwei Studenten, die frisch von der Uni kamen und Geld auftreiben wollten, um eine Datingseite, eine Tierklinik oder eine Anwaltskanzlei zu eröffnen. Würden sie tausend Reais für den Whisky bekommen? Und würde das Geld als Startkapital reichen? Für wie viel würden sie das Gras verkaufen? Wie viel Geld würden sie wohl verdienen? Sie konnten es kaum erwarten, endlich loszulegen.

6

BEDROHLICHE UMSTÄNDE

Die Ellbogen auf dem Tresen, den Kopf in die Hände gestützt, blätterte die Frau in einer dieser Zeitschriften, in denen alles Mögliche über Promis stand. Nachdem sie – um ihr Gewissen zu beruhigen – kurz die Texte überflogen hatte, betrachtete sie eine Weile die Kleider der Frauen und die Muskeln der Männer und seufzte. Hin und wieder bestellte jemand ein Bier, einen Cachaça oder eine Zigarette. Erst dann, wenn sie aus ihren Träumen gerissen wurde, um einen Gast zu bedienen, nahm sie die Gespräche wahr, die sich mit der lauten Musik und den Geräuschen der Spielautomaten vermischten.

Gerade hielt wieder ein Bus in Vila Campo da Tuca an der Haltestelle vor der Bar, was die Frau nur deswegen bemerkte, weil sie tatsächlich gerade einen Gast bediente. Ein breites Lächeln erschien auf ihrem Gesicht, als sie die beiden jungen Männer aus dem Bus steigen und an einer Gruppe Betrunkener vorbei in die Bar kommen sah.

»Marques, Pedro!«

»Catarina, alles klar?«

»Wie geht's, Schwesterchen?«

Catarina, Marques' ältere Schwester, wunderte sich nicht, die beiden zu sehen. In letzter Zeit waren sie immer wieder mal zusammen aufgetaucht, immer ungefähr um diese Uhrzeit. Sie hatte so eine Ahnung, was sie wollten.

»Habt ihr irgendwas für mich?«

»Nicht irgendwas«, sagte Pedro. »Etwas ganz Besonderes!«

»Ach ja? Na, dann lasst doch mal sehen.«

Eine nach der anderen holten sie die Whiskyflaschen aus den Rucksäcken und stellten sie auf den Tresen.

»Das war's. Zehn Flaschen allerfeinsten Whisky.«

»Kann ich nicht bezahlen.« Catarina schüttelte den Kopf.

»Ah, was denn, Schwester?«, schimpfte Marques. »Du weißt doch gar nicht, wie viel wir haben wollen.«

»Alles klar. Wie viel wollt ihr?«

»Tausend.«

»Kann ich nicht bezahlen«, wiederholte sie ungerührt.

Pedro seufzte.

»Ganz sicher nicht?«

»Nein, sicher nicht. Sechshundert könnte ich euch geben, mehr nicht.«

Marques spitzte die Lippen.

»Ah, komm, du weißt genau, dass sie mehr wert sind. In den Bars im Zentrum kostet eine Flasche von dem Zeug an die dreihundert –«

Bevor er weiterreden konnte, hob seine Schwester die Hand.

»Hallo! Jetzt hör mir doch erst mal zu, verdammt! Der Preis ist gut, okay? Ich bin ja nicht blöd oder so, ich weiß, dass das ein guter Preis ist. Wenn ich das Zeug als Shots verkaufe, bekomm ich mehr als zweitausend dafür –«

»Aber –«, warf Pedro ein.

»Aber ich kann euch nicht einfach mal kurz einen Tausender geben. Ich hab vier Kinder, ich muss Rechnungen bezahlen. Wenn ich einen Tausender übrig hätte, alles klar, dann würde ich ihn euch geben, hab ich aber nicht. Ich hab sechshundert, die kann ich euch geben. Und um ehrlich zu sein, das ist doch für euch immer noch mehr als gut. Dreihundert für jeden, ohne dass ihr einen Finger krumm machen müsst … Was wollt ihr mehr?«

»Das Problem ist, wir brauchen tausend. Weniger geht nicht.«

Catarina zog die dünnen Augenbrauen zusammen und legte den Kopf schief. »Was habt ihr denn vor mit dem Geld?«

»Gras kaufen und wieder verkaufen«, antwortete ihr Bruder frei heraus.

»Na super, noch ein Dealer in der Familie.«

»Hör mal, Schwesterchen, das brauchen wir jetzt gar nicht diskutieren! Kannst du einen Tausender zahlen oder nicht?«

Catarina lächelte. Sie freute sich immer, ihren Bruder schlecht gelaunt zu sehen. Es versetzte sie zurück in bessere Zeiten, als die ganze Familie noch zusammengelebt und sie sich um die fünf jüngeren Geschwister gekümmert hatte. Marques war der Jüngste und gleichzeitig der Rebellischste. Sie hatte immer gedacht, wenn jemand Gangster werden würde, dann er. Stattdessen kam es genau andersrum. Marques war der Einzige, der sich einen Job gesucht hatte, die anderen lebten von Überfällen, bis auf einen, der lieber Karriere als Drogendealer gemacht hatte. Und jetzt hatte auch ihr Nesthäkchen beschlossen, in die Kriminalität einzusteigen … Mochte Gott ihn beschützen.

»Ich hab doch schon Nein gesagt! Bist du taub, oder was?«

»Na gut. Dann lass uns gehen, Pedro. Verkaufen wir den Whisky eben woanders.«

»Entspann dich, Marques«, sagte Pedro und legte seinem Freund die Hand auf die Schulter, während der schon die Flaschen wieder einstecken wollte. »Deine Schwester gibt uns die Tausend. Keine Sorge.«

»Bitte was?«, fragte Catarina ungläubig. »Wie kommst du denn darauf?«

»Wir machen Folgendes, meine Hübsche. Wir geben dir vierhundert zurück. Kein Ding. Du gibst uns jetzt einen Tausender, und sobald wir genug Gras verkauft haben, kriegst du die vierhundert wieder. Das geht ganz schnell. Ich geb dir mein Wort, und mein Wort ...« Pedro formte mit Daumen und Zeigefinger ein liegendes L, beziehungsweise eine Pistole, und zielte damit auf ihre Stirn. »... mein Wort ist wie ein Schuss, verstehst du?« Er zwinkerte ihr zu und tat, als drückte er ab. »Was sagst du dazu?«

»Was ich dazu sage? Ich glaube, irgendwer muss dir mal erzählt haben, du hättest Charme, was natürlich gelogen war, aber du hast es offenbar geglaubt«, machte Catarina sich über ihn lustig. »Warte kurz, Arschloch, ich hol das Geld.« Sie drehte sich auf dem Absatz um und verschwand im Gang, der die Bar mit dem Haus verband, in dem sie mit ihrem Mann und den vier Kindern lebte. Kurz darauf kam sie zurück und drückte Pedro zwanzig zerknitterte Fünfzig-Reais-Scheine in die Hand. »Ich will die vierhundert in spätestens einem Monat. Okay?«

Pedro steckte das Geld in die hintere Hosentasche.

»Du bist der Boss.« Dann sah er zu Marques, der noch

schmollte. »Trinken wir noch ein Bier, Bro?« Bevor er antworten konnte, hatte Pedro schon bestellt.

»Gute Idee«, meinte Catarina. »Dann entspannt er sich vielleicht endlich mal.«

Marques schnalzte mit der Zunge.

»Ah, leck mich, immer muss man dir erst stundenlang den Arsch pudern«, brummte er leise, sodass sie ihn nicht hören konnte. Seine Schwester war einer der wenigen Menschen auf der Welt, bei denen er sich nicht frech zu werden traute.

Während Catarina die Gläser auf den Tresen stellte und das Bier aufmachte, lächelte Pedro.

»Wenn wir deinen stressigen kleinen Bruder gut drauf bringen wollen, dann am besten gleich richtig. Hast du nicht vielleicht 'n Näschen für uns da?«

Sie schnaubte und rollte mit den Augen.

»Klar, ihr Nervensägen, alles, was ihr wollt! Vielleicht auch noch was zum Vögeln?« Sie verschwand wieder im Gang und kam mit einem zusammengerollten Zehn-Reais-Schein und drei fertigen Lines auf ihrem Perso zurück.

Marques machte eine ablehnende Geste.

»Danke, ich bin nicht in Stimmung.«

Jetzt war seine Schwester genervt.

»Bin ich bescheuert? Warum sagst du das nicht gleich? Warum hab ich dann drei gemacht?«

»Lass gut sein, Marques, komm, nimm eine«, forderte Pedro ihn auf. »Dann geht's uns besser.«

»Ich will aber nicht, Mann! Wollt ihr mich jetzt zwingen, oder was?«

»O Gott, warum musst du immer so einen Stress machen?«, fragte Catarina. »Weißt du was, nimm jetzt einfach!« Sie hielt ihm den Perso und den zusammengerollten Schein hin. »Los jetzt, Marques, ernsthaft, du ziehst dir das Ding jetzt rein!«

Es war erstaunlich, was für eine Autorität sie gegenüber ihrem Bruder hatte. In ihrer Gegenwart war Marques nicht mehr er selbst.

»Okay, ich mach's, aber weil ich es will.«

Pedro musste lachen.

»Weil du es willst!«, spottete er. »Du machst es, weil Catarina dir sonst das Koks samt Schein und Perso ins Maul stopft.«

Etwa eine halbe Stunde später verabschiedeten sich die beiden und fuhren mit dem Bus zurück in Richtung Zentrum. Marques musste bis zum Julinho und von dort zu Fuß nach Vila Lupicínio Rodrigues. Pedro musste noch mal umsteigen und dann den Bus nach Lomba do Pinheiro nehmen. Deswegen stieg er vor der verfallenen Nervenheilanstalt São Pedro aus, die, nur nebenbei gesagt, gruseliger war als die gruseligsten Schauplätze der gruseligsten Horrorfilme, vor allem zu so später Stunde.

Als sie sich verabschiedeten, sagte Marques: »Dann versuchen wir morgen mal, diesen Fabrício zu erreichen, okay?«

Sie hatten ihn nur deswegen noch nicht angerufen, weil sie kein Guthaben mehr auf ihren Handys hatten.

»*Très bien!*«, antwortete Pedro, der diverse Hercule-Poirot-Abenteuer gelesen hatte.

Marques hasste es, wenn er das sagte.

»Du kannst mich mal *très bien,* Alter!«

Im nächsten Bus stand Pedro zwischen den müden Arbeitern und starrte gedankenverloren aus dem Fenster.

Während er auf der Avenida Bento Gonçalves in Richtung Osten fuhr, wurde die Umgebung immer unwirtlicher und ärmer. Wenn neben ihm an einer roten Ampel ein Auto hielt, erinnerte er sich manchmal daran, wie sehr er sich als kleiner Junge selbst eines gewünscht hatte … Kinder aus armen Familien, dachte er, hatten dieselben Träume wie Kinder aus reichen Familien, aber im Gegensatz zu letzteren begruben sie ihre Träume einen nach dem anderen, wenn sie älter wurden und feststellten, dass es schon schwer genug war, nicht zu hungern, dass der ständige Kampf, nicht die Grenze zwischen ihrer sozialen Schicht und der eines Bettlers zu überschreiten, schon anstrengend genug war. Als Kind hatte Pedro nicht nur davon geträumt, ein Auto zu besitzen, sondern auch jedem in seiner Familie eins zu schenken. Aus irgendeinem Grund hatte er geglaubt, später mal reich zu sein, und war dann schwer enttäuscht gewesen zu sehen, wie sich sein Leben entwickelte. Weder hatte er seiner Mutter wie versprochen ein Häuschen auf dem Land schenken noch wie geplant nach China reisen können, und auch vieles andere war reines Wunschdenken geblieben. Später verschwand selbst das. Da keiner seiner Träume in Erfüllung ging, hörte Pedro irgendwann auf zu träumen.

Jetzt jedoch spürte er die Hoffnung in sich erwachen und alte Träume wieder aufleben lassen. Er sah sich in einem Auto sitzen, in einem anständigen Haus wohnen … Gut, bis dahin lag noch ein langer Weg vor ihm, das war ihm klar. Aber in diesem Moment, als er sich seiner eigenen Entschlossenheit bewusst wurde, glaubte er zum ersten Mal wieder, alles erreichen zu können, so wie früher, vor all den schweren Enttäuschungen. Natürlich konnte es auch schiefgehen, aber in einem war er sich absolut sicher: Von nun an würde er alles Erdenkliche tun, um reich zu werden, würde Skrupel um Skrupel ablegen, bis keine mehr übrig waren. Nichts und niemand würde ihn davon abhalten.

Als Marques und Pedro am folgenden Dienstag, dem 3. Februar 2009, in den Supermarkt kamen, suchten sie zuerst nach jemandem, der noch Guthaben auf dem Handy hatte und es ihnen für einen kurzen Anruf lieh. Jorge, der Wachmann, der ihnen am Abend zuvor Fabrícios Nummer gegeben hatte, sah die beiden einen Kollegen ansprechen.

»Wollt ihr Fabrício anrufen?«, fragte er, kam näher und holte sein Handy raus.

»Genau.«

»Hier. Nehmt meins, aber per R-Gespräch.«

Jorge war auf dem Weg zu einem Treffen, bei dem ihnen die sechs neuen Wachleute aus den anderen Läden vorgestellt werden sollten. Pedro und Marques hatten noch nicht eingecheckt, also schnappten sie sich Jorges Handy und verschwanden nach oben in den Umkleideraum, wo Pedro die 9090 wählte und dann die Nummer auf dem Zettel. Nach der üblichen Melodie erklang die Ansage: »R-Gespräch. Nennen Sie nach dem Signalton bitte Ihren Namen und die Stadt, aus der Sie anrufen.«

»Hey, Jorge, was geht?«

»Hier ist nicht Jorge. Hier ist Pedro, ein Freund von ihm.«

»Hm …«

»Ich rufe an, weil Jorge meinte, du könntest mir etwas besorgen.«

»Ist Jorge auch da?«

»Ja, aber er kann gerade nicht sprechen.«

»Warum nicht?«

»Er arbeitet. Wir sind Kollegen, wir arbeiten zusammen im Supermarkt, ich ruf auch gerade von hier aus an. Ich hab mir sein Handy geliehen, er meinte, ich soll ruhig per R-Gespräch anrufen, und –«

»Okay … Und was willst du?«

»Kann ich das einfach so am Telefon sagen?«

»Mach ruhig.«

»Alles klar. Ich will Gras.«

»Minimum sind zwei Kilo.«

»Und wie teuer ist ein Kilo?«

»Siebenhundert. Ist gutes Gras.«

»Wenn es gut ist, ist der Preis wunderbar. Das Ding ist, ich hab nur tausend und komm auch gerade nicht an mehr ran. Kann ich die restlichen vierhundert vielleicht später zahlen? Oder du machst eine Ausnahme und verkaufst mir für den Anfang nur ein Kilo?«

»Also gut, du bist ein Freund von Jorge, ja? Dann kannst du die vierhundert später zahlen.«

»Super … dann also zwei Kilo. Komm ich die holen, oder wie läuft das?«

»Nein. Ich lass sie dir bringen.«

»Ah, gut. Geht das heute noch?«

»Nein. Gras liefere ich nur freitags. Wenn es jetzt Crack oder Koks wäre …«

»Verstehe. Dann diesen Freitag, geht das?«

»Geht. Wohin soll ich es liefern lassen?«

»Kennst du den Supermarkt, wo wir arbeiten?«

»Ja.«

»Davor ist ein Platz. Ich würde sagen, da, gegen halb zehn Uhr abends.«

»Ich weiß nicht, ob ich eine bestimmte Uhrzeit zusagen kann. Unser Bote hat einen Haufen Lieferungen. Und die gehen erst mal vor.«

»Okay. Dann haben wir ein Problem.«

»Warum?«

»Weil ich um zwanzig nach neun Feierabend habe und ein ganzes Stück weit weg wohne. Ich kann schlecht den ganzen Abend auf dem Platz rumhängen.«

»Ich kann es auch zu dir nach Hause liefern lassen. Wo wohnst du?«

»In Pinheiro, ich will die Sachen aber ungern zu Hause in Empfang nehmen.«

»Was ist das Problem?«

»Ich will nicht, dass es jemand mitbekommt. Mit einem vollen Rucksack nach Hause kommen, ist das eine, aber wenn jemand bei mir vor der Tür steht, mir ein Paket überreicht und ein Bündel Scheine abzählt, dann ist das etwas ganz anderes. Meine Nachbarn tratschen gern. Und die wissen alle, dass ich keine Pizza mag, wenn du verstehst, was ich meine. Je weniger Aufmerksamkeit ich errege, desto besser. Idealerweise wissen nur meine Kunden, dass ich mit Gras deale.«

»Verstehe. Ich kann dem Boten sagen, er soll versuchen, um halb zehn da zu sein, aber versprechen kann ich nichts. Vielleicht verspätet er sich.«

»Wir machen Folgendes: Wenn der Mann um zehn nicht da ist, ruf ich dich an und wir besprechen, ob wir die Lieferung verschieben oder ob ich noch ein bisschen warte. Wie wäre das?«

»Klingt gut. Gib mir deine Nummer, damit ich dich erreichen kann.«

»Wunderbar.« Pedro diktierte ihm seine Handynummer. »Alles klar dann?«

»Ja. Zwei Kilo Gras, nächsten Freitag, halb zehn, auf dem Platz vor dem Supermarkt. Perfekt. Und du hast die vierzehnhundert dabei.«

»Warte, warte. Meintest du nicht, ich kann die vierhundert später zahlen?«

»Ah, stimmt. Okay, dann die tausend. Und du hast einen Monat, um den Rest zu bezahlen, okay?«

Fabrícios Tonfall hatte nichts Bedrohliches. Das war auch nicht nötig. Allein die Umstände waren schon angsteinflößend genug. Pedro kannte den Mann am Telefon nicht, aber vermutlich würde er ihm keine Blumen schicken, wenn er die Frist nicht einhielt.

»So machen wir's.«

»Cool, dann bis bald.«

Fabrício legte auf. Still und nachdenklich klopfte Pedro sich mit Jorges Handy aufs Knie.

Marques wurde ungeduldig.

»Und, Mann, wie sieht's aus?«

»Alles cool …«, murmelte Pedro, den leeren Blick auf die Fliesen gerichtet. »Wir kriegen das Gras am Freitag nach Feierabend, auf dem Platz draußen. Zwei Kilo. Dann schulden wir ihm noch vierhundert, die müssen wir in spätestens einem Monat bezahlen.« Er sah Marques an. »Wenn etwas schiefgeht und wir nicht zahlen können, wird der Typ wahrscheinlich versuchen, uns umzulegen.«

Marques runzelte die Stirn. Er suchte in Pedros Blick nach einer Spur von Angst oder Bedenken. Doch in seinen braunen Augen war nur Entschlossenheit, eine feste, vielleicht unbeirrbare, eisige Entschlossenheit, wie die Oberfläche eines zugefrorenen Sees. Noch eisiger waren wahrscheinlich die Gedanken dahinter. Nein, Pedro hatte weder Angst noch Bedenken. Seine Bemerkung, so schloss Marques, war eine Warnung, eine subtile Art, ihm mitzuteilen, dass er jetzt noch aus der Sache rauskam. Aber Marques war genauso wenig zu verschrecken, er war vielleicht sogar noch unerschrockener als Pedro. Außerdem flüsterte ihm sein Loyalitätsgefühl zu, dass er seinen Freund bei diesem gefährlichen Unterfangen nicht allein lassen durfte. Er vertraute Pedro voll und ganz und war sicher, dass er genau wusste, was er tat. Und seine ewigen finanziellen Schwierigkeiten, dazu die Neuigkeit, dass Angélica wieder schwanger war, raunten ihm zu, dass er diese Gelegenheit auf keinen Fall verpassen durfte. All dies trug dazu bei, dass Marques sich von der Entschlossenheit in Pedros Blick anstecken ließ, zumal er selbst durchaus gewillt war, die Sache durchzuziehen.

»Cool, Mann«, antwortete er schließlich. »Lass uns das machen. Wenn etwas schiefgeht und wir ihm sein Geld nicht zurückgeben können, soll er ruhig versuchen, uns umzulegen. Irgendwann müssen wir alle sterben. Nur dass wir Hände und Füße haben und uns bewegen können. Wenn der Typ uns umlegen will, werden wir ja sehen, wer schneller ist.«

7

DER ALTE

Es war wirklich bemerkenswert, wie leicht Marques die Geduld verlor. Er musste nur zweimal an die Tür klopfen, ohne dass eine Reaktion kam, schon runzelte er die Stirn, holte tief Luft, hielt die Hände an den Mund und brüllte, so laut er konnte: »Alter!!!«

»Verdammt, ja, ich komm ja schon!«, knurrte eine heisere, verschlafene Stimme aus dem Haus. Im nächsten Moment hörte man etwas zu Boden fallen. »Mist! So eine Scheiße!«

Es war erst zehn Uhr morgens am Mittwoch, dem 4. Februar 2009, aber schon so heiß, als wäre es mittags. Die Sonne knallte Marques direkt auf den Kopf, während er vor der verschlossenen Tür stand und ihm der Schweiß von der Stirn und in den Nacken tropfte.

»Meine Fresse, wie kann der bei der Hitze so lange pennen?«, murmelte er vor sich hin.

Als endlich die Tür aufging, schlug ihm ein starker Geruch nach Alkohol entgegen. Vor ihm stand eine eindrucksvolle Gestalt. Ein kräftiger Kerl, von Falten gezeichnet, eine Haut wie reifer Weizen. Die glatten grauen Haare hingen ihm ins Gesicht und verliehen ihm etwas Wildes und gleichzeitig Komisches. Er war wahrscheinlich irgendwas zwischen fünfzig und sechzig, sah aber, vielleicht dank seiner Haltung oder seines Armumfangs, jünger aus. Über seinem nackten Oberkörper hing an einer Kette ein goldenes Kreuz, das jedoch weniger ins Auge stach als die beiden schlimmen Narben auf seinem Bauch, die zweifellos von Schusswunden stammten.

»Scheiße, Marques, was willst du, Junge?«, fragte der Drogenboss von Vila Lupicínio Rodrigues.

Marques lachte.

»›Scheiße‹ sag ich, Alter! Willst du mich nicht reinbitten?«

Der Alte seufzte, schüttelte den Kopf und machte dem Jungen Platz, dann schloss er die Tür.

Marques sah sich um, im Großen und Ganzen war es wie immer sehr aufgeräumt, nur in einer Ecke herrschte zu seiner Verwunderung Chaos. Das Sofa stand schräg, der Teppich war leicht verrutscht. Auf dem Couchtisch drei Gläser, eins umgekippt, daneben eine leere Flasche Whisky, eine Kreditkarte und ein Teller mit Kokain.

»Junge, Junge, was war denn hier los?«

»Das kann ich dir sagen.« Der Alte grinste, warf theatralisch den Kopf in den Nacken, sodass die Haare nach hinten flogen, und stemmte die Hände in die Hüften. Dann fuhr er sich mit der Zunge über die Lippen. »Ich hab mich ein bisschen amüsiert. Da fing es an.« Er zeigte aufs Sofa. »Und da hat es aufgehört.« Jetzt zeigte er mit dem Daumen auf die geschlossene Schlafzimmertür.

»Ah, gut, hab's kapiert.« Marques öffnete die Tür und sah zwei nackte Frauen im Bett schlafen. »Nicht schlecht!«

»Willst du auch mal?«

»Nein, danke. Ich wollte nur fragen, ob du Lust auf ein Spielchen hast.« Er schloss die Tür wieder.

»Du spielst lieber Billard mit einem alten Sack wie mir, als mit ein paar hübschen Mädchen zu vögeln?«

»Ich … na ja, ich hab gerade keine Lust, okay?«

»Ah, du hast schon gefrühstückt. Angélica kann sich wirklich glücklich schätzen. Ernsthaft. Die Frau wacht auf und kriegt es direkt besorgt. Was will sie mehr?«

»Jetzt hör schon auf mit dem Quatsch, Mann. Spielen wir eine Runde oder nicht?«

»Marques, ich hab mich vor nicht mal einer Stunde schlafen gelegt!«, beschwerte er sich.

»Leck mich. Letztes Mal bist du um Mitternacht bei mir aufgetaucht und wolltest mit mir spielen. Ich hatte mich gerade erst hingelegt und bin trotzdem aufgestanden und mitgekommen.«

»Gut, aber da war ich komplett besoffen. Du wusstest, dass ich dich nicht schlafen lassen würde.« Der Alte grinste schelmisch, er schien sich gern daran zu erinnern. »Und glaub mir, ich hätte dich wirklich nicht in Ruhe gelassen! War auf jeden Fall richtig von dir, dass du mitgekommen bist! Ich hätte die ganze Nacht vor deiner Tür rumgebrüllt.«

Marques zog die Augenbrauen hoch und lächelte. Er setzte sich aufs Sofa, legte die Arme auf die Rückenlehne und schüttelte vielsagend den Kopf.

Der Alte verstand. Von einem Moment auf den anderen wurde er ernst.

»Okay«, seufzte er. »Du lässt mich auch nicht in Ruhe, wenn ich jetzt nicht mitkomme, richtig?«

»Nur drei oder vier Partien, Mann. Ich kann auch nicht lange. Ich muss arbeiten. Danach gehst du nach Hause und schläfst weiter.«

Er kam auf Marques zu und setzte sich in den Sessel ihm gegenüber.

»Gut, ich komme. Aber du weißt, dass das nicht in Ordnung ist, Marques. Ich bin ein alter Mann!« Er nahm die Kreditkarte, schob ein bisschen was von dem Häufchen Kokain auf dem Teller beiseite und zog eine Line. Währenddessen riss Marques einen Zettel aus dem Kalender neben dem Telefon, rollte ihn zusammen und reichte ihn dem Alten, der damit das Koks durch die Nase zog.

Dann ging er ins Schlafzimmer, weckte die Prostituierten, gab ihnen Geld und bat sie, sich anzuziehen und zu gehen. Danach ging er ins Bad, spritzte sich Wasser ins Gesicht und kämmte sich die Haare. Zurück im Zimmer zog er sich ein Hemd über, wie immer ohne es zuzuknöpfen. Nachdem er sich im Spiegel betrachtet hatte, kam er zufrieden wieder raus.

»Gehen wir.«

»Na endlich, Bill!«

Er hieß natürlich nicht Bill, aber Marques nannte ihn manchmal so, weil er ihn an den Bill aus *Kill Bill* erinnerte.

»Warte kurz. Ich glaub, das hier nehm ich besser mit.« Er schnappte sich den Teller mit dem Kokain.

»Mann, ey, irgendwann landest du noch im Grab!«

»Aber sicher, Marques. Das tun wir alle. Die Frage ist nur, auf welchem Weg, mein Junge. Du gehst da lang, ich geh hier lang, aber früher oder später fallen wir alle von derselben Klippe.«

Sie traten hinaus in die Sonne. Der Alte trug den Teller mit dem Koks völlig unbekümmert, wie ein Kellner sein Tablett.

»Fehlt nur ein kleines Windchen«, scherzte Marques.

»Hör bloß auf!«

Sie liefen in Richtung der kleinen Bar, in der sie immer Billard spielten. Der Laden war praktisch rund um die Uhr geöffnet. Der Besitzer wechselte sich mit seinen Kindern ab, und manchmal bediente auch seine Frau, aber heute stand er selbst hinterm Tresen.

Als Marques und der Alte ihn begrüßten, reichte er ihnen ohne ein Wort ein paar Chips für den Billardtisch. Dann holte er die kälteste Flasche Bier des Hauses und zwei Gläser und stellte sie auf einen Tisch daneben.

»Kann ich das Koks hier abstellen?« Noch bevor eine Antwort kam, stand der Teller auf dem Tresen.

»Klar, kein Problem.«

»Wenn du ein Näschen willst, bedien dich.«

Das musste man ihm nicht zweimal sagen.

Die beiden zogen die Schublade vom Billardtisch auf, holten die Kugeln raus und ordneten sie auf dem Filz an. Dann schnappten sie sich die Queues und fingen an zu spielen.

Während der Alte die erste Kugel stieß, trank Marques einen Schluck Bier.

»Sag mal, warum verkaufst du eigentlich kein Gras?«

Die Frage schien ihn zu überraschen. Er dachte kurz nach.

»Gras ist zu … zu voluminös.«

»Voluminös?« Mit der Antwort hatte Marques nicht gerechnet.

»Voluminös.«

»Wie meinst du das?«

»Mann, Marques, weißt du nicht, was voluminös ist? Wenn etwas viel Volumen hat.«

»Und was ist das Problem, wenn Gras Volumen hat?«

»Was das Problem ist? Ich sag dir, was das Problem ist. Pass auf, stell dir vor, ich komm hier mit dem Auto an und hab den Kofferraum voll Crack und Koks. Hinter mir kommt ein anderes Auto mit irgendeinem Idioten wie dir am Steuer. Das Auto hat den Kofferraum voller Gras. Und jetzt frag ich dich: In welchem Auto steckt mehr Geld?«

»In deinem natürlich.«

»Warum?«

»Weil Crack und Koks teurer sind als Gras.«

»Okay. Jetzt pass auf, ich könnte natürlich so viel Gras transportieren, dass es genauso viel wert ist wie das Crack und Koks in meinem Kofferraum, nur dass ich dafür einen Lastwagen bräuchte. Und jetzt rate mal, warum.«

Marques rollte mit den Augen.

»Ja, gut, hab verstanden. Weil Gras voluminös ist.«

»Ganz genau. Und wenn ich einen Lastwagen hätte, dann würde ich darin noch mehr Crack und Koks transportieren und kein Gras.«

Sie schwiegen eine Weile. Marques war dran. Er versenkte die Kugel mit der Nummer zwei. Beim zweiten Stoß versenkte er keine Kugel.

»Aber früher hast du Gras verkauft.«

»Richtig. Aber das waren andere Zeiten. Da wurde noch nicht so viel Koks gekauft. Und es gab auch nicht so viele Briten in Porto Alegre.«

Das Wort Briten hatte natürlich nichts mit Großbritannien zu tun. Das Crack wurde in Form von Steinchen verkauft, die auch *Britas* genannt wurden, deswegen hießen die Crackheads Briten.

Nachdem er dran war, fragte der Alte: »Warum interessierst du dich plötzlich für meine Geschäfte?«

»Na ja. Weißt du, ich hab vor, hier im Viertel Gras zu verkaufen. Du hast doch nichts dagegen, oder?«

Der Alte sah ihn an.

»Meinst du das ernst?«

»Klar, warum? Ist das ein Problem?«

»Nein. Kein Problem. Aber, ich meine, ich hab dich schon tausendmal gefragt, ob du nicht für mich arbeiten willst, und du hast immer abgelehnt. Du wolltest lieber in deinem blöden Supermarkt arbeiten.«

»Du bist mir einfach zu durchgeknallt, Mann. Deswegen wollte ich nie für dich arbeiten.«

»Durchgeknallt, ich?« Schockiert hielt er sich die Hand vor die Brust.

»Etwa nicht? Weißt du noch, wie du auf den Bullen geschossen hast, der hier in Uniform ankam? Direkt hier vor der Bar war das. Danach hast du den armen Kerl noch an den Füßen durch die Straßen gezerrt. Erinnerst du dich? Wenn ich für dich arbeiten und irgendeinen Scheiß bauen würde, würdest du doch dasselbe mit mir machen.«

»So etwas würde ich nie tun, Marques. Wie oft soll ich dir noch sagen, dass du wie ein Sohn für mich bist?«

»Du bist nur leider immer betrunken, wenn du das sagst.«

»Gut, aber jetzt bin ich nicht betrunken, oder? Das ist unser erstes Bier …«

»Und was ist mit der leeren Flasche Whisky, die bei dir auf dem Tisch stand?«

»Das waren die Mädchen, ich schwör! Die haben gesoffen wie die Kamele, Marques! Ehrlich!«

»Ach komm, Bill! Du bist so was von durchgeknallt, Alter!«

Sie mussten lachen.

»Jetzt mal ernsthaft«, sagte Marques. »Ich hab tatsächlich vor, hier Gras zu verticken. Nur Gras, sonst nichts, keine Sorge. Das Ding ist, wir wollen unter dem Radar bleiben, weißt du, was ich meine?« Er ließ die Hand durch die Luft gleiten.

»Was soll das heißen, ›unter dem Radar bleiben‹?«

»Na ja, Geld verdienen, ohne groß aufzufallen, ohne irgendwelchen Ärger zu kriegen.«

»Vergiss es, Marques. Mit Gras verdient man kein Geld.«

»Ich weiß. Ist zu voluminös, stimmt's?«

Der Alte lachte.

»Also, wenn du Gras verkaufen willst, nur zu. Von mir aus gern.«

»Der Plan ist gut. Wirst du schon sehen.«

»Ah, der Plan ist gut, ja? Du schaffst es doch noch nicht mal, deinen eigenen Kühlschrank zu überfallen, Mann.«

»Um ehrlich zu sein, er stammt nicht von mir.«

»Von welchem Idioten dann?«

»Pedro, einem Kumpel aus dem Supermarkt. Und der ist kein Idiot. Ehrlich gesagt, der Typ ist ein Genie.«

»Genies arbeiten nicht im Supermarkt.«

»Weißt du, was er dazu sagt? Er meinte, es stimmt nicht, dass Leute, die in Scheißjobs arbeiten, dumm sind und deswegen auch nur Scheißjobs kriegen. Es ist andersrum, es sind die Scheißjobs, die die Leute irgendwann dumm machen.«

»Dann ist er trotzdem ein Idiot. Weil, nach seiner Theorie hat euer Scheißjob ihn ja dumm gemacht.«

»Das hab ich auch zu ihm gesagt. Weißt du, was er darauf meinte?«

Der Alte hatte allmählich die Nase voll.

»Keine Ahnung«, seufzte er.

»Er meinte, das sei … Mist, jetzt fällt mir das Wort nicht ein … war irgendwie ein total komisches Wort …« Das Wort, das ihm nicht einfiel, war »paradox«. »Scheiß drauf, ich weiß es nicht mehr. Aber es ging um irgendwas, wovon man einen Knoten im Kopf kriegt, weißt du? Weil, wenn seine Theorie nämlich stimmt, dann ist er ein Idiot, aber wenn er ein Idiot ist, dann kann seine Theorie auch nicht stimmen, verstehst du? Na gut, er hat es besser erklärt. Im Grunde war es nur so ein Gedankenspiel von ihm. Danach hat er gelacht und meinte, er hielte sich nicht für einen Idioten. Im Grunde hielt er sich für … Shit, jetzt fällt mir das Wort auch nicht ein …« Das Wort, das ihm diesmal nicht einfiel, war »anormal«. »Egal, er glaubt, ihm sei etwas passiert, das einem normalerweise nicht passiert, so was wie ein Unfall, und dass er dadurch intelligent geworden sei, obwohl er arm ist, obwohl er total früh von der Schule gegangen ist und sein Leben lang nur Scheißjobs gemacht hat. Aber am liebsten wäre er gar nicht intelligent. Er wäre lieber ein Idiot, dann wäre er nämlich glücklich, weil er mit seinem Scheißleben zufrieden wäre.«

»Marques, der Typ ist definitiv nicht ganz dicht.«

Marques meinte es ernst.

»Pass auf, ich kenn Pedro jetzt schon eine ganze Weile, und ehrlich gesagt, jedes Mal, wenn ich mit ihm rede, denke ich im Grunde dasselbe wie du: dass er nicht ganz dicht ist. Er redet und redet, und du merkst, dass er irgendwie anders tickt, weil er immer zu völlig absurden Schlüssen kommt. Das musst du dir echt mal reinziehen. Trotzdem hör ich ihm zu, und ich schwör: Was er sagt, ergibt irgendwie voll Sinn. Und das macht mir Angst. Weißt du auch, warum?«

»Warum?«

»Weil ich dann denke, dass vielleicht ich es bin, der nicht ganz dicht ist.«

Sie spielten ein paar Partien und tranken ein paar Biere. Der Alte ging hin und wieder zu seinem Koks-Teller und bot auch dem Wirt eine Line an, der jedes Mal dankend annahm. Als Marques irgendwann sagte, er müsse vor der Arbeit noch duschen und etwas essen, bat der Alte, die Biere und die Billard-Chips auf seine Rechnung zu setzen, nahm den inzwischen leeren Teller und ging mit ihm nach draußen.

»Pass auf, Marques, lass uns vorher noch kurz zu mir. Ich will dir etwas schenken.«

Marques hatte keine Ahnung, was das sein konnte, dachte sich aber, es könnte nicht schaden, bei dem alten Spinner auf der Hut zu sein. Es hätte ihn nicht gewundert, wenn er plötzlich auf die Idee gekommen wäre, ihn wegen der Geschichte mit dem Gras umzulegen, auch wenn er behauptete, kein Problem damit zu haben.

Als sie bei ihm zu Hause ankamen, wartete Marques im Wohnzimmer, während der Alte im Schlafzimmer verschwand, um das besagte Geschenk zu holen. Sein Herz setzte kurz aus, als er ihn mit einem Revolver in der Hand zurückkommen sah. Dann jedoch fiel ihm auf, dass er ihn am Lauf hielt, also ganz offensichtlich nicht auf ihn zielte.

»Hier, nimm«, sagte der Alte und hielt ihm die Waffe hin. »Aber Vorsicht: Er ist geladen.«

»Warum gibst du mir den?«

»Weil du ihn vielleicht eines Tages brauchen wirst, mein Junge.«

8
FRIEDEN BEWAHREN

In Vila Viçosa und Vila Nova São Carlos herrschte Frieden. Natürlich starb hin und wieder der eine oder andere arme Kerl bei einer Kneipenschlägerei, wegen einer Frau oder wegen seiner Schulden, aber es war schon eine Weile her, dass die rivalisierenden Gangs sich ständig Schießereien lieferten. Was vor allem daran lag, dass der Drogenhandel in letzter Zeit so viel Geld einbrachte, dass alle Beteiligten zufrieden waren. Die Nachfrage war groß, es gab genug Kundschaft für alle: Der Krieg war aus der Mode gekommen. Die Frage war nur, wie lange noch? Geschichte wiederholte sich. Waffenruhen kamen, Waffenruhen gingen. Die Klügeren wussten, dass jeder friedliche Tag ein Schritt in Richtung turbulentere Zeiten war.

Und so kam es, dass durch eine unglückliche Fügung des Schicksals der Frieden in beiden Vierteln wieder einmal bedroht war. Auf der Estrada João de Oliveira Remião überfuhr ein sternhagelvoller Jugendlicher auf seinem Motorrad ein fünfjähriges Mädchen, das auf der Stelle tot war. Als wäre das nicht tragisch genug, stand der Vater des Mädchens, ein Drogendealer aus Vila Nova São Carlos namens Jair, besser bekannt unter dem vielsagenden Spitznamen Rasga-Bucho, der Bauchaufschlitzer, wie der Bösewicht aus der mexikanischen Serie *El Chapulín Colorado,* der Vater des Mädchens also stand im Moment des Unfalls direkt neben ihr, hielt sie an der Hand, brabbelte mit Falsettstimme albernes Zeug, wie Erwachsene es bei Kindern eben so tun, und sah das Motorrad nicht mal vorbeisausen, blitzschnell und brummend wie eine Riesenbiene. Alles, was er sah, war seine Tochter, die wie eine Stoffpuppe durch die Luft flog, nachdem ihre kleine Hand aus seiner geglitten war. Der jugendliche Fahrer blieb unverletzt, er fiel ein paar Meter weiter von seinem Motorrad und sprang einfach auf die Beine, als wäre nichts gewesen. Allerdings überlebte er nicht die sechzehn Schüsse aus der 40er-Pistole, die Rasga-Bucho ihm danach verpasste, alle in den Kopf. Und so unglaublich es auch klingen mag, die Episode hätte durchaus als unspektakulär durchgehen können, denn das hier war immerhin Lomba do Pinheiro, wo einen nichts so leicht aus der Fassung brachte. Trotzdem löste die Geschichte großen Wirbel aus, denn der tote Motorradfahrer war der kleine Bruder von Fernando, alias Bison, benannt nach der Figur aus *Street Fighter,* und dieser Bison gehörte zur rivalisierenden Gang aus Vila Viçosa.

Als Pedro abends von der Arbeit kam, erfuhr er, was passiert war. In jener Nacht konnte er kaum schlafen. »Scheiße, Mann, ausgerechnet jetzt!«, dachte er, während er sich im Bett hin und her wälzte.

Falls jetzt wieder Krieg ausbrach, wonach es ganz aussah, hatte er ein Problem. Denn wenn es jeden Tag Schießereien gab und jede Woche Tote, würde es bald nur so von Polizisten wimmeln, und jeder, der sich auf der Straße rumtrieb, würde alle fünf Minuten gefilzt. Ganz zu schweigen davon, dass die Polizei nach Lust und Laune

Hausdurchsuchungen vornehmen und den Leuten vollkommen willkürlich und ohne Ankündigung zu jeder Tages- und Nachtzeit die Tür eintreten konnte, sie überall Chaos anrichteten und jeden verprügelten, der es wagte, auch nur Piep zu sagen. Was bedeutete, dass Pedro seine Pläne für unbestimmte Zeit auf Eis legen musste … Oh, nein! Der Frieden musste um jeden Preis bewahrt werden. Die Polizei durfte hier nicht auftauchen! Aber was konnte er tun?

Am nächsten Tag, Donnerstag, dem 5. Februar 2009, stand er früher auf als sonst und traf sich mit dem Drogenboss von Vila Nova São Carlos, einem Mann namens Valdir. So wie Marques am Tag zuvor mit dem Alten aus Lupicínio Rodrigues gesprochen hatte, wollte er Valdir über seine Pläne informieren, in der Senke zwischen Vila Nova São Carlos und Vila Viçosa, dem zukünftigen Vila Sapo, Gras zu verkaufen. Danach würde er dasselbe Gespräch mit dem Boss von Vila Viçosa führen.

Valdir wohnte am Ende einer Gasse, am höchsten Punkt von Vila Nova São Carlos. Sein hübsches großes Haus hob sich von den ärmlichen Hütten ringsum ab. Je näher Pedro kam, desto merkwürdiger erschien ihm die Umgebung. Am Eingang der Gasse war er an einer Gruppe von Bekannten vorbeigekommen, alles Dealer, jetzt waren es Leute, die er vom Sehen kannte, die aber, soweit er wusste, nicht dort wohnten, außerdem Männer, die er noch nie gesehen hatte und die ihn offensichtlich misstrauisch beäugten. Als wäre das nicht Grund genug, sich unwohl zu fühlen, trugen sie jetzt auch noch Waffen. Der eine hatte eine Maschinenpistole, der andere einen Revolver, der nächste eine Pistole im Hosenbund über dem nackten

Oberkörper, ein Sturmgewehr auf dem Schoß oder eine Schrotflinte, die an einer Mauer lehnte.

Der junge Mann am offenen Fenster in Valdirs Haus sah Pedro kommen und lief raus, um ihn am Tor zu empfangen. Er hielt eine silberne Pistole in der linken Hand, aber sein breites Grinsen verriet, dass er sich freute, ihn zu sehen.

»Was geht, Pedro, Alter, alles klar?«

»Alles klar, Lucas. Aber sag mal, was ist denn hier los? Man kommt sich ja vor wie in der Kaserne.«

»Ah, Bro, die Stimmung ist angespannt, nach der ganzen Scheiße gestern. Hast du mitgekriegt, oder?«

»Ja, klar.«

»Na ja, so sieht's aus. Mein Alter ist nervös, kannst du dir ja vorstellen. Demnächst fliegen hier die Kugeln, ist nur eine Frage der Zeit. Bison lässt Rasga-Bucho bestimmt nicht so einfach davonkommen, für das, was er mit seinem schwachsinnigen Bruder gemacht hat, aber am Ende müssen wir das Ganze ausbaden. Rasga-Bucho ist nun mal einer von uns, und er war im Recht.«

»Wo ist dein Vater?«

»Hinten. Willst du ihn sprechen?«

»Ja.«

»Okay, komm rein.«

Pedro folgte ihm ums Haus herum. Nach hinten raus fiel das Gelände leicht ab, ein paar Meter weiter wurde es dann wieder eben. Männer, Frauen und Kinder hatten sich um einen Grill versammelt. Als Pedro in der gut gelaunten Runde zu seinem Entsetzen Rasga-Bucho entdeckte, der lachend eine Dose Bier in der Hand hielt, fragte er sich, was für ein Monster man sein musste, um von einem Tag auf den anderen über den Verlust seiner kleinen Tochter hinwegzukommen, vor allem unter so tragischen Umständen.

»Da ist er, Pedro. Geh ruhig zu ihm.« Lucas begleitete den Gast zu seinem Vater und blieb dann bei ihnen stehen.

»Wie geht es Ihnen, Senhor Valdir?«, begrüßte Pedro ihn.

Valdir saß auf einem Liegestuhl, ein Stück abseits von den anderen. Wie alle hatte er eine Dose Bier in der Hand. Er war ein Mann mittleren Alters mit Glatze und Kinnbart. Pedros Besuch schien ihn zu verwundern, er sah ihn an wie einen Außerirdischen.

»Gut, gut«, erwiderte er mit gerunzelter Stirn.

Vielleicht nahm er an, sein Kommen habe etwas mit den Ereignissen vom Vortag zu tun, dachte Pedro. Um eventuelle Missverständnisse aufzuklären, kam er direkt zur Sache.

»Ich bin hier, weil ich unten bei uns im Viertel Gras verkaufen will und dachte, es sei besser, vorher mit Ihnen zu sprechen.«

»Also, meinetwegen kein Problem, ich verkaufe kein Gras.«

Die Antwort klang reserviert. Pedro wurde nervös. Aus irgendeinem Grund wirkte Valdir verärgert. Was ging dem Mann durch den Kopf? Glaubte er, seine Feinde hätten ihn, Pedro, geschickt, um ihn auszuspionieren? Das hatte ihm gerade noch gefehlt …

»Ich wollte Ihnen meinen Respekt erweisen.«

»Verstehe.«

Jetzt grinste Valdir. Sein Blick ruhte auf Pedro, der allmählich Angst bekam.

»Wollen Sie … wollen Sie mir irgendetwas sagen?«

»Ob ich dir etwas sagen will? Was denn?«

»Keine Ahnung. Sie … Sie sehen mich so komisch an. Als hätten Sie etwas dagegen, dass ich hergekommen bin, warum, weiß ich nicht …«

»Das bildest du dir ein. Ich hab dir ganz bestimmt nichts zu sagen. Sonst würde ich es tun. Und du? Hast du mir was zu sagen?«

»Hatte ich, aber ich hab es schon gesagt. Dass ich Gras verkaufen will.«

»Das ist alles?«

»Klar. Wie gesagt, war eine Frage des Respekts.«

»Und wenn du gleich gehst, wo willst du dann hin?«

Jetzt war Pedro sicher, dass Valdir ihm misstraute.

»Ehrlich gesagt wollte ich danach mit Renato sprechen.«

Renato war der Drogenboss von Vila Viçosa, Valdirs Hauptrivale. Bison, der Bruder des Teenagers, den der anwesende Rasga-Bucho erschossen hatte, gehörte zu seiner Gang.

»Ach, du willst mit Renato sprechen?«

»Genau. Aus demselben Grund, aus dem ich zu Ihnen gekommen bin. Um ihn zu informieren, dass ich Gras verkaufen will.«

Wütend warf Valdir seine Bierdose zu Boden, blieb aber sitzen. Pedro sah sich um und stellte erleichtert fest, dass niemand sie beachtete, außer Lucas, der neben seinem Vater stand.

»Ich sollte dir eine Kugel in den Kopf jagen«, erklärte der Drogenboss. »Aber weißt du was, Pedro? Ich lass dich gehen. Geh. Es ist mir egal, ob du Renato alles erzählst, was du gesehen hast. Geh ruhig. Erzähl ihm, wie viele bewaffnete Männer du hier gesehen hast.«

Pedro überlegte, sich umzudrehen und zu gehen, aber wenn er das täte, würde es Valdir in seinem Misstrauen nur bestätigen, also entschied er sich dagegen. Zu Valdirs Überraschung zog er sich einen Stuhl ran und setzte sich.

»Hören Sie, Senhor Valdir. Ehrlich gesagt bin ich hergekommen, um kurz ein paar Worte zu wechseln und gleich wieder zu gehen, aber das wird wohl nichts. Ich kann nicht einfach gehen, und Sie reimen sich irgendwelchen Mist zusammen. Renato hat mich nicht geschickt. Ich bin auf keiner Seite. Wenn er mich gebeten hätte, wäre ich nicht gekommen, auch nicht für einen Lastwagen voll Geld. Ich will keinen Ärger. Verdammt, Sie kennen mich doch! Ich wollte Ihnen nur Bescheid sagen, dass ich Gras verkaufen will, sonst nichts. Also ehrlich, kann ich vielleicht irgendwas für diese düstere Stimmung? Jeder, der hier ohne triftigen Grund ankommt, ist in Ihren Augen gleich verdächtig, oder wie? Sehen Sie mich doch an, Senhor Valdir. Ich bin's, Pedro, der Typ, der da unten wohnt und nie Ärger mit irgendwem will.«

Valdir hörte ihm mit einem ironischen Grinsen zu, das immer breiter wurde. Schließlich beugte er sich ein Stück vor, kratzte sich an der Nase und sagte: »Sehr schön, Pedro, sehr schön. Du hast mich überzeugt. Ich glaube dir. Verzeih bitte meine … Paranoia!« Einen sarkastischeren Menschen konnte man sich kaum vorstellen. Trotzdem hatte Pedro das Gefühl, ihn von seiner Unschuld überzeugt zu haben. Seine bissige Art schrieb er seinem Stolz zu. Für einen Mann wie ihn war es bestimmt nicht leicht, einen Fehler zuzugeben, vor allem vor dem eigenen Sohn. »Wie auch immer«, fuhr Valdir fort. »Du gehst jetzt also zu Renato, richtig? Dann tu mir doch bitte einen Gefallen. Sag ihm und Bison, dass sie zum Churrasco eingeladen sind.«

Pedro seufzte.

»Das werde ich natürlich nicht tun. Im Gegenteil. Wenn möglich will ich versuchen, Renato und Bison davon zu überzeugen, die ganze Sache zu vergessen. Damit tue ich Ihnen im Grunde sogar einen Gefallen. Wenn es mir gelingen sollte, erspare ich Ihnen einiges an Kopfschmerzen.«

Valdir lächelte nicht mehr.

»Glaubst du vielleicht, ich hätte Angst? Lass sie ruhig kommen, wenn sie wollen.«

»Das habe ich nicht behauptet. Ich weiß, dass Sie keine Angst haben. Wir sind alle nicht blöd. Selbst Renato weiß, dass Sie keine Angst haben. Wahrscheinlich gefällt Ihnen die Situation sogar.«

»Richtig, es gefällt mir. Ich hab es schon vermisst.«

»Eben. Das Problem ist, Sie haben bei alldem sehr viel mehr zu verlieren als zu gewinnen. Dasselbe gilt für Renato. Sobald hier die Kugeln fliegen und es Tote gibt, wird die Polizei den ganzen Scheiß hier übernehmen, und dann werden wir ja sehen. Die nehmen euch eure Waffen ab, eure Drogen, euer Geld, und eine Menge Leute wandern in den Knast.«

»Da hat er recht, Papa.« Es war das erste Mal, dass Lucas den Mund aufmachte. Den Mumm seines Vaters hatte er offenbar nicht geerbt.

»Halt den Mund, Junge!«

»Überlegen Sie doch mal, Senhor Valdir«, fuhr Pedro fort. »Sie sind doch jetzt quitt, oder? So sehe ich das wenigstens. Es ist alles geklärt. Was also ist das Problem?«

»Was meinst du? Verstehe ich nicht.«

»Bisons Bruder hat Rasga-Buchos Tochter totgefahren. Daraufhin hat Rasga-Bucho ihn erschossen. Punkt. Wer hätte an Rasga-Buchos Stelle anders gehandelt? Also war's das jetzt. Das Mädchen wird heute beerdigt, der Junge wird heute beerdigt, und damit hoffentlich auch die ganze Geschichte. Fertig. Weiter geht's. Niemand kann sich beschweren. Verstehen Sie? Dasselbe erzähle ich Renato und Bison, wenn ich zu ihnen gehe. Sie müssen nicht mal wissen, dass ich hier war. Wenn sie mir nicht zuhören wollen, gut, ihr Problem. Aber man weiß ja nie. Vielleicht hören sie mir ja zu. Und vielleicht geben sie dann sogar Ruhe. Das wäre auf jeden Fall das Beste für uns alle. Damit würden alle nur gewinnen: Sie, Renato, alle. Sogar ich.«

Valdir runzelte die Stirn.

»Du? Was hast du bei der ganzen Geschichte zu gewinnen?«

»Wenn ihr keinen Krieg anfangt, muss die Polizei nicht anrücken, und ich kann in Ruhe mein Gras verkaufen.«

Leider wusste Pedro, dass die Chancen schlecht standen, Bison davon zu überzeugen, den Tod seines Bruders nicht rächen zu wollen. Und wenn der arme Kerl tatsächlich Vergeltung wollte, würden Renato und sämtliche Dealer von Vila Viçosa ihn mit Sicherheit unterstützen. Ein Krieg schien unabwendbar. Eigentlich erstaunlich, dass noch nichts passiert war, zumal die Zündschnur schon seit Stunden brannte.

Im Gegensatz zu Vila Nova São Carlos war Vila Viçosa keine homogene Gemeinschaft. Die Gründerfamilien hatten sich in der südwestlichen Hälfte angesiedelt, wo bis heute eine freundliche, ruhige, zivilisierte Atmosphäre wie damals in den 1970er Jahren herrschte. Die nordöstliche Hälfte hingegen, hervorgegangen aus einer Reihe unkontrollierter Masseninvasionen, war das komplette Gegenteil. Der liebevoll Vilinha genannte Teil von Viçosa, der von der Anwohnervereinigung nicht mal als solcher anerkannt wurde, bestand aus einer traurigen Ansammlung von Behausungen, durchzogen von holprigen, unbefestigten Straßen, engen Gassen und offenen Abwassergräben, die sich vollkommen ungeordnet von der Estrada João de Oliveira Remião bis runter zur künftigen Vila Sapo über den Hang ausbreiteten.

Und zu diesem alles andere als freundlichen, ruhigen, zivilisierten Teil von Vila Viçosa machte Pedro sich jetzt auf den Weg, langsam, aber mit rauchendem Kopf. Dort schließlich traf er auf Bison, der an einem Motorrad lehnte, einen Joint rauchte und sich mit jemandem unterhielt. Er grüßte die beiden und sagte: »Hey, Bison, ich hab das mit deinem Bruder gehört. Mein Beileid.«

Bison verzog nur den Mund, nickte und sah zu Boden.

»Wo ist Renato?«, wollte Pedro wissen. »Ist er zu Hause?«

»Nee. Im Cortiço.«

Pedro nickte und ging weiter, blieb dann aber direkt wieder stehen und drehte sich um.

»Hör mal, Bison, ich muss ein, zwei Dinge mit Renato besprechen, das eine betrifft auch dich. Lass uns doch zusammen gehen.«

»Worum geht's?«

»Um Rasga-Bucho.«

Cortiço war der Teil von Vilinha, der an ein Waldstück grenzte und in dem aus strategischen Gründen das Hauptquartier der Drogendealer um Renato lag. Dort herrschte keine so kriegerische Atmosphäre wie bei Valdir. Schließlich war es die Viçosa-Gang, von der ein Angriff befürchtet wurde.

Als Pedro zum Cortiço kam, erschrak er. Renato und vier andere Männer waren gerade dabei, jemanden zusammenzuschlagen. Wie er später erfuhr, war das Opfer ein Crackjunkie, der in Serra Verde auf der anderen Seite der Estrada João de Oliveira Remião wohnte oder zumindest gewohnt hatte. Pedro kannte ihn nur vom Sehen, er kaufte sein Crack seit einiger Zeit dort, weil er den Dealern in Serra Verde schon zu viel Geld schuldete.

Während er darauf wartete, mit Renato sprechen zu können, kam ein anderer Mann mit einer Tüte in der Hand angelaufen.

»Hier, Renato!«

»Gib her!«

Es sollte nicht lange dauern, bis Pedro herausfand, was in der Tüte war. Renato packte sie an beiden Griffen und schlug damit auf den Junkie ein. Den Geräuschen nach zu urteilen, war sie mit Glasscherben gefüllt.

Der arme Kerl weinte, schwitzte, sabberte und blutete und flehte um sein Leben. Er hatte schon nicht mehr die Kraft, sich vor den Schlägen zu schützen oder ihnen auszuweichen, sie trafen ihn mit voller Wucht im Rücken, auf die Brust, im Magen, wo immer Renato es wollte. Mit jedem Hieb stieß er einen schrillen, animalischen Schrei aus. Als Renato ihn schließlich besonders hart ins Gesicht traf, verstummte er und sackte bewusstlos auf dem Boden zusammen.

»Bringt den Scheißkerl hier raus!«, befahl der Drogenboss.

»Sollen wir ihn umlegen?«, fragte einer seiner Handlanger.

»Nicht nötig. Lasst ihn irgendwo liegen, Hauptsache, weit weg.«

Als Renato Pedro entdeckte, wirkte er irritiert. Vielleicht wollte er bei so etwas nicht gern von Außenstehenden gesehen werden, so wie ein Erwachsener nicht gern nackt von einem unschuldigen Kind gesehen wird.

»Womit man sich im Leben nicht alles rumschlagen muss, was, Pedro?«, scherzte er und kam auf ihn zu.

»Pedro meinte, er will mit dir über Rasga-Bucho reden«, informierte Bison ihn.

»Hm …«, machte Renato. »Gut, lass uns zu mir gehen.«

Das Wohnzimmer war riesig, aber die vielen geschmacklosen Möbel erweckten einen gegenteiligen Eindruck. Pedro setzte sich in einen Sessel. Renato und Bison nahmen ihm gegenüber auf dem Sofa Platz.

»Also …«, fing er an, hielt dann aber inne. Aus der Küche kam Renatos jugendliche Tochter und biss verschlafen in einen Apfel.

»Geh in dein Zimmer!!!«, brüllte ihr Vater.

Das Mädchen rannte zurück in sein Zimmer und schlug die Tür hinter sich zu. Pedro fuhr fort, als wäre nichts gewesen.

»Also, Renato, ich bin vor allem gekommen, um dir mitzuteilen, dass ich bei uns unten im Viertel Gras verkaufen will. Da du kein Gras verkaufst, gehe ich davon aus, dass das kein Problem für dich ist, richtig?«

»Na ja, kommt drauf an«, antwortete Renato. »Wenn du für Senhor Valdir arbeitest …«

Pedro musste fast lachen. Er fand es lustig, Renato »Senhor Valdir« sagen zu hören, so voller Respekt, als würde er ihn nicht am liebsten umbringen, wenn er könnte.

»Ich arbeite nicht für ihn. Das Gras ist meins. Ich kaufe es selbst und verkaufe es auch.«

»Wunderbar, aber was hat das mit Rasga-Bucho zu tun?«

»Da sind wir schon beim nächsten Thema. Es ist so, ich war gerade erst bei Senhor Valdir –«

»War Rasga-Bucho auch da, das Schwein?«, unterbrach ihn Bison.

Pedro drehte sich zu ihm um. Er gab sich keine Mühe, seinen Missmut zu verbergen.

»Ja, war er. Er und der gesamte Fanclub von Flamengo, wenn du es genau wissen willst. Alle bis an die Zähne bewaffnet.«

»Was hast du mit Senhor Valdir besprochen?«, fragte Renato.

»Dasselbe wie mit dir: Ich hab ihm erklärt, dass ich Gras verkaufen will.«

»Und was hat er gesagt?«

»Dass es okay sei. Warum auch nicht? Er verkauft ja auch kein Gras. Nur Crack und Koks, wie du. Aber er meinte, ich solle vorher auch mit dir sprechen. Ehrlich gesagt, von allein wäre ich nicht zu dir gekommen. Das Gebiet unten gehört ja eher zu seiner Seite als zu deiner. War auch schon immer so, oder? Trotzdem, er fand es besser, wenn ich mit dir rede, und deswegen bin ich hier.«

»Wie jetzt?« Renato lächelte ungläubig. »Senhor Valdir hat dich hergeschickt, damit du mir Bescheid sagst? Im Tausch gegen was?«

»Na ja, er meinte, es sei eine Frage des Respekts. Ich hab's auch nicht richtig verstanden. Er meinte, er ist schon so lange der Boss da drüben, und du schon so lange hier, und wenn ich jetzt direkt zwischen euch beiden mein Ding aufziehen will, müsse ich erst mal Respekt zeigen und so. Deswegen hat er mich hergeschickt.«

»Scheiße, Mann, ist das dein Ernst?«

»Natürlich, Mann.«

»Na. Dann hat Senhor Valdir sich aber sehr verändert!«

»Er ist eben oldschool, Renato. Diese Typen denken so, weißt du? Er will einfach, dass alles seine Ordnung hat, mehr nicht. Klar, ihr habt euch schon bekriegt, aber überleg doch mal, wie lange das her ist. Jetzt herrscht Gott sei Dank Frieden. Jetzt ist es Zeit, Geld zu machen und sich zu entspannen.«

Bison wurde ungeduldig.

»So, Pedro, und was ist jetzt mit Rasga-Bucho?«

Pedro stöhnte.

»Hör zu, wenn du mich ausreden lässt, sag ich's dir. Du unterbrichst mich ja dauernd.«

»Dann rede endlich, Mann.«

»Alles klar. Es ist so, Bison, Senhor Valdir weiß, dass du einen ziemlichen Hals auf Rasga-Bucho hast. Deswegen soll ich Renato etwas ausrichten.« Jetzt wandte er sich an den Hausherrn. »Er bittet dich, Bison in Schach zu halten. Es läuft gut für alle, alle machen einen Haufen Geld, niemand muss sich irgendwelche Sorgen machen, und so könnte es auch bleiben, wenn du willst. Es ist deine Entscheidung. Wenn du Bison zurückhältst, bleibt alles, wie es ist. Aber wenn du zulässt, dass er sich rächt, na ja, dann … du weißt schon.«

Bison stand auf und lachte hysterisch.

»Alles klar, Pedro. Du hast deine Botschaft ausgerichtet.

Jetzt lauf zurück und erzähl diesem Haufen Scheiße, dass ich Rasga-Bucho töten werde. Und damit basta.«

Renato tätschelte Bisons Knie.

»Beruhig dich, Mann! Setz dich wieder!«

Vor Wut schnaubend setzte er sich.

»Dieser Wichser hat meinen Bruder umgebracht, Renato!«

»Ich weiß, verdammt, ich weiß! Aber hören wir uns erst mal an, was Pedro zu sagen hat.«

Pedro merkte, dass Renato daran gelegen war, den Frieden zu bewahren. Jetzt musste er ihm nur noch zu verstehen geben, diesmal vielleicht etwas eindringlicher, dass es kein hoher Preis war, den er zahlte, wenn er Bison davon abhielt, sich zu rächen. Aber wie sollte er ihm das erklären, solange Bison danebenstand und nach Rache gierte? Er bereute es, ihn überhaupt mitgenommen zu haben. Trotzdem wandte er sich jetzt an ihn.

»Okay, an dich habe ich auch eine Botschaft, Bison. Und zwar von Rasga-Bucho. Ich soll dir ausrichten, dass hier eine Menge auf dem Spiel steht, etwas, das größer ist als du, und dass du dich damit abfinden sollst. Er sagt, die Geschäfte laufen gut, für sie genauso wie für euch, alle sind entspannt, und wenn du jetzt einen verdammten Krieg anzetteln willst, der allen schadet, nur um dich zu rächen und dich ein bisschen besser zu fühlen, dann ist das nicht richtig, denn deinen Bruder bringt das am Ende auch nicht zurück. Das Ganze ist eine Art Schneeballsystem. Du bringst ihn um, daraufhin wird dich jemand umbringen wollen, und so weiter.«

Es verstand sich von selbst, dass Pedro ein gerissenes psychologisches Spiel spielte, indem er zwar mit Bison sprach, seine Worte aber in Wirklichkeit an Renato gerichtet waren. Und als ihm auf einmal einfiel, dass der ja eine Tochter hatte – das Teenagermädchen, das eben aus der Küche gekommen war –, fügte er hinzu, immer noch an Bison gerichtet: »Schließlich bittet Rasga-Bucho dich, daran zu denken, wie alles angefangen hat, denn wenn du es auch vielleicht nicht hinnehmen kannst, deinen Bruder verloren zu haben, ist es doch sehr viel schlimmer, eine Tochter zu verlieren, so wie er. Er bittet dich, darüber nachzudenken und dich in seine Lage zu versetzen. Er hat die Kleine an der Hand gehalten, als dein Bruder sie besoffen mit dem Motorrad überfahren hat und sie durch die Luft geschleudert ist. Er bittet dich also, dir vorzustellen, wie er sich in dem Moment gefühlt hat.«

Bison sprang wieder auf und brüllte: »Glaubst du, es interessiert mich, was mit seiner Tochter ist? Seine Tochter kann mich mal! Hast du gehört? Sie kann mich mal! Ich hör mir die Scheiße nicht länger an! Geh zurück, Pedro, und sag Rasga-Bucho, dass ich ihn umbringe! Hast du gehört? Ich bring ihn um!« Er rannte auf die Straße und schlug die Tür hinter sich zu. Weit lief er nicht, denn man hörte ihn noch Dinge grummeln wie »dieser Dreckskerl!«, »den schnapp ich mir!« oder »wenn ich den in die Finger kriege!«.

Als er Renatos nachdenkliche Miene sah, lachte Pedro trocken und sagte: »Ganz schön rebellisch, der Junge, was? Weißt du, was meine Großmutter immer gesagt hat? Wer mit den Hunden schläft, wacht mit Flöhen auf. Bison wird dir noch einige Kopfschmerzen bereiten.« Er seufzte und stand auf, um sich zu verabschieden. »Gut, ich geh dann mal. Danke, Renato, wir sehen uns.«

Sein Gastgeber hielt die Hand hoch.

»Warte, Pedro. Ich möchte, dass du mir einen Gefallen tust.«

»Sehr gern, schieß los.«

»Folgendes. Geh zurück und sag Senhor Valdir und Rasga-Bucho, es wird keinen Krieg geben. Sag ihnen, dass alles bleibt, wie es ist.«

»Wie jetzt? Aber Bison –«

»Lass Bison meine Sorge sein. Richte ihnen einfach meine Worte aus, okay?«

»Okay. Dann geh ich jetzt.«

»Okay. Lass die Tür ruhig auf.«

Pedro ging hinaus und ließ die Tür offen. Als Nächstes hörte er Renato rufen: »Bison, komm mal!«

Aber Bison, der gerade ein paar Meter weiter versuchte, sich eine Zigarette anzuzünden, stellte sich taub. Als Pedro an ihm vorbeiging, rief Renato noch mal: »Bison, ich hab gesagt, du sollst herkommen, verdammt!«

Diesmal gehorchte Bison und trat ins Haus, während er immer noch versuchte, seine Zigarette anzuzünden. Auf einmal ertönten zwei Schüsse, und die Vögel auf dem Baum ein Stück weiter flogen auf. Pedro, der vielleicht noch mehr erschrak als die Vögel, wirbelte gerade noch rechtzeitig herum, um zu sehen, wie Bison durch die Tür taumelte und in die Knie sackte. Renato kam hinterher und schoss dem armen Kerl noch ein paarmal in den Rücken, bis Bison bäuchlings zu Boden ging und sich wand und zuckte.

»Papa?!« Die Stimme klang beunruhigt. Es war Renatos Tochter.

»Alles in Ordnung, mein Engel!«, rief Renato. »Bleib im

Haus, komm nicht raus!«, befahl er und lud in aller Ruhe seine Waffe nach, bevor er noch ein paar Schüsse auf den bereits von Kugeln durchsiebten Bison abgab.

9

DIE ERSTEN ZWEI KILO

Alemão, der Deutsche, so wurde Jéferson Almeida de Carvalho genannt. Eine suspektere Erscheinung konnte man sich kaum vorstellen. Um den Hals trug er eine Kette aus purem Gold, und an den Ohren funkelte jeweils ein Diamant, Schmuck, der nicht unbedingt zu seinem ansonsten eher vorstädtischen Auftreten passte. Dazu trug er gern Fußballtrikots, unter denen er seine unzertrennlichen Arbeitsgeräte versteckte: Ruth und Raquel, wie er seine beiden 9-mm-Pistolen zu nennen pflegte.

Es war nach neun Uhr abends am Freitag, dem 6. Februar 2009, als Alemão sein Motorrad vor einem stattlichen Haus in einem ruhigen Viertel der Gemeinde Canoas im Großraum von Porto Alegre parkte, abstieg und den Helm abnahm. Sein sanftes weißes Gesicht leuchtete im Mondlicht. Die gepflasterte, von kleinen Bäumen und gestutzten Sträuchern gesäumte Straße war um diese Uhrzeit menschenleer. Er drückte die Taste der Gegensprechanlage am Tor, nannte seinen Namen und trat ein. Drinnen war das Haus noch prunkvoller als die Fassade. Der Mann, der ihm die Tür öffnete, ganz offensichtlich der Besitzer des Hauses, bat ihn, im luxuriös eingerichteten Wohnzimmer zu warten, verschwand kurz und kam dann mit zwei Gläsern Whisky zurück. Zwischen seinem Besucher und ihm herrschte eine große Vertrautheit. Ersterer ließ sich sogar auf das Ledersofa fallen, nachdem er den Helm und seinen leeren Rucksack abgelegt hatte. Es war nicht der einzige Rucksack im Raum. Auf dem Glastisch stand noch einer, offenbar prall gefüllt. Alemão nahm den Whisky und fragte: »Die letzten Lieferungen für heute, oder, Fabrício?«

»Vier, insgesamt«, bestätigte er. »Zweimal Crack, einmal Kokain und einmal Gras. Die Adressen stehen hier.« Er zog einen zusammengefalteten Zettel aus der Tasche und reichte ihn ihm. »Das sind Drogen im Wert von zehntausend Reais, dein Anteil ist also fünfhundert. Zusammen mit dem, was ich dir bereits für die anderen Lieferungen von heute schulde, sind wir bei insgesamt … mal sehen … fünftausendzweihundert Reais. Egal, wir rechnen ab, wenn du zurück bist.«

»Gut, dann mach ich mich mal auf den Weg.« Alemão kippte den restlichen Whisky runter und stand auf. »Ich will heute noch feiern«, erklärte er, faltete den Zettel auseinander und warf einen Blick auf Fabrícios akkurate Handschrift. Dann runzelte er die Stirn. »Wer ist dieser Pedro?«

»Ein neuer Kunde. Das Gras ist für ihn.«

»Hmm … ich mag keine neuen Kunden. Was, wenn der Typ Stress macht? Was, wenn er nicht bezahlen will? Ich krieg da immer Paranoia.«

Fabrício lachte.

»Wozu hast du Ruth und Raquel? Aber keine Sorge, der macht keine Probleme. Er kommt über Jorge. Ich hab schon mit ihm gesprochen, er meint, er sei absolut vertrauenswürdig. Alles gut.«

»Na gut, alles klar.« Alemão hängte sich den vollen Rucksack um und schnappte sich seinen Helm. Dann zeigte er auf den leeren Rucksack. »Das Geld von der letzten Lieferung ist da drin, im Innenfach. Fünfzehn Riesen. Soll ich warten, bis du gezählt hast?«

»Nicht nötig. Fahr ruhig. Du musst tatsächlich los. Dieser Pedro bat darum, das Gras um halb zehn zu bekommen.«

»Ja, hab ich gelesen. Okay, ich fahr dann. Bis später.«

Alemão trat hinaus in den warmen Sommerabend. Sobald er die letzten vier Lieferungen erledigt hatte, würde er mehr als fünftausend Reais auf den Kopf hauen können. Es war ein lukrativer Tag gewesen. Und er hatte bis Montag frei, es sei denn, am Wochenende kam noch eine wichtige Lieferung rein. Er war glücklich und zufrieden mit seinem Leben. Er besaß mehr Würde und mehr Selbstwertgefühl als jeder rechtschaffene Arbeiter – leider, wie man vielleicht sagen musste.

Zwanzig Minuten später fuhr Alemão auf der Avenida Castelo Branco nach Porto Alegre rein. Über die Avenida Mauá und die Avenida Loureiro da Silva ging es weiter am Edel Trade Center vorbei in die Avenida João Pessoa bis zur Ecke Rua Doutor Sebastião Leão. Dort fuhr er auf den Bürgersteig und parkte neben einem Zeitungskiosk. Er nahm den Helm ab, überquerte die Avenida João Pessoa und lief durch die Avenida Jerônimo de Ornelas, mit Blick auf die Lichter des Hospital de Clínicas.

Nicht ohne Grund ließ Alemão sein Motorrad so weit entfernt vom Zielort stehen. Okay, Fabrício zufolge dürfte Pedro keine Probleme machen, aber bei neuen Kunden war er lieber auf der Hut. Falls er den Kerl aus irgendeinem Grund umlegen musste, wollte er nicht, dass ihn potenzielle Zeugen auf seinem Motorrad wegfahren sahen.

Er lief am rappelvollen Boteco Imperial vorbei über die Rua Santana zum verabredeten Übergabeort. Der Platz, auf dem er jetzt stand, war allerdings relativ groß und schlecht beleuchtet, sodass er niemanden erkennen konnte, was ihn noch mehr in Alarmbereitschaft versetzte. Um die Bänke herum standen Gruppen von jungen Leuten mit Rucksäcken. Wahrscheinlich war hier irgendwo eine Schule. Das beruhigte ihn schon mal. Es schien ihm nicht die richtige Umgebung für einen Hinterhalt zu sein. Außerdem kannte dieser Pedro ihn genauso wenig wie er ihn, er konnte ihn also schlecht überrumpeln.

Das war allerdings auch das Letzte, was Pedro in den Sinn gekommen wäre, während er neben Marques auf einer der Bänke saß und auf seinen Lieferanten wartete.

»Der Kerl lässt sich Zeit«, bemerkte Marques jetzt zum hundertsten Mal und sah sich ungeduldig um.

»Ja«, stimmte Pedro ihm zu.

»Wie lange sollen wir noch warten?«

»Bis zehn. Wenn er nicht auftaucht, rufen wir Fabrício an.«

Was sich jedoch als unnötig erwies. Kaum hatte Pedro den Satz beendet, klingelte sein Handy.

»Hallo?«

»Pedro?«

»Ja. Wer ist da?«

»Ich hab hier eine Lieferung für dich. Ich bin jetzt auf dem Platz.«

»Ah, super. Ich bin ungefähr auf der Mitte, vor dem Supermarkt. Kannst du mich sehen?«

»Warte kurz … Ja, jetzt seh ich dich. Du bist in Begleitung.«

Pedro verstand.

»Keine Sorge, das ist mein Partner.«

»Alles klar … Seid ihr bewaffnet?«

»*Was?* Nein! Natürlich nicht. Wie kommst du darauf?«

»Alles klar, bin gleich bei euch.« Mit diesen Worten legte er auf.

Während Pedro das Handy wegsteckte, flüsterte Marques: »Du hättest ihm nicht sagen sollen, dass wir nicht bewaffnet sind. Was wenn der Typ uns umlegt und unser Geld einsackt?«

»Scheiße, Marques, beruhig dich! Meinst du, das lohnt sich für die, ihre Kunden gleich beim ersten Deal wegen ein bisschen Kleingeld abzuknallen? Tausend Reais sind nichts für diese Leute, Mann.« Im selben Moment sah Pedro einen Mann mit Rucksack und Helm unterm Arm mit großen Schritten auf sie zukommen. »Das muss er sein.«

Er war es. Ohne sie aus den Augen zu lassen, umrundete der Unbekannte das von knöchelhohen Ketten abgegrenzte Rasenstück.

»Hey, was geht?«

»Alles klar, Mann? Ich bin Pedro, das ist Marques.«

»Alemão«, stellte er sich vor und gab den beiden die Hand. »Zwei Kilo Gras, richtig?«

»Richtig.«

Im Handumdrehen war ein Kilo in Marques' Rucksack gelandet und das andere in Pedros und die tausend Reais – die zwanzig Fünfziger von Catarina – in Alemãos Händen, der sie ordnungsgemäß zählte.

»Was soll der Scheiß?«, fragte er auf einmal, die Augenbrauen zu einem bedrohlichen V zusammengezogen.

»Was meinst du?«

»Das sind nur tausend. Es müssen tausendvierhundert sein. Ein Kilo kostet siebenhundert.«

»Ja, klar, aber Fabrício meinte, wir könnten jetzt tausend zahlen und die restlichen vierhundert später.«

»Und warum weiß ich dann nichts davon? Wollt ihr mich verarschen?«

»Auf keinen Fall …«

»Wie soll ich mit nur einem Tausender bei meinem Boss ankommen, wenn er mir nichts davon erzählt hat? Passt auf, wenn ihr nur tausend habt, gebt mir einfach ein Kilo zurück, und ich geb euch dreihundert zurück. Na los …« Alemão wollte sich schon an Pedros Rucksack zu schaffen machen.

»Hey, hey, hey, was soll das werden?« Mit einem Ruck zog Marques aus dem Hosenbund den Revolver, den der Alte aus Vila Lupicínio Rodrigues ihm gegeben hatte, und zielte damit auf Alemão.

Eine beklemmende Stille senkte sich über sie. Pedro hielt vor Schreck die Luft an und starrte mit aufgerissenen Augen auf die Waffe. Alemão hob zwar die Hände, wirkte aber eher verärgert als ängstlich. Er kniff die Lippen zusammen, sein Blick wanderte von Marques zu Pedro und zurück. Marques behielt ihn im Visier, ohne auch nur mit der Wimper zu zucken.

»Was soll der Mist?«, fragte er Pedro schließlich. »Du hast gesagt, ihr seid unbewaffnet.«

»Ich wusste nicht, dass er das Scheißding dabeihat!« Pedro sah sich um. Die Schüler auf den Bänken waren

in ihre Unterhaltungen vertieft und beachteten sie nicht.
»Scheiße, Marques, pack das Ding weg!«

»Am Arsch! Glaubst du etwa, der Wichser ist nicht selbst bewaffnet?«

»Ich weiß, dass er bewaffnet ist, Marques, aber er wird nicht auf uns schießen, also pack endlich das Ding weg!«

»Warum glaubst du, dass er nicht auf uns schießt?«

»Weil hier niemand niemanden umbringen will, Idiot! Kapiert?«

Marques überlegte kurz und schüttelte dann den Kopf.

»Scheiße!«, brummte er und steckte den Revolver wieder ein. Dann zeigte er mit dem Finger auf Alemão und sagte: »Pass auf, wie du mit uns redest, Mann! Spinnst du? Wir sind hier nicht im Kindergarten! Was gehst du einfach an seinen Rucksack? So läuft das nicht. Du machst jetzt Folgendes: Du rufst Fabrício an und fragst ihn, ob das mit ihm abgesprochen ist oder nicht.«

Ohne ein Wort, aber mit hasserfülltem Blick auf Marques, holte Alemão sein Handy raus und rief Fabrício an.

»Hallo? Hör zu, Fabrício, ich steh hier mit diesem Pedro und seinem etwas hitzköpfigen Freund. Sie behaupten, sie hätten mit dir abgesprochen, vierhundert später zu zahlen … hm … na gut … nein, nein, alles klar … nein, nein … dann bis später.«

»Und?«, wollte Marques wissen.

»Er hat es bestätigt«, erwiderte Alemão. »Er hat nur vergessen, mir Bescheid zu sagen. Gut, dann ist ja alles klar. Tut mir leid.« Ob echt oder gespielt, seine Launenhaftigkeit war beeindruckend. Eben noch war er der Teufel in Person, zu allem fähig, und im nächsten Moment lächelte er breit, sodass seine faulen Zähne unter der spitzen Nase hervorblitzten.

»Kein Ding, war nur ein Missverständnis«, sagte Pedro, während Marques weiter finster blickte. »Aber lass uns versuchen, so was von jetzt an zu vermeiden, okay? Wir wollen keinen Ärger, Alemão, und du willst auch keinen Ärger. Also, wenn wir alle keinen Ärger machen, läuft alles bestens.«

Als Marques und Pedro an dem Abend nach Hause kamen, lag vor beiden dieselbe lästige Aufgabe: das Gras in Ein-Gramm-Portionen aufzuteilen und jede einzelne in Plastik einzuwickeln, um sie dann für einen Real das Stück zu verkaufen.

Marques hatte Angélica als Hilfe. Sie war nicht nur in alles eingeweiht und an seiner Seite, sie hatte außerdem aus der Pizzeria, in der sie arbeitete, eine Präzisionswaage mitgehen lassen.

Pedro hatte sich auf dem Weg von der Bushaltestelle nach Hause im Laden eines Freundes ebenfalls eine geliehen. Aber im Gegensatz zu Marques und Angélica konnte Pedro nicht ungestört arbeiten, weil sein Zimmer keine Tür hatte. Und wenn seine Mutter auch nur im Traum etwas davon mitbekommen hätte, wäre er mit Sicherheit rausgeflogen. Also blieb ihm nichts anderes übrig, als zu warten, bis sie müde wurde und sich schlafen legte.

Noch saß sie auf dem Fußboden ihrer Wohnküche umgeben von Schraubenziehern und kleinen Schrauben und versuchte, das Türschloss zu reparieren. Das ging schon die ganze Woche so. Sobald sie von der Arbeit nach Hause kam, schnappte sie sich das Werkzeug und hing stundenlang über dem kaputten Schloss. Es war fast schon so was wie ein Hobby. Pedro glaubte nicht, dass sie es schaffen würde, und war deswegen überrascht, als er sie rufen hörte: »Fertig! Komm, sieh's dir an!«

»Du hast das Ding allein repariert?«

»So gut wie. Guck, das ist ein Doppelzylinder. Nur der äußere Teil war kaputt. Ich hab das Schloss ausgebaut und andersrum wieder eingebaut. Jetzt können wir von außen abschließen. Das einzige Problem ist, von innen geht es nicht.« Sie lächelte triumphierend. »Manchmal lohnt es sich doch dranzubleiben.«

Pedro liebte seine Mutter, klar, aber manchmal, so wie jetzt, war ihre Bescheidenheit kaum auszuhalten.

»Sehr gut, Mama, gut gemacht. Aber weißt du was? Du und ich, wir arbeiten so hart! Jeden Tag. Und wenn das Schloss kaputtgeht, ein einfaches Türschloss, haben wir nicht mal Geld, ein neues zu kaufen ... Verstehst du, was ich sagen will? Natürlich ist es toll, dass du das Schloss repariert hast, aber ... irgendwie ist es auch falsch. Weißt du, was ich meine?«

»Was ist falsch daran, mein Junge?«

Pedro fand es immer schwierig, ihr solche Dinge zu erklären.

»Ich weiß nicht ... Es ist einfach nicht richtig, dass wir so wenig Geld haben ... Ich meine, überleg doch mal, wie viel wir arbeiten ... Findest du das nicht erniedrigend?«

»Nein.«

»Aber, Mama, wie kann das sein? Soll unser Leben immer so weitergehen? Dass wir immer alles reparieren müssen und nie etwas neu kaufen können? Tut mir leid, aber ich verstehe nicht, wie du dich damit abfinden kannst. Wozu arbeiten wir überhaupt? Nur, um nicht zu verhungern? Ärgert dich das nicht?«

»Eines Tages wird alles besser, Pedro. So Gott will.«

Seitdem er denken konnte, hörte er diesen Satz, und nichts war je besser geworden.

»Sicher, Mama, sicher …« Auf einmal trat ein Funkeln in seine braunen Augen. »Weißt du was, ich hab das Gefühl, dass es tatsächlich besser werden wird, und zwar schon sehr bald.«

Seine Mutter überhörte den rätselhaften Unterton in seiner Stimme.

»Dein Wort in Gottes Ohr«, sagte sie, verschränkte die Hände vor der Brust und hob den Blick andächtig in Richtung Holzdecke, die schon seit Ewigkeiten verrottet und voller Löcher war.

10

DER MANN MIT DEM GRAS

Seit einer ganzen Weile schon herrschte eine Bullenhitze, so auch am Samstag, dem 7. Februar 2009. Am Himmel über Porto Alegre stand nicht eine einzige Wolke, und wer konnte, flüchtete vor der Sonne. Im Zentrum drängten sich die Menschen unter den Markisen. Die offene Straße mieden sie, als stünde ein schlimmes Unwetter bevor. Aber es lag auch ein gewisses Etwas in der Luft, immerhin war Samstag, und die meisten Menschen hatten am Sonntag frei.

Das war der Tag, an dem Marques und Pedro anfingen, Gras zu verkaufen, allerdings in eher enttäuschendem Maße, wie man sagen muss. So unglaublich es auch klingen mag, die beiden hatten, obwohl sie die ganze Woche über alles durchgeplant hatten, etwas Entscheidendes übersehen: Sie selbst konnten den Verkauf gar nicht übernehmen, da sie den Großteil des Tages im Supermarkt beschäftigt waren. Und als sie gegen ein Uhr mittags zur Arbeit erschienen, hatte Pedro traurige zehn Reais in der Tasche. Mehr war bisher nicht rausgesprungen, und mehr würde es auch kaum werden, zumal sie erst um zwanzig nach neun Feierabend hatten, den fast halbstündigen Fußmarsch nach Vila Lupicínio Rodrigues und die fast einstündige Busfahrt nach Lomba do Pinheiro nicht mitgerechnet.

Traurige zehn Reais. Marques' besorgter Meinung nach

war das zu wenig, vor allem in Anbetracht der vierhundert Reais, die sie seiner Schwester schuldeten, und der vierhundert, die sie Fabrício schuldeten. Beide waren spätestens in einem Monat fällig. In Pedros Augen dagegen war die Summe kein Maßstab, da sie nicht auf dem geplanten Geschäftsmodell beruhte. Vielmehr handelte es sich um einen Zufallsverkauf auf dem kurzen Weg von seinem Haus zur Bushaltestelle. Als er einen Bekannten traf, der sich beklagte, wie schwierig es in letzter Zeit sei, gutes Gras zu finden, fiel ihm ein, dass er ja ein paar Gramm dabeihatte. Er holte sie raus und hielt sie ihm in der hohlen Hand hin. Nachdem sein Bekannter am intensiven Geruch und an der Konsistenz die ausgezeichnete Qualität erkannt hatte, kaufte er gleich zehn Gramm. Optimistisch gestimmt fing Pedro an zu rechnen: Wenn er rein zufällig innerhalb weniger Minuten zehn Gramm verkauft hatte, wie lange würde es dann dauern, den Rest loszuwerden, vorausgesetzt, er könnte sich jeden Tag mehrere Stunden Zeit dafür nehmen?

Marques hatte kein einziges Gramm verkauft, obwohl Lupicínio Rodrigues ein so vielversprechender Markt war wie Vila Viçosa und Vila Nova São Carlos zusammen, wie er Pedro erklärt hatte. Das Viertel war zwar winzig, sodass die Nachfrage der tatsächlichen Bewohner nicht groß ins Gewicht fiel, aber seine besondere Lage führte dazu, dass jeden Tag Hunderte von Menschen auf der Suche nach Drogen vorbeikamen. Da waren die Tausenden und Abertausenden von reichen Papasöhnchen aus der Umgebung, sogenannte Playboyzinhos, die ihr Gras normalerweise über andere Playboyzinhos bezogen, die wiederum in den Unis und in den Bars der Rua General Lima e Silva bekannt waren. Ab und zu, wenn denen das Gras ausging, sahen sich ihre Freunde aus Menino Deus und Cidade Baixa gezwungen, Bettler anzuheuern, die dann nachsehen sollten, ob es in Lupicínio Rodrigues welches gab, weil sie selbst sich natürlich nicht mal in die Nähe trauten. Dann gab es noch die Unmengen von Leuten, die täglich aus allen Ecken der Stadt in den Park am Ufer des Guaíba strömten und von denen viele in Vila Lupicínio nach Gras fragten, bevor sie dort spazieren gingen, Fahrrad oder Skateboard fuhren, ein Rendezvous hatten oder sich einfach nur den Sonnenuntergang ansahen.

»Wenn wir unser Gras verkaufen wollen, müssen wir hier kündigen«, erklärte Marques, während er wie jeden Samstag zusammen mit Pedro das Lager aufräumte.

»Wir können nicht kündigen«, widersprach Pedro und gähnte. Er hatte kaum geschlafen. Seine Mutter war erst spät ins Bett gegangen, sodass er bis zum Morgengrauen Gras verpacken musste.

Marques dagegen war gut gelaunt. Er hatte sich zu Hause sofort ans Werk gemacht, außerdem hatte Angélica ihm geholfen. Zusammen waren sie schnell fertig geworden, sodass er ausreichend Schlaf bekommen hatte.

»Wieso können wir nicht kündigen?«

»Weil wir das Geld brauchen. Und zwar noch eine ganze Weile. Das Geld, das wir mit dem Verkauf einnehmen, müssen wir anfangs noch in neues Gras investieren. Es wird ein bisschen dauern, bis genug für uns selbst übrig bleibt. Erst mal müssen wir expandieren, bis Angebot und Nachfrage ausgeglichen sind.«

»Expandieren«, »ausgleichen«, »Angebot«, »Nachfrage«, Marques verstand kein Wort.

»Hä?«

»Ich …« Pedro musste wieder gähnen. »Aaahhh … ich erklär's dir. Also, gestern, am Freitag, haben wir das Gras bekommen, ja? Alles klar. Nehmen wir an, wie durch ein Wunder haben wir Montag alles verkauft. Okay, die nächste Lieferung kriegen wir erst wieder am Freitag. Das heißt, wir drehen den Rest der Woche Däumchen und verdienen kein Geld. Deswegen müssen wir jedes Mal mehr kaufen, damit wir die ganze Woche über verkaufen können. Jede Lieferung muss bis Freitag reichen, bis zur nächsten Lieferung. Wenn wir so weit sind, wenn wir so viel verkaufen, wie man in einer Woche verkaufen kann, teilen wir das Geld, das übrig bleibt, unter uns auf. Nachdem wir die Lieferung bezahlt haben, natürlich. Verstehst du? Das ist dann unser Gewinn.«

»Und was glaubst du, wie viel wir pro Woche verkaufen können?«

»Pff, keine Ahnung. Aber jetzt müssen wir uns erst mal überlegen, wie wir das Zeug verkaufen, ohne unseren Job aufzugeben.«

»Wir müssen jemanden finden, der es für uns verkauft.«

»Und genau das werden wir tun. Pass auf, morgen ist Sonntag, morgen arbeiten wir nicht, trotzdem werden wir genug zu tun haben. Ich verkaufe den ganzen Tag Gras bei mir im Viertel, und du bei dir. Gleichzeitig müssen wir ein paar vertrauenswürdige Leute finden, die das ab Montag für uns übernehmen. Du suchst dir einen Ersatz, und ich mir. Die kümmern sich dann um den direkten Verkauf, und wir uns um die Organisation.«

»Sind die dann so was wie unsere Angestellten?« Marques lachte.

»Nein, Angestellte nicht. Eher Geschäftspartner.«

Marques beschlich ein ungutes Gefühl.

»Moment mal, was soll das heißen?«

»Die beiden, die für uns das Gras verkaufen sollen, müssen dasselbe verdienen wie wir. Wir teilen alles gerecht durch vier.«

»Ich fass es nicht! Du mit deinen bescheuerten Ideen, du machst alles kaputt!«

Pedro seufzte.

»Komm schon, Marques, hier geht's nicht nur um Ideologie, Bro. Als du meintest, dass du dabei bist, was hättest du denn gesagt, wenn ich mehr Geld als du hätte haben wollen? Scheiße, Mann, ich versuch, mir ein besseres Leben aufzubauen, weil ich es muss, aber du musst es auch, wie also könnte ich dir weniger Geld anbieten? Womit sollte ich das rechtfertigen?«

»Na ja, wenn du gewollt hättest, dass ich weniger verdiene als du, alles klar, kein Problem. Ich hätte nur nicht mitgemacht. Ganz einfach.«

»Ach so, du wärst also nicht bereit gewesen, weniger zu verdienen, willst aber jemand anderem weniger abgeben, das wäre okay für dich, ja? Wenn sich etwas für dich nicht gut anfühlt, Marques, dann kannst du auch nicht erwarten, dass es sich für jemand anderen gut anfühlt. Stell dir vor, wir finden jemanden, der bereit ist, unser Gras zu verkaufen und weniger Geld als wir zu verdienen. Wie weit können wir so jemandem vertrauen? Diese Person würde uns mit Sicherheit hintergehen wollen, um mehr Geld zu bekommen, und das mit Recht. Wir würden dieser Person nicht mehr trauen, und sie uns nicht. Das ist doch totaler Scheiß. Vertrauen, Mann. *Vertrauen,* verstehst du? Das kann man nicht kaufen. Zu wissen, dass der andere dir nicht in den Rücken fällt. So muss es sein. So ist es ja auch zwischen uns, oder? Siehst du. So muss es für alle sein.«

»Das verstehe ich, Pedro, aber war die Idee nicht, richtig Geld zu machen? Ein besseres Leben haben und alles? Ich tu mir doch den ganzen Scheiß nicht an, um am Ende mit ein paar Reais da rauszugehen.«

»Ich doch auch nicht, Mann! Der Plan ist, richtig Geld zu machen. Daran hat sich nichts geändert. Ich sag dir, am Ende ist genug für uns alle drin. Glaub mir, Alter. Überleg doch mal: Mit deinem eigenen Bruder wolltest du nicht dealen, aber mit mir schon, weil du weißt, dass ich es richtig mache, dass ich gute Ideen habe. Also entspann dich, Mann, lass mich mal machen. Wir machen Kohle ohne Ende, keine Angst, du wirst schon sehen.«

»Na gut. Wie du willst. Aber vergiss nie, es geht ums Geldverdienen, das ist das Wichtigste.«

»Sicher …« Pedro gähnte noch mal. »Aaahhh … Sicher, das Geld steht an erster Stelle, auf jeden Fall.«

Pedro war den ganzen Tag über todmüde und dachte nur an sein Bett. Die Minuten fühlten sich an wie Stunden. Er hatte nicht mal die Kraft, so zu tun, als fände er die blöden Witze seiner Kollegen lustig. Noch schlimmer waren die gut gelaunten Kunden, die sich unbedingt ausführlich mit jedem einzelnen Angestellten unterhalten mussten, nur damit sie nachts ruhig schlafen konnten und sich nicht wie Snobs vorkamen. Verdammte Bourgeoisie! Zur Hölle mit ihnen, dachte Pedro, während er sie verächtlich anlächelte. Schade, dass er nicht die Art Job hatte, wo der Chef ankam und sagte: »Nimm dir das restliche Wochenende frei, Mann, geh nach Hause, ruh dich aus und komm Montag wieder.« Gab es solche Jobs eigentlich wirklich oder passierte so was nur in Filmen? Es sollte sie jedenfalls geben. Und, noch besser, solche, wo man sich einfach selbst freinehmen konnte: »Ich nehm mir das restliche Wochenende frei und komm erst Montag wieder.« Beides war bei ihm leider nicht der Fall. Er konnte sich höchstens mit Senhor Geraldo anlegen und dann wie so oft früher nach Hause gehen. Das Problem war nur, dass ihm die Fehlstunden am Ende des Monats vom Gehalt abgezogen wurden und sich bei ihm schon einiges angehäuft hatte. Also gab er sich geschlagen und ertrug die Müdigkeit, die anstrengende Arbeit, die Witze der Kollegen und die geschwätzigen Kunden. Und als dann endlich Feierabend war, konnte er es kaum glauben.

Als Pedro im überfüllten Bus auf dem Nachhauseweg im Stehen zwischen den anderen erschöpften Arbeitern vor sich hin döste, freute er sich quasi gewohnheitsmäßig darauf, dass morgen Sonntag war und er endlich ausschlafen konnte. Bis ihm einfiel, dass er morgen zum ersten Mal die Gelegenheit hatte, Gras zu verkaufen. Je früher er also aufstand, desto besser. Die Vorstellung gefiel ihm. Es war etwas anderes, als im Supermarkt zu arbeiten. Es war der Beginn eines Prozesses, durch den er, wie er hoffte, bald eine Menge Geld verdienen würde. Am liebsten hätte er sofort losgelegt, hätte möglichst bald erste Ergebnisse gehabt, um dann Hochrechnungen machen, planen und umplanen zu können …

Wie immer steckte er sich beim Aussteigen eine Zigarette zwischen die Lippen und zündete sie an. In zehn Minuten würde er zu Hause sein, in fünfzehn im Bad, in dreißig zu Abend essen, in vierzig schlafen gehen. Vor ihm im

Zwielicht erstreckten sich die Straßen von Vila Nova São Carlos. Menschen gingen von hier nach da, Kinder saßen auf dem Bordstein, Hunde und Katzen liefen frei umher, Autos parkten vor den Bars, Türen und Fenster standen weit offen, und in manchen Häusern sah man sogar jemanden in der Küche das Abendessen zubereiten oder im Wohnzimmer fernsehen oder sich im Schlafzimmer vor dem Spiegel die Haare kämmen. Pedro ging seines Weges, grüßte hier und da. Als er um die Ecke bog, fiel sein Blick auf eine Gruppe junger Männer. Er erschrak.

»Hey, Leute, da ist er!«

»Pedro, na endlich!«

»Ah, der Mann mit dem Gras!«

»Hast du zehn Gramm für mich, Mann?«

»Ich nehm auch zehn.«

Sie waren zu fünft und standen nur wenige Meter von ihm entfernt. Überflüssig zu erwähnen, dass sie sich dort versammelt hatten, um auf ihn zu warten.

Pedro ging auf sie zu, lächelnd, aber mit gerunzelter Stirn. Woher wussten sie, dass er Gras verkaufte? Wahrscheinlich von dem Typen, dem er vormittags zehn Gramm verkauft hatte … Ja, das war die Erklärung … Obwohl, nein, Valdir wusste auch von seinem Plan, genauso wie sein Sohn Lucas, und natürlich Renato. Im Grunde hätte es jeder von ihnen sein können.

Wie sich herausstellte, war es keiner der vier gewesen. Stattdessen kam die Information von dem Besitzer des Ladens, von dem er sich am Abend zuvor die Waage ausgeliehen hatte.

Nachdem er ihnen insgesamt vierzig Gramm verkauft hatte, machte er sich wieder auf den Weg nach Hause.

Von hier oben hatte er einen tollen Blick auf die Umgebung. Weiter unten, im zukünftigen Vila Sapo, türmten sich die Hütten, und auch dahinter, in Vila Viçosa, funkelten die Lichter unzähliger Häuser, als wollten sie die Sterne eifersüchtig machen.

Die Müdigkeit war auf einmal wie weggeblasen. Stattdessen fühlte er sich … wichtig.

»Ah, der Mann mit dem Gras!«

In einem Anfall von gesteigertem Selbstwertgefühl wurde ihm klar, dass er eine Rolle einnahm, auf die viele Menschen gewartet hatten. Dank ihm mussten die Kiffer aus der Gegend nicht mehr durch die halbe Stadt laufen, um an Gras zu kommen. Klar, moralisch gesehen war es vielleicht nicht unbedingt das Tollste, was er je gemacht hatte, aber zumindest würde er endlich mal die Hauptrolle spielen.

In diesem Moment fühlte er sich nicht mehr so minderwertig wie im Supermarkt, wo er Berge von Kisten und Paletten auseinandernahm, um nach Waren zu suchen, die in den Regalen zu Ende gingen, dann die Berge wieder zusammenschob und die Waren in die jeweiligen Regale stellte, damit die Kunden bequem danach greifen und sie in ihre Einkaufswagen werfen konnten, ohne auch nur einen Gedanken daran zu verschwenden, wie viel Schweiß und Arbeit darin steckte, und, noch viel weniger, daran, dass der obszön niedrige Lohn für die ganze Schufterei oft nicht mal die Grundbedürfnisse eines Menschen abdeckte, sich aber immer gern beschwerten, wenn auch nur ein einziges Preisschild falsch war oder nur eine einzige Ware fehlte, worauf er jedes Mal nur den Blick senken konnte, denn der Kunde war ja schließlich König.

Nein, in diesem Moment fühlte er sich nicht minderwertig. Er dachte nicht mal an den Supermarkt und all das Negative, das er für ihn verkörperte. In diesem Moment war er nicht Pedro, der verschwitzte Lagerarbeiter mit Schwielen an den Händen, der seine Seele verkaufte und nicht mehr als seine Pflicht tat. Er war Pedro, der Geschäftsmann, der eine ganze Palette an Möglichkeiten vor sich sah und eine Zukunft, die besser als die Gegenwart war. In diesem Moment war er Pedro, der Mann mit dem Gras.

11

GANGBILDUNG

Als Pedro am 8. Februar 2009 aufwachte, war es kurz vor zehn Uhr morgens. Er konnte sich nicht erinnern, wann er das letzte Mal an einem Sonntag so früh aufgewacht war. Er setzte sich auf die Bettkante und zündete sich eine Zigarette an.

Da saß er nun, den Ellbogen aufs Bein gestützt, den Kopf in die Hand, den Blick ins Leere gerichtet, rauchte seine erste Weiße, wie er es nannte, und dachte über das Leben nach. Wer ihn so gesehen hätte, mit wirrem Haar und zerknautschtem Gesicht, wäre womöglich geneigt gewesen, ihn als das personifizierte Versagen zu bezeichnen. Das wäre vielleicht sogar noch ein Kompliment gewesen. Denn genau genommen war Pedro nicht mal ein Versager. Er war jemand, der noch nie etwas versucht hatte. Und da ihm an diesem Morgen genau das durch den Kopf ging, nahm er sich fest vor, es zu ändern. Er wollte ein neues Kapitel aufschlagen, eine andere Haltung gegenüber der Welt einnehmen, vielleicht ein bisschen mehr die Augen verschließen, ein bisschen mehr an sich selbst glauben und die eigenen Pläne einfach durchziehen, über alle und alles hinwegwalzen, niemals die eigenen Beweggründe infrage stellen. Das war alles. Im Grunde war sein Problem nur, dass er zu viel nachdachte. Denken war bei ihm zur Sucht geworden, was dazu führte, dass er ständig an allem zweifelte und dadurch handlungsunfähig wurde. Die Initiative, Gras zu verkaufen, durfte kein Einzelfall in seinem Leben bleiben. Es musste ein Wendepunkt sein, der zündende Funke, der Beginn eines vollkommen neuen Lebens. Er erklärte sich selbst den Krieg, er würde ein *Macher* werden, ein für alle Mal seine Unentschlossenheit abschütteln, denn die führte letztendlich zu nichts.

Sein Frühstück sah aus wie immer: schwarzer Kaffee, zusammen mit der zweiten Zigarette des Tages. Danach schnappte er sich die braune Papiertüte mit dem Gras, fein säuberlich abgepackt in kleinen Plastikbeuteln. Als er gehen wollte, hörte er seine Mutter nach ihm rufen und blieb in der offenen Tür stehen.

»Was denn, Mama?«

»Wohin gehst du?«

»Einen Freund besuchen.«

Das war nicht mal gelogen. Er wollte tatsächlich zu seinem Freund Guilherme. Bevor sie nach der Tüte fragen konnte, sah er zu, dass er rauskam, blieb aber kurz darauf wieder stehen, um ein paar Worte mit Roberto zu wechseln, dem Mann seiner Cousine. Der stand mit freiem Oberkörper vor der Haustür, einen Teller Essen in der einen Hand, die Gabel in der anderen, der Kiefer am Mahlen, den Blick auf sein altes Motorrad gerichtet. Anscheinend schraubte er schon seit dem frühen Morgen daran herum und machte jetzt Mittagspause, obwohl es noch vor elf war.

»Was ist mit deinem Bike, Roberto?«

»Versuche ich gerade herauszufinden. Es springt nicht an.«

»Bring's in die Werkstatt.«

»Ja, muss ich wohl. Kann ich mir nur nicht leisten. Jedenfalls nicht, wenn er mehr als fünfzig Centavo haben will.«

»Scheiße, oder?«

»Ja, Scheiße.«

Pedro hatte Guilhermes Handynummer nicht und hoffte, ihn noch zu Hause anzutreffen. Er war eigentlich immer unterwegs und kam nur zum Essen und zum Schlafen nach Hause. Aber Pedro hatte Glück. Guilherme war offenbar gerade erst aufgestanden und saß jetzt mit einem Brot in der Hand auf dem Bordstein.

Er war eher klein, hatte ein kantiges Gesicht und Segelohren. Um zu überleben, stahl er Autos. Wie jeder Mensch hatte er seine spezielle Geschichte. Als er vierzehn war, war sein Vater, mit dem er früher zusammen dort gewohnt hatte, wegen Betrugs verhaftet und nur wenige Monate später im Gefängnis erstochen worden. Guilherme war zu seiner Mutter nach Viamão gezogen, und Gott allein weiß, was die arme Frau mit dem Jungen durchgemacht hatte. Die Schule war für Guilherme dasselbe wie die Kirche für den Teufel. Keine zehn Pferde hätten ihn dazu gebracht hinzugehen. Stattdessen hing er den ganzen Tag auf der Straße rum und kiffte, war ständig in Schlägereien verwickelt und verschwand manchmal tagelang. Irgendwann hing er seiner Mutter nur noch mit seinem »Freiraum« in den Ohren, er wollte unabhängig sein, wollte zurück nach Lomba do Pinheiro, diesmal allein, in das Haus, in dem er mit seinem Vater gelebt hatte. Jemand müsse sich darum kümmern, bevor irgendwer anderes es sich unter den Nagel riss, argumentierte er. Zuerst fand seine Mutter die Idee natürlich vollkommen absurd, aber schließlich erklärte sie sich einverstanden. Ja, vielleicht täte ihm ein wenig Unabhängigkeit gut, dann würde er schon merken, wie hart das Leben war, und Disziplin zu schätzen lernen, dachte sie und wiederholte den Gedanken täglich wie ein Mantra, bis sie es tatsächlich selbst glaubte. Bis sie vergaß, dass sie den Jungen eigentlich nur loswerden wollte. Zurück in seinem alten Zuhause organisierte ihm ein wohlmeinender Nachbar einen Job in einer Churrascaria. Da Guilherme es jedoch nicht ertrug, wenn man ihn unfreundlich behandelte, verprügelte er gleich in der ersten Woche einen Gast mit einem blutigen Fleischspieß und beendete damit für immer seine Karriere als Kellner. Seine Mutter rief ab und zu an und erkundigte sich, wie es bei der Arbeit lief. Wenn er Geld brauche, könne sie ihm etwas schicken, sagte sie. Das sei nicht nötig, alles sei bestens, antwortete er jedes Mal. Noch heute glaubte sie, ihr Sohn arbeite als Kellner in einer Churrascaria, während er in Wirklichkeit schon lange einen anderen Weg eingeschlagen hatte, nachdem er bei den Sachen seines verstorbenen Vaters einen 38er-Revolver fand.

»Hey, Pedro, was geht, Bro?«

»Was geht, Gui, alles klar?«

»Alles easy, Mann. Hast du was zu rauchen?«

Guilherme fragte aus reiner Gewohnheit, er hatte nicht die geringste Ahnung, dass Pedro jetzt Gras verkaufte.

»Tja, Mann, hier.« Pedro stellte ihm die Papiertüte vor die Füße. »Top Zeug«, versicherte er ihm. »Fünfzig, fünfzig.«

»Fünfzig, fünfzig« bedeutete fünfzig Gramm für fünfzig Reais. Was aber nicht bedeutete, dass der Käufer fünfzig

Gramm nehmen musste. Es war nur so eine Redewendung. Er hätte genauso gut sagen können, dass ein Gramm einen Real kostete.

»Echt? Ich glaub's nicht!« Guilherme warf einen Blick in die Tüte. »Alter, dich schickt der Himmel. Ich hatte schon überlegt, nach Vila Conceição zu fahren, aber ehrlich gesagt bin ich … so sackfaul!« Er lachte und wiederholte das Wort: »Sackfaul!«

»Na also, wie viel willst du, Junge?«

»Ich nehm hundert. Komm mit rein.«

»Gerne.«

Drinnen ließ Pedro sich aufs Sofa fallen und fing an, die hundert Tütchen abzuzählen, während Guilherme das Geld holen ging. Kurz darauf warf er ihm zwei zusammengefaltete Fünfziger in den Schoß.

»Hier, das Geld. Okay, dann lass mal sehen …« Er nahm eins der Tütchen, überprüfte die Konsistenz und roch daran. »Scheiße, das Zeug ist tatsächlich gut!«

Pedro schnalzte mit der Zunge.

»Klar ist es gut, Mann, hab ich doch gesagt!« Er sah Guilherme sein Handy rausholen und fragte: »Was hast du vor?«

»Die guten Neuigkeiten verbreiten, was sonst?«

Er rief mindestens ein Dutzend Leute an, um sie zu informieren, dass Pedro Gras zu verkaufen hatte. Gutes Gras zu einem guten Preis. Ein paar wollten sofort vorbeikommen.

»Du bist der Beste, Guilherme«, bedankte sich Pedro. »Eins noch: Wenn du den Leuten erzählst, dass ich Gras verkaufe, sag ihnen, sie sollen auf keinen Fall zu mir nach Hause kommen. Ich steh irgendwo draußen rum, die finden mich schon. Wobei …«

»Was?«

»Ehrlich gesagt verkauf ich nur noch heute. Danach übernimmt das jemand anderes.«

»Und wer soll das sein?«

»Weiß ich noch nicht. Du zum Beispiel.«

Guilherme lachte.

»Ist nicht mein Ding, Alter. Aber keine Sorge, du findest bestimmt jemanden. Gibt genug Typen, die da Bock drauf haben.«

Das Problem war, erklärte Pedro, es durfte nicht irgendwer sein. Es musste jemand sein, dem er vertrauen konnte, jemand, der sie nicht bei der ersten Gelegenheit hintergehen würde. Das Beste wäre, Stück für Stück vorzugehen, wie Jack the Ripper sagen würde. Erst mal wollte er seinen freien Tag nutzen, um selbst so viel wie möglich zu verkaufen, danach würde er nach jemand Geeignetem suchen.

Kurz darauf tauchten Guilhermes Freunde auf. Pedro stand draußen auf dem Platz und nahm sie einen nach dem anderen in Empfang. Im Nu hatte er mehr als zweihundert Gramm verkauft. Bis circa vier Uhr nachmittags blieb er dort und erzählte jedem Kiffer, der vorbeikam, dass er jetzt Gras verkaufte. Die einen holten direkt Geld raus und kauften ein paar Gramm, andere mussten erst nach Hause, welches holen. Noch wieder andere erklärten, gerade nicht genug Geld zu haben, und baten um Kredit. Die Antwort war jedoch ein »Nein«, das mit jedem neuen Versuch strenger wurde, bis sie irgendwann grummelnd abzogen.

Die nächste Station war der Fußballplatz unterhalb von Vila Viçosa. Um die Zeit spielten immer ein paar Leute, und Zuschauer gab es auch genug. Er ging also davon aus, ein gutes Geschäft zu machen, und so war es auch. Doch dann passierte etwas, womit er nicht gerechnet hatte. Nachdem mehrere der Spieler Pedro am Spielfeldrand sein Gras verteilen sahen, brachen sie auf einmal das Spiel ab und liefen nach Hause, um Geld zu holen, bevor nichts mehr übrig war. Und das ging tatsächlich überraschend schnell. Nach weniger als einer Stunde hatte er sein letztes Gramm verkauft und kehrte mit der leeren Papiertüte und den Taschen voller Geld zurück nach Hause.

Auf dem Weg traf er noch mal Roberto, der inzwischen geduscht und sich umgezogen hatte. Das Motorrad war verschwunden.

»Hey, hey, Roberto!«, rief Pedro aufgedreht.

»Da bist du ja wieder. Komm mal kurz, ich will dich was fragen.«

»Immer. Um was geht's?«

»Sag mal, habt ihr bei euch im Supermarkt vielleicht noch einen Job? Ist egal was.«

Pedro kniff die Lippen zusammen.

»Hm, ich glaub nicht, Roberto. Warum? Was ist passiert?«

»Ah, das Scheißmotorrad läuft nicht mehr, Mann. Und ohne kann ich nicht arbeiten. Ich bin also offiziell arbeitslos. Der Typ in der Werkstatt will dreihundert Reais. Das kann ich natürlich nicht zahlen. Ich bin am Arsch, Mann. Ich werd die Mühle wohl verkaufen müssen, damit kommen wir dann wenigstens eine Zeitlang hin. Vielleicht sogar an die Werkstatt, der hatte auf jeden Fall Interesse. Jedenfalls brauch ich einen neuen Job, und zwar schnell. Das Geld für das Motorrad reicht auch nicht für immer.«

Überflüssig zu erwähnen, was Pedro durch den Kopf ging.

»Roberto, bist du allein zu Hause?«

Roberto sah ihn fragend an.

»Ja. Deine Cousine ist mit den Kindern bei Paula.«

»Gut. Dann lass uns drinnen weiterreden.«

Kaum hatten sie die Tür hinter sich geschlossen, holte Pedro tief Luft und sagte leise: »Pass auf, Mann, es ist so: Im Supermarkt sieht es tatsächlich schlecht aus, aber ich hätte vielleicht was anderes für dich ...« Und dann erklärte er Roberto in allen Einzelheiten sein neues Geschäftsmodell. Dass er auf die Idee gekommen war, weil er ein besseres Leben wollte, dass er Marques, seinen Kollegen aus dem Supermarkt, dazugeholt hatte und der wahrscheinlich gerade jetzt in Lupicínio Rodrigues das Gras vertickte, und schließlich, dass Marques noch jemanden mit ins Boot holen würde, und wenn er, Roberto, mitmachen wolle, sie zu viert seien und die Gewinne durch vier geteilt würden.

»Ich weiß ja nicht, Pedro ... Und damit kann man Geld verdienen?«

Pedro legte den Kopf schief und hob die Augenbrauen.

»Pass auf, Roberto, wie ich schon sagte, anfangs kaufen wir von den Gewinnen neues Gras, und zwar in immer größeren Mengen. Wenn wir dann irgendwann die Obergrenze erreicht haben, teilen wir alles, was übrig bleibt, unter uns auf. Ich rechne dir das mal eben vor. So wie ich das heute erlebt habe, werden wir hier bei uns im Viertel locker ein Kilo am Tag los. Nehmen wir an, in Lupicínio Rodrigues dasselbe. Das heißt, wir verkaufen vierzehn Kilo pro Woche, richtig? Jedes Kilo, nachdem es in Ein-Gramm-Portionen abgewogen, verpackt und verkauft wurde, jedes Kilo bringt tausend Reais. Das sind vierzehntausend die Woche. Aber davon müssen wir die Lieferung für die Woche darauf bezahlen, also wieder vierzehn Kilo. Da ein Kilo siebenhundert kostet, zahlen wir … lass mich kurz überlegen … das sind … neuntausendachthundert. Das ist das, was wir jede Woche ausgeben. Wenn du das von den vierzehntausend abziehst, bleiben viertausendzweihundert übrig, die wir dann durch vier teilen. Pro Woche. Das ist mehr als ein Tausender für jeden, Mann. *Pro Woche.*«

»Puh, das ist viel Geld …«

»Und wie! Um das zu verdienen, müsstest du ein paar Jahre deines Lebens opfern und studieren oder so. Und vielleicht nicht mal dann.«

Roberto rieb sich das Kinn und dachte eine Weile nach, schließlich war er einverstanden.

»Okay, alles klar. Ich bin dabei.«

»Na, super! Ich schwör dir, Bro, du wirst es nicht bereuen!«

Pedro verabschiedete sich und ging mit einem Liedchen auf den Lippen nach Hause. Unter der Dusche spürte er, wie die letzten Bedenken den Abfluss runtergespült wurden. »Wie einfach das doch geht!«, dachte er. »Der erste Schritt ist im Grunde der einzige, danach läuft alles wie von selbst. Was war das Problem? Warum hab ich das nicht schon viel früher gemacht? Wovor hatte ich Angst? Egal! Spielt alles keine Rolle mehr! Bald bin ich reich!«

Wie schön so ein Blick in die Zukunft doch sein konnte! Was er in diesem Moment fühlte, den Drang voranzuschreiten, die Vorfreude auf das Kommende, der Glaube, der jetzt Gewissheit war, dass alles gut werden würde, die enorme Dankbarkeit dafür, welch wunderbare Wendung sein Leben von nun an nehmen würde, das war Glück, pures Glück. Irgendwie kam ihm dieses Gefühl bekannt vor, als hätte er es schon mal erlebt … War er schon mal glücklich gewesen? Er glaubte, ja, konnte sich aber nicht erinnern, wann.

Er kam aus dem Bad und sah auf die Uhr an der Wand. Es war noch früh genug, zu Catarina zu fahren und ihr die vierhundert Reais zurückzugeben. Als er in die Bar kam, saß dort zu seiner Überraschung Marques am Tresen. Auch er hatte sein ganzes Kilo verkauft und dann dieselbe Idee gehabt.

»Wer hätte das gedacht? Euer kleiner Plan scheint ja direkt aufzugehen.« Catarina lächelte.

»Und das ist erst der Anfang«, sagte Pedro.

»Genau«, stimmte Marques zu. »Bald schwimmen wir in Geld!«

Nachdem sie ihre Schulden so schnell zurückgezahlt hatten, ging das Bier auf Kosten des Hauses.

»Jetzt müssen wir nur noch Fabrício anrufen und wieder zwei Kilo bestellen«, meinte Pedro. »Aber diesmal zahlen wir die tausendvierhundert gleich, wir haben ja noch tausendsechshundert, richtig? Also, wir geben ihm jetzt für die zweite Lieferung sechzehnhundert und zahlen damit schon mal zweihundert von den vierhundert ab, die wir ihm noch schulden.«

Marques räusperte sich.

»Hör zu, Pedro, ich hab eine bessere Idee. Wir zahlen ihm die vierhundert und bestellen direkt noch sechs Kilo.«

»Bist du irre, Mann? Fabrício wird uns auf keinen Fall so viel Geld vorschießen.«

»Wer hat denn was von vorschießen gesagt?«

Pedro musterte Marques. Wortlos wartete er auf eine Erklärung.

»Also, diese Woche noch, nächsten Mittwoch, krieg ich dreitausend Reais, Mann!«, verriet Marques und schlug vor Aufregung mit der Hand auf den Tresen. »Dreitausend! Kein Scheiß! Hör zu, hör zu, ich hab das schon durchgerechnet. Wenn ich die dreitausend zu unseren tausendsechshundert lege, sind das viertausendsechshundert. Nachdem wir Fabrício die vierhundert gegeben haben, bleiben uns noch viertausendzweihundert, richtig? Jetzt rechne mal nach: Wenn ein Kilo siebenhundert kostet, können wir von dem Geld sechs Kilo kaufen!« Ein breites Grinsen verzerrte sein Gesicht, und seine Stimme klang mit jedem Wort schriller. Es fiel ihm sichtlich schwer, seine Begeisterung im Zaum zu halten.

Noch schwerer allerdings fiel es Pedro, sich nicht voreilig davon anstecken zu lassen. Jedenfalls spürte er bereits, wie auch auf seinem Gesicht ein albernes Grinsen erschien, als zögen unsichtbare Hände an seinen Wangen.

»Ist das dein Ernst, Marques?«

»Klar doch!«

»Scheiße! Und woher willst du die drei Riesen nehmen, Bruder?«

»Das ist Angélicas Abfindung. Ihr wurde gestern bei ihrer Pizzeria gekündigt, sie soll das Geld am Mittwoch abholen. Sie hat schon länger versucht, sich feuern zu lassen, und gestern war es endlich so weit! Der Zeitpunkt ist natürlich optimal, zumal sie jetzt einen viel besseren Job hat.«

»Na, das sind ja gute Nachrichten! Was für einen Job denn?«

»Tja, das ist das Beste daran. Sie verkauft Gras in Lupicínio Rodrigues!«

Pedro lachte laut auf.

»Scheiße, Mann, du verdammter Hurensohn!«

»Pass auf, wie du über meine Mutter redest!«, meinte Catarina und lachte ebenfalls.

Marques nahm einen Schluck Bier.

»Und du, Pedro? Hast du jemanden gefunden?«

Pedro erzählte ihnen von Roberto.

»Ah, dann holst du also auch deine Verwandten mit ins Boot? Und bei mir beschwerst du dich? Selber Hurensohn.«

»Roberto ist ja kein Blutsverwandter. Er hat meine Cousine geheiratet, mehr nicht.«

»Wenn das so ist, ist Angélica aber auch nicht meine Blutsverwandte. Sonst hätte ich sie ja nicht heiraten können.«

Die drei lachten wieder.

»Okay, Jungs«, verkündete Catarina. »Weil ihr mich so schön zum Lachen bringt, geb ich noch einen aus.«

»Siehst du, Marques? Du musst nicht mal Drogen verkaufen, um reich zu werden, Mann, es genügt schon, wenn du deine blöden Sprüche klopfst! Wenn du dich pro Kilo bezahlen lassen würdest, wärst du längst Millionär!«

12
EXPANSION

Kleingeldmangel ist in jedem Handelsunternehmen gefürchtet. In einer gewissen Filiale der Fênix-Supermarktkette sollte dies jedoch kein Problem mehr sein. Am Montag, dem 9. Februar 2009, tätigten Marques und Pedro die erste einer Reihe von Transaktionen mit immer höheren Beträgen. Sie gaben den Kassiererinnen ihre eintausendsechshundert Reais in kleinen Scheinen und Münzen und bekamen im Tausch dafür denselben Betrag in Hundertern und Fünfzigern zurück. Die Chefkassiererin musste drei Kassen öffnen, um die Summe zusammenzukriegen.

Die Woche verlief wie erwartet. Am Mittwoch holte Angélica ihre Abfindung ab, und am Donnerstag rief Pedro Fabrício an, bestellte sechs Kilo Marihuana und teilte ihm mit, dass er auch schon die fälligen vierhundert Reais zurückzahlen würde. Fabrício klang zufrieden.

»Eine dreimal so große Lieferung wie die erste, und dann zahlst du auch noch deine Schulden! Ich sehe, wir werden uns gut verstehen, mein Junge.«

Diesmal bat Pedro jedoch darum, das Gras bereits um ein Uhr mittags zu liefern. Kein Problem, antwortete Fabrício, andere Kunden hätten zwar Vorrang, aber niemand nahm seine Lieferung gern vor Einbruch der Dunkelheit entgegen. Außerdem, so Pedro weiter, solle der Übergabeort diesmal ein anderer sein, und zwar, wenn möglich, eine Bar in Vila Lupicínio Rodrigues. Auch das gehe in Ordnung, erwiderte Fabrício. Und dann noch etwas, erklärte Pedro. Nicht er werde das Marihuana entgegennehmen, sondern eine Frau namens Angélica. In Ordnung, sagte Fabrício wieder. Nachdem alles geklärt war, verabschiedeten sie sich und legten auf.

Am kommenden Freitag, dem 13., um dreizehn Uhr, nahm Angélica die sechs Kilo Gras in der Bar in Empfang, in der Marques mit dem Alten aus Lupicínio immer Snooker spielte. Auf Anweisung von Pedro ging Roberto gegen zwei zu ihr, um die Hälfte abzuholen. Dieses Mal reichte die Lieferung bis Montag, wobei Roberto und Angélica zwar noch am Freitag alles abpackten, aber erst am Samstag mit dem Verkauf begannen. Er im zukünftigen Vila Sapo, sie in Vila Lupicínio Rodrigues.

Am darauffolgenden Dienstag, dem 17., verlor ein Kollege und guter Freund von Marques und Pedro seinen Job als Verpacker. Luan, ehemals Chokito, hatte den Fehler begangen, trotz der zusätzlichen Wachleute an der Operation Hexenwerk festzuhalten. Als er sein Diebesgut – ein Plüschherz mit der Aufschrift »I LOVE YOU«, das er seiner Mutter zum Geburtstag schenken wollte – aus dem Fenster ließ, wurde er auf frischer Tat ertappt und umgehend entlassen. Damit war der Einsatz der ausgeliehenen Wachleute nach genau zwei Wochen beendet. Senhor Geraldo schickte sie zurück an ihren ursprünglichen Einsatzort und bat am nächsten Tag den Leiter der Obst- und Gemüseabteilung, der früher als Maurer gearbeitet hatte, das Fenster im Umkleideraum mit Mörtel zu befestigen.

Wie bereits erwähnt war Luan mit Marques und Pedro befreundet. Von den Kollegen im Supermarkt wusste nur er von ihrem Grasgeschäft, abgesehen von Jorge natürlich, der ihnen Fabrícios Nummer gegeben hatte.

Schon vor seiner Entlassung wollte Luan bei ihnen einsteigen, aber sie hatten Nein gesagt. Jetzt jedoch sprachen zwei Dinge dafür. Erstens hatte Luan ihnen mal erzählt, dass er nur deswegen im Supermarkt angefangen hatte, weil seine Mutter arbeitslos war und auch keinen Job mehr fand, da sie zu alt und außerdem krank war, sodass sein ganzes Gehalt als Verpacker direkt bei ihr landete. Seine Kündigung bedeutete also, dass sowohl er als auch seine Mutter in ernsthafte finanzielle Not geraten würden, was Marques und Pedro natürlich nicht zulassen konnten. Zweitens hatten Roberto und Angélica zu bedenken gegeben, dass, wenn der Absatz weiter so steigen würde, womit sie ja rechneten, sie unmöglich weiter alles zerkleinern und verpacken konnten. Sie würden jemanden einstellen müssen, der sich ausschließlich darum kümmerte.

Also schloss sich Luan der Gang an, als Marihuana-Zerkleinerer und Verpacker sozusagen. Mit einiger Mühe gelang es Pedro, Roberto davon zu überzeugen, dass der Junge gleichberechtigt an den Gewinnen beteiligt werden müsse. Marques, der sich bereits von den sozialistischen Idealen seines Freundes hatte anstecken lassen – oder sich zumindest damit abgefunden hatte –, versuchte derweil, Angélica zu überzeugen.

Am Donnerstag, dem 19., rief Pedro Fabrício an. Diesmal wollte er neun Kilo, würde ihm aber, wenn möglich, dreihundert Reais schuldig bleiben. Fabrício lachte. Es sei schon okay, die dreihundert könne er behalten. Pedro bedankte sich und fuhr fort: Die Lieferung könne zur selben Uhrzeit wie letztes Mal stattfinden, diesmal, wenn möglich, allerdings an eine Adresse in Vila Planetário. Auch das gehe in Ordnung, erwiderte Fabrício. Abgesehen davon, erklärte Pedro, würde diesmal ein Teenager namens Luan die Lieferung entgegennehmen. In Ordnung, sagte Fabrício wieder. Nachdem alles geklärt war, verabschiedeten sie sich und legten auf.

In der Woche darauf, nachdem sie neun Kilo verkauft und also neuntausend Reais eingenommen hatten, bestellten sie dreizehn Kilo. Dabei würden sie hundert Reais schuldig bleiben, die ihnen Fabrício erneut erließ. Diesmal musste Alemão, der Lieferant, zweimal fahren.

Die Verkaufskapazitäten lagen inzwischen bei vierzehn Kilo pro Woche, sieben in Vila Lupicínio Rodrigues und sieben in der Senke zwischen Vila Viçosa und Vila Nova São Carlos. Sie wären mit Sicherheit noch mehr losgeworden, hätten sie nicht an ihrem speziellen Geschäftsmodell festgehalten. Die Verkäufer, Angélica und Roberto, verkauften nur so lange, bis sie jeder ein Kilo verkauft hatten, und traten danach erst am nächsten Tag wieder an. So variierte ihre Arbeitszeit je nach Verkäufen, manchmal waren es fünf Stunden, manchmal auch acht. Ausgedacht hatte sich dieses System Pedro, und zwar damit Angélica und Roberto nicht unbegrenzt den ganzen Tag arbeiten mussten.

Dann wurde zum ersten Mal der Gewinn aufgeteilt. Nachdem sie die dreizehn Kilo verkauft und somit dreizehntausend Reais eingenommen hatten, bestellten sie für die Woche darauf vierzehn Kilo, die neuntausendachthundert Reais kosteten. Die restlichen dreitausendzweihundert teilten sie durch fünf, sodass jeder sechshundertvierzig Reais bekam.

Beim zweiten Mal, eine Woche später, waren es tausend Reais mehr, also achthundertvierzig für jeden.

Und so kam es, dass Marques, Pedro, Roberto, Angélica und Luan jeder mehr als dreitausend Reais im Monat mit dem Verkauf von Gras verdienten.

In der vierten Märzwoche gab Senhor Geraldo Marques und Pedro frei. Keiner von beiden hatte je Urlaub mit Geld in der Tasche erlebt, also freuten sie sich und verabredeten mit ihren Mitstreitern, den kommenden Sonntag in einem Aquapark am Stadtrand von Porto Alegre zu verbringen. Dabei wollten sie nicht nur den bisherigen Erfolg feiern, sondern auch besprechen, wie man weiter expandieren könne – was sie, so Luan, auf keinen Fall versäumen durften.

Am Sonntagmorgen also, dem 29. März 2009, setzen die fünf sich an einen der rustikalen Tische an der zum Wald hin gelegenen linken Seite des Aquaparks. Roberto, der mal als Koch gearbeitet hatte, bestand darauf, das Fleisch für das Mittagessen zu grillen, und schüttete Kohle auf einen Grill. Angélica hatte Reis und Salat mitgebracht. Die Stimmung war ausgelassen, die Gespräche, begleitet von Gelächter und eiskaltem Bier, spiegelten die Fröhlichkeit wider, die das Geld mit sich brachte. Überall zwitscherten Vögel, die träge Morgensonne sickerte durch die Baumkronen und schwankte in diagonalen Streifen zwischen den Blättern und Ästen im Wind.

»Gut, sollen wir dann mal zum Geschäftlichen kommen?«, schlug Pedro schließlich vor und versuchte, die Aufmerksamkeit auf sich zu lenken, während die anderen weiter kreuz und quer durcheinanderredeten. »Leute, bitte! Wir haben nachher noch genug Zeit, uns am Pool zu amüsieren.« Als endlich Ruhe herrschte, nickte er in Richtung Luan. »Dann erzähl mal, Chokito.«

»Ich geb dir gleich Chokito, Alter!«, rief Luan wütend.

Pedro lachte.

»Hast gedacht, ich erinnere mich nicht daran, was, Chokito?«

»Mann, Pedro!«, schimpfte Roberto, während er versuchte, den Grill anzuschmeißen. »Erst sollen wir ruhig sein, und jetzt bringst du selber nur blöde Sprüche.«

»Genau, lass den Jungen reden«, pflichtete Angélica ihm bei.

»Erzähl schon, Luan«, ermunterte ihn Marques. »Achte am besten gar nicht auf den Kleiderständer da.«

Obwohl er Pedro gerade erst selbst zurechtgewiesen hatte, konnte Roberto sich nicht beherrschen, als Marques auf dessen schmalen Körperbau anspielte. Er brach in Gelächter aus, warf den Kopf in den Nacken und schüttelte die muskulösen Schultern.

»Oh, Mann, ›Kleiderständer‹!«

»Ach so, Roberto, ich darf keine Witze machen, aber wenn unser Holzfäller hier seine Sprüche bringt, findest du das lustig? Lach nur, Roberto, lach nur. Ich erzähl dann solange den anderen, wie du in der Schürze deiner Frau in der Küche stehst und die Spice Girls hörst.«

Angélica verpasste ihm einen Klaps auf den Kopf.

»Hey, was hast du gegen die Spice Girls? Und wieso nennst du meinen Mann Holzfäller?«

»Sieh dir doch mal seine Hemden an.«

Marques hatte tatsächlich eine Schwäche für karierte Hemden, als Fan von SC Internacional vor allem rote, und darin sah er nun mal aus wie ein typischer Holzfäller aus einem amerikanischen Film.

Und schon redeten und lachten wieder alle durcheinander, bis Luan dazwischenging.

»Alter, ey, was seid ihr für Clowns! Wobei, ein echter Clown würde sich schämen für euch!«

Kurz darauf hatten sich alle wieder beruhigt und sahen Luan erwartungsvoll an.

»Okay, jetzt aber, Mann. Erzähl.«

Luan, der bis dahin an einem Maulbeerbaum lehnte, kam an den Tisch und setzte sich neben Angélica.

»Okay, ihr wisst ja, dass ich in Vila Planetário wohne«, fing er an. »Und ganz in der Nähe ist der Palácio da Polícia, ja? So, und neulich war ein Fernsehteam bei uns im Viertel, die haben eine Reportage darüber gemacht, dass quasi direkt vor dem Polizeipalast gedealt wird. Die waren mit versteckter Kamera da und haben gefilmt, wie die Junkies Schlange stehen, um Crack und Koks zu kaufen. Das lief letzten Montag im Fernsehen.«

»Ah, ja, hab ich gesehen«, meinte Roberto, der immer noch versuchte, den Grill anzuheizen. Er drehte sich zu den anderen um. »Der blöde Fettsack ist total abgegangen!« Damit meinte er den Moderator der Boulevardsendung, in der der Beitrag gelaufen war. Er blies die Wangen auf, um ihn nachzumachen: »›Absurd ist das! Ein Skandal! Jetzt sitzen diese Kriminellen schon mitten im Polizeipalast, *tchê!* Absurd! Ein Skandal! Das kann nicht sein! Ich kann das nicht hinnehmen!‹« Er lachte. »Völlig durchgedreht ist der.«

»Zwei Tage danach«, fuhr Luan fort, »hat die Polizei reagiert und eine mega Razzia veranstaltet. Die haben alles eingesackt, Waffen, Drogen, Geld, alles. Und die Leute sind alle in den Knast gewandert.«

»Na schön, Luan, aber was hat das mit uns zu tun?«, wollte Angélica wissen.

»Immer mit der Ruhe, da komm ich gleich noch zu.« Luan hob die Hand. »Also, das Problem in Planetário war, dass sie mit Crack und Koks gedealt haben. Die Junkies, die da Schlange standen, waren alles Staubsauger und Briten, versteht ihr? Keine Kiffer. Der Auslöser waren die Schlangen. Jede Menge Junkies, die direkt neben dem Polizeipalast anstehen, um Drogen zu kaufen … So eine Reportage kam natürlich nicht gut an. Das hat die Bullen auf die Palme gebracht.«

»Das heißt, die haben gar kein Gras verkauft?«, fragte Roberto. »Nur Crack und Koks?«

»Das Ding ist, die Jungs haben sogar Gras verkauft. Aber nicht an die Konsumenten. Nur kiloweise, an andere Dealer. Deswegen gab es keine Kiffer-Schlangen. Weil kaum jemand Gras gekauft hat, und wenn, dann gleich fünf oder sechs Kilo, um es woanders weiterzuverticken. Leute, die Idee, Gras nur kiloweise an Leute zu verkaufen, die es weiterverkaufen, das war Gold wert. Du musstest dich nicht mit irgendwelchen Freaks rumschlagen, und es ging schnell über die Bühne. Die Typen haben sich die Kilos geschnappt, bezahlt und fertig. Was ich sagen will, der ganze Scheiß ist nur passiert, weil die Junkies da alle Schlange standen und das natürlich auffiel. Dass sie Gras verkauft haben, hat dagegen niemand mitbekommen.«

»Ah, verstehe«, meinte Marques. »Und du denkst daran, das Geschäft in Vila Planetário zu übernehmen, von den

Typen, die jetzt im Knast sind. Und zwar genauso, wie sie es gemacht haben.«

»Genau«, bestätigte Luan. »Ich kann weiter die Beutelchen für Angélica und Roberto packen und gleichzeitig das Zeug kiloweise an dieselben Leute verkaufen, die vorher dort gekauft haben. Alles schön unauffällig.«

»Für wie viel haben die Jungs denn das Kilo verkauft?«, wollte Pedro wissen.

»Tausend«, erwiderte Luan.

Marques fand das seltsam.

»Tausend? Wie jetzt, tausend?«

Luan zuckte mit den Schultern.

»Na, tausend eben. Zehnmal hundert. Tausend.«

»Hä, das ergibt doch keinen Sinn. Überleg mal, wir zahlen siebenhundert pro Kilo an Fabrício, ja? Und nachdem wir es zerkleinert und verpackt haben, verkaufen wir es für tausend. Wenn die Jungs das Kilo für tausend gekauft haben, konnten sie doch gar keinen Gewinn machen.«

Pedro verstand, worauf er hinauswollte.

»Das kommt, weil du nicht kiffst, Marques. Sonst wüsstest du, dass die meisten für fünfzig, hundert verkaufen. Also fünfzig Gramm für hundert Reais, beziehungsweise das Gramm für zwei Reais. Das ist der normale Preis. Wer also Gras kauft, um es weiterzuverkaufen, zahlt einen Tausender pro Kilo und verkauft es für zweitausend. Wir können das Gramm nur für einen Real verkaufen, weil Fabrício das Gras im Ausland kauft und direkt an uns weitergibt.«

Pedros Erklärungen verwirrten Marques nur noch mehr.

»Scheiße, dann verlieren wir doch einen Haufen Kohle!«, rief er. »Warum nehmen wir nicht auch zwei Reais pro Gramm, wenn alle anderen es so machen?«

»Weil wir gerade durch den niedrigen Preis so viel verkaufen und dadurch mehr verdienen, als wenn wir es teurer verkaufen würden.«

Der Floh sprang von Marques' Ohr hinter das von Angélica.

»Okay, aber woher willst du das wissen?«, fragte sie.

»Na gut, sicher bin ich nicht«, gab Pedro zu. »Ist nur geschätzt.«

»Du meinst geraten.«

»Nee, nee. Weder sicher noch geraten. Geschätzt trifft es schon ganz gut. Bei uns in der Gegend hat mal jemand mit Gras gedealt. Irgendwann, noch bevor wir damit angefangen haben, hab ich ihn gefragt, warum er aufgehört hat. Er meinte, es hätte sich nicht gelohnt. Er hat immer höchstens hundert Gramm am Tag verkauft. Allerdings hat er auch zwei Reais pro Gramm genommen. Roberto dagegen, der nur einen Real nimmt, verkauft locker ein Kilo am Tag. Roberto verkauft also zehnmal mehr als der Typ, aus dem einfachen Grund, weil er es für den halben Preis verkauft. Und jetzt rechne mal nach: Wenn wir das Gramm für zwei Reais verkaufen würden, würde das Kilo zweitausend abwerfen, und da wir siebenhundert dafür zahlen, wäre der Gewinn tausenddreihundert. Nur dass wir zehn Tage dafür brauchen würden, weil wir nur circa hundert Gramm am Tag verkaufen. Wenn wir jetzt nur halb so viel verlangen, bringt uns jedes Kilo einen Tausender, minus die siebenhundert, die wir zahlen, bleibt ein Gewinn von dreihundert, nur dass wir in zehn Tagen zehn Kilo verkaufen, und zehn mal dreihundert macht dreitausend. Das heißt, wir verdienen dreitausend in zehn Tagen statt nur tausenddreihundert, wenn wir den normalen Preis verlangen würden.«

Angélica dachte nach. Pedros Rechnung schien Sinn zu ergeben.

»Okay, na gut, erzähl weiter, Luan. Also, wenn du das Grasgeschäft in Vila Planetário übernehmen willst, was denkst du, wie viel Kilo du ungefähr verkaufen kannst?«

»Hier, sieh selbst.« Mit diesen Worten holte er ein Heft aus der Tasche und reichte es ihr.

»Was ist das?«

»Ein Notizbuch, das den Dealern gehört haben muss. Wahrscheinlich haben sie es bei der Razzia weggeworfen. Der Typ vom Schrottplatz hat es gefunden und mir gezeigt. Ich hab's ihm abgekauft.«

Roberto kam vom Grill rüber, um sich das Heft näher anzusehen, während Angélica darin blätterte. Die Schrift war winzig, die Seiten jeweils bis etwa zur Hälfte vollgeschrieben, darunter eine Linie, die das Ende eines bestimmten Zeitraums markierte. Auf jeder dritten oder vierten Seite stand in der ersten Zeile »DEZEMBER«, »JANUAR« oder ein anderer Monat. Manchmal standen auf einer Seite aber auch nur Namen, Zahlen oder kurze verschlüsselte Sätze wie »immer immer immer gerade raus weil der Fuß kaputt ist und niemand von der Wurst weiß« oder »fünf Uhr nachmittags keine gute Zeit um einen Hitzkopf zu reparieren«. Die Seitenränder waren mit einfachen Rechnungen und primitiven Zeichnungen vollgekritzelt, die auf eine gewisse Kindlichkeit ihrer Urheber schließen ließen.

»Guck hier.« Mit dem Zeigefinger wies Luan auf eine

bestimmte Stelle. Angélica blätterte weiter und stellte fest, dass die Zahlen sich wiederholten und teilweise umkreist waren.

»Verstehe«, sagte sie. »Offenbar haben die Typen circa vierzig Kilo im Monat verkauft.«

Roberto ging zurück zum Grill und stieß einen vielsagenden Pfiff aus.

»Nicht schlecht, Mann!«

»Zehn Kilo pro Woche«, bemerkte Pedro. »Das wären zehntausend minus siebentausend. Dreitausend Gewinn. Kein schlechter Deal, vielleicht.«

»Sehr richtig, Pedro: *vielleicht«,* betonte Marques. Er sah zu Luan. »Meinst du, du wirst so viel los? Wie willst du die ehemaligen Kunden erreichen?«

»Angélica, zeig deinem Mann die letzte Seite«, bat Luan und verschränkte die Arme.

Angélica schlug das Heft wieder auf, direkt auf der letzten Seite. Über einer Liste von Namen und Telefonnummern stand »DIE KILO-JUNGS«.

»Ich muss sie nur anrufen«, sagte Luan.

»Na so was!« Marques grinste. »Das hat aber gedauert, Mann, dann mal ran an den Speck! Beschlossene Sache!«

13

SONNIGE ZEITEN

Sonntag, 10. Mai 2009.

Pedro schlenderte durch Vilinha, also den weniger freundlichen, ruhigen, zivilisierten Teil von Vila Viçosa. Er kam aus der Bäckerei, mit Einkäufen, die Anfang des Jahres rein finanziell noch undenkbar gewesen wären: frische Brötchen, Schinken, Käse, Kroketten, Gebäck, ein Stück Torte, Joghurt. Sein Blick wanderte fasziniert über die vertraute Umgebung. Irgendwie kam ihm alles komplett neu vor, wie aus einem Ölgemälde: die Sonne, die hinter dem Feld unterging, die Menschen, die auf den lehmigen Straßen unterwegs waren, die Arbeiter, die aus den voll besetzten Bussen stiegen, die Gangster, die an den Ecken standen und plauderten, die spielenden Kinder überall, die freilaufenden, bellenden Hunde, die Bars, die Hütten, alles. Zweifellos beeinflussten die neuen finanziellen Verhältnisse auch seine Wahrnehmung. Alles erschien ihm auf einmal lyrisch, voller Poesie und Schönheit. Seine Seele fühlte sich unbeschreiblich leicht an, frei von jeder Melancholie, stummer Wut und Selbsthass. Zum ersten Mal empfand er so etwas wie Erfüllung. Gelassenheit. Befriedigung. Nur eines machte ihm hin und wieder Sorgen, wobei, nicht wirklich Sorgen. Es war eher ein vager Gedanke, der ihm immer wieder durch den Kopf schoss, und ja, doch, mit zunehmender Häufigkeit und gleichzeitig, auch das musste man sagen, immer nachdrücklicher: der Gedanke, ein wenig Geld beiseitezulegen und auf die eine oder andere Weise zu investieren, um den aktuellen Lebensstandard halten zu können, ohne weiter dealen oder irgendetwas anderes Illegales machen zu müssen. Aber jedes Mal, wenn ihm der Gedanke kam, setzte er sofort alle Hebel in Bewegung, ihn zu verdrängen: Es war noch nicht an der Zeit, die Verschwendungssucht zu zügeln, die in den letzten Monaten die materiellen Felder seiner Existenz, einst trockene Wüsten, bewässert und zum Blühen gebracht hatte. Die jahrelange Armut musste gebührend kompensiert werden. Er hatte Klamotten gekauft, Schuhe und Sneaker, Ohrringe und Ketten, Uhren, Musikinstrumente, stapelweise Bücher. So viel, dass er es selbst nicht mehr aufzählen konnte, und von allem nur das Beste und Teuerste. Sein Leben wurde kultivierter: Er ging ins Kino, schlenderte gut gelaunt durch die Parks im Zentrum, rauchte gute Zigaretten, gutes Gras, trank guten Whisky, aß gut. Nein, es war noch nicht an der Zeit, damit aufzuhören. Erst musste er sein Haus abreißen und ein neues bauen, ein wunderschönes, großes, rattensicheres Haus. Neue Möbel und Haushaltsgeräte kaufen. Und unbedingt ein Auto, so einen coolen Midlife-Crisis-Luxusschlitten, von dem er schon immer geträumt hatte. Erst dann, und vielleicht auch noch ein bisschen später, würde er aufhören, Geld auszugeben wie ein Irrer, und an eine langfristige Zukunft denken – wenigstens nahm er sich das fest vor.

Pedros Mutter, um deren Gesundheit es schon länger nicht zum Besten stand, musste sich nicht mehr als Putzfrau totschuften. Sie war in den Ruhestand getreten, dem Arbeitsgesetzbuch zufolge etwas zu früh, dem gesunden Menschenverstand zufolge zu spät. Jetzt konnte sie in Ruhe Mate trinken und ihre Nachmittags-Novela sehen, konnte in der Sonne Mandarinen essen und mit den Nachbarn tratschen, sich zurücklehnen und das Leben genießen – für sich selbst, für ihre verstorbenen Eltern, für ihre Großeltern, für all ihre Vorfahren, die alt und mit Schwielen an den Händen gestorben waren, ohne je das Glück gehabt zu haben, eines Tages nicht mehr arbeiten zu müssen und sich zurücklehnen und das Leben genießen zu können.

»Gelobt sei Gott!«, murmelte sie voller Dankbarkeit, während sie darauf wartete, dass Pedro vom Bäcker zurückkam.

Der Herr war zu gütig gewesen, als er Pedro zum Supermarktleiter befördert hatte – einschließlich einer großzügigen Gehaltserhöhung, die aus ihm einen lebensbejahenderen Menschen gemacht hatte, die der Grund war, dass sie selbst guten Gewissens in den Ruhestand treten konnte, die so viel Freude in ihr Haus gebracht hatte …

Natürlich war die Geschichte von der Beförderung nichts anderes als ein Ammenmärchen, eine glatte Lüge, die ihr Sohn ihr dreist aufgetischt und die sie, die Mutter, ganz naiv geglaubt hatte. Aber wann bitte führte die schlichte und pure Wahrheit dazu, dass ein Herz je von Glück erfüllt war? Wann war ein Mensch je wirklich froh, wenn nicht durch komplette Lügen und Halbwahrheiten? Sobald die Wirklichkeit Einzug erhielt, nahm jedes Lächeln Reißaus. Ein Glückspilz war vor allem immer auch ein Narr.

Dienstag, 4. August 2009.

Absolut ungestört, vollkommen selbstvergessen, die Augen geschlossen, die Seele unberührt, so genoss ein gewisses Wesen die beste Zeit seines Lebens. Schade, dass es keine Spuren hinterließ. Schade, dass es sich nicht würde daran erinnern können. Schade, dass die Eindrücke aus jener Zeit für immer verschwinden würden, wie Blätter, die der Herbstwind wegfegt und die nie wieder an ihren Zweigen hängen. Aber lag nicht gerade darin die größte Tugend dieses Wesens – in der Fähigkeit, nicht zu behalten, nicht zu grübeln, der Fähigkeit zu vergessen und loszulassen? Ja. Da war kein dunkler Fleck auf seiner Seele: Das Heute würde morgen nur noch ein verschwommener Traum sein, und übermorgen noch weniger. Das perfekte Dasein, ohne Zweifel: keine Begierde, keine Schuld, kein Kummer, keine Sehnsucht. Nur Frieden, in seiner ganzen Pracht.

Dieses perfekte Dasein brach nun unwiederbringlich in sich zusammen, einfach so, ohne jede Vorwarnung. In der ersten Angst endete das Nichts, endete die Behaglichkeit, im ersten Schmerz fand alles seinen Anfang, der Beginn allen Unglücks. Arme Kreatur. Die Welt empfing sie mit Klauen und Zähnen und dem unverhohlenen Drang, sie mit Haut und Haaren zu verschlingen. Und so schlüpfte wieder eine Seele aus einem Pyjama, den sie nie wieder tragen würde. Zwängte sich in eine Rüstung, aus der sie sich nie würde befreien können. Wieder trat eine Seele auf das Schlachtfeld, um ihr Bestes zu geben, mit aller Kraft ums Überleben zu kämpfen, sich dem unbesiegbaren Feind zu stellen, in der bitteren Gewissheit, am Ende geschlagen zu sein.

»Ja, gut gemacht! Da ist sie! Ich hab sie!« So erhob der Geburtshelfer die Stimme über das erste Geschrei der Neugeborenen. »Also, wenn das nicht das hübscheste Mädchen ist, das ich je gesehen habe, *tchê!*«, rief er und täuschte damit eine Gefühlsregung vor, die nach Jahren unzähliger Entbindungen in Wirklichkeit längst verblasst war. »Herzlichen Glückwunsch, Dona Angélica!«

Angélica lächelte schwach, blass und verschwitzt, während die Nabelschnur durchgeschnitten wurde.

Draußen wartete Marques und betete, dass alles glatt lief. Natürlich war er nervös, aber längst nicht so wie bei Daniel, seinem Erstgeborenen. Damals war er nicht sicher, wovor er mehr Angst hatte: dass sein Sohn bei der Geburt starb oder dass er überlebte. Allein der Gedanke an ein Leben voller Not und Entbehrungen, das den Jungen seinetwegen erwartete, brachte Marques zur Verzweiflung. Diesmal jedoch war alles anders. Die kleine Lúcia sollte ruhig kommen! Ja, das sollte sie. Er würde ihr auf jeden Fall ein schönes Leben bieten können.

»Bist du der Vater?«

»Ja …« Marques stockte die Stimme. Er räusperte sich und wiederholte: »Ja.«

»Du kannst dich entspannen. Die Geburt verlief gut. Übrigens, wirklich sehr süß, dein Töchterchen. Glückwunsch!«

Montag, 5. Oktober 2009.

Von der Avenida Ipiranga bis zum Parque Farroupilha ragten die Hochhäuser elegant und hochmütig gen Himmel. Erstaunlicherweise schien diese Eigenschaft auf ihre Bewohner abgefärbt zu haben. Wie die Türme aus Beton und Stahl blickten auch die Menschen aus Fleisch und Blut auf alles andere herab. Die Straßen waren ruhig und vornehm. Und sauber, dank der gründlichen Arbeit der öffentlichen Müllabfuhr, die, das muss man sagen, nicht jede Straße fegte. Das »öffentlich« galt nur für einige wenige. Steuern dagegen mussten natürlich alle Bürger von Porto Alegre zahlen, ob reich oder arm, ob Cafuzo oder Caboclo. Von diesem Geld wurden die Gehälter der Müllmänner gezahlt, gefegt wurde aber nur in Gegenden, in denen der Großteil der Menschen rosige Haut hatte, man das nasale Porto-Alegrês sprach und Haustiere einen Stammbaum hatten.

Wer das Viertel jedoch nicht kannte und versehentlich in die Rua Luiz Manoel einbog, den erwartete eine unschöne Überraschung. Die Straße mündete abrupt in einem verdreckten kleinen Platz. Dort war natürlich keine Spur mehr von öffentlicher Müllabfuhr, es gab keine Hochhäuser, keine Menschen mit rosiger Haut, keinen Stammbaum, keinen nasalen Akzent. Stattdessen schlichte kleine Häuschen, beschmierte Wände, Müll auf der Straße, räudige Hunde, von Flöhen befallene Katzen, vom Karrenziehen geschundene Pferde, Menschen mit sonnengegerbter Haut, schlecht gekleidete Menschen, Menschen mit vom harten Leben gezeichneten Gesichtern, Menschen mit unkultivierter, unvorsichtiger Wortwahl. Und man kam nur zu Fuß weiter, durch die engen Gassen, die direkt in ein Stück Hölle auf Erden führten.

Und so entstand mitten in diesem noblen Viertel von Porto Alegre Vila Planetário, hässlich und ungewollt, wie ein Pickel im Gesicht einer schönen Frau.

Luan war auf dem Redondo, wie die Einheimischen den

Platz nannten, in den die Rua Luiz Manoel mündete. Er saß auf einem Strandstuhl, umringt von Frauen, und versuchte, sich mit seinem kürzlich erworbenen Tablet vertraut zu machen. Was nicht einfach war, denn trotz seiner Zurechtweisungen hingen die Frauen an seinen Schultern und streckten immer wieder neugierig den Zeigefinger nach dem Touchscreen aus.

»Nicht anfassen, Larissa! Mann, ey, hab ich doch eben schon gesagt! Und du, Suzana, rück mal ein Stück zur Seite, du atmest mir direkt ins Gesicht!«

Zwischen den Schönheiten waren zwei jüngere Mädchen, wahrscheinlich ungefähr in Luans Alter, die anderen sahen alle deutlich älter aus, eine hätte sogar seine Mutter sein können. Sie ließen partout nicht von ihm ab, als wäre das Leben nur an seiner Seite lebenswert. Wie Groupies um einen Musiker scharwenzelten sie um ihn herum und kämpften um seine Aufmerksamkeit. Sie schämten sich nicht mal, an ihm herumzufummeln, was mitunter ans Obszöne grenzte.

Das königliche Leben, das er in den letzten Monaten führte, hatte Luans Persönlichkeit radikal verändert. Jede Spur von Schüchternheit aus der Chokito-Phase war verflogen. Voller Begeisterung saugte er seine Umgebung mit den Augen auf, als wäre die ganze Welt ein einziger Vergnügungspark. Anders jedoch als man hätte vermuten können, war er kein bisschen arrogant geworden. Was vielleicht seiner Mutter zu verdanken war, die als offizielles Orakel von Vila Planetário galt und immer gegolten hatte.

»Man muss bescheiden sein, mein Junge«, pflegte sie zu sagen, mit ernster Miene und einem Joint im Mundwinkel. »Niemand ist besser als irgendwer sonst auf dieser

Welt, vergiss das nie, das ist das Einzige, was du im Leben lernen musst. Tu immer das, was du für richtig hältst, niemand hat das Recht, dich daran zu hindern. Nicht mal die Polizei. Und wenn sie es versuchen sollten, lass es nicht zu. Lass dir nicht von anderen erzählen, was für dich richtig und was falsch ist, mein Junge. Das entscheidest du selbst, und dann handelst du danach. Ganz einfach. Du bist dein eigenes Gesetz.«

Sie wusste natürlich von den unerlaubten Aktivitäten ihres Sohnes. Und wenn ihre stets steinerne Miene auch kein Urteil darüber verriet, empfand sie wahrscheinlich eher Stolz als Enttäuschung. Sicher, sie hatte ihn ermutigt, ein sogenanntes redliches Leben zu führen, die Schule zu beenden und sich einen Job zu suchen, aber eher halbherzig, so wie man jemandem empfiehlt, regelmäßig Sport zu treiben.

Nachdem der Polizeieinsatz Ende März in Vila Planetário die ganze Bande hinter Gitter gebracht hatte, fragten sich die Dealer, die ihr Gras kiloweise dort gekauft hatten, um es in ganz Porto Alegre weiterzuverkaufen, wie es nun weitergehen sollte. Die Sorge wurde ihnen bald genommen. Noch vor Ende des Monats erhielten sie alle einen unerwarteten Anruf, in dem sie erfuhren, dass sie ihr Gras weiter dort beziehen könnten, zum selben Preis wie vorher. Abgesehen davon, erklärte ihnen Luan, bestünde keinerlei Risiko, dass sich eine derartige Razzia wiederholte. In Vila Planetário würde man von nun an nicht mehr an Konsumenten verkaufen, es gäbe keine langen Schlangen mehr, keine Besucher von außerhalb und damit auch keinen Anlass für irgendwelche Reportagen, die Polizei hätte keinen Grund, sich zu beschweren. Die Kunden waren nicht nur froh, ihre Geschäfte wieder aufnehmen zu können, sondern freuten sich umso mehr, als sie feststellten, dass Luans Gras viel besser war als das davor.

»Scheiße, Alter, dein Gras ist echt super!«, lobten sie ihn, wenn sie das nächste Mal kamen.

Die Tatsache, dass er das Zeug im großen Stil verkaufte, und dazu in Topqualität, bescherte ihm eine gewisse Berühmtheit in der Unterwelt von Porto Alegre. Die Kleindealer, die bei ihm kauften, empfahlen ihn an Dritte weiter.

»Junge, wenn du Gras in größerem Stil kaufen willst, geh zum Scheich von Planetário. Der Preis ist gut, und das Zeug ist der Hammer!«

Sie nannten ihn Scheich, weil er immer umgeben von Frauen war.

Luan sah von seinem Tablet hoch. Ein Kunde kam in seine Richtung.

»Scheich!«, begrüßte er ihn, ein breites Grinsen im zarten Gesicht.

Kaum erhob Luan sich, wurden die Frauen unruhig.

»Schatz, gib mir solange das Tablet!«

»Nein, mir!«

»Gib es mir, Schatz!«

»Mir!«

»Hey!«, zischte er gebieterisch. »Das Tablet kriegt Larissa, die ist nicht so zimperlich wie ihr.«

Larissa war Luans Lieblingskonkubine, weil sie als Einzige nicht so »zimperlich« war, genauer gesagt, sie zickte als Einzige nicht wegen seiner Schamhaare rum, die anderen beschwerten sich immer, er solle sie abrasieren, weil es unästhetisch sei.

Er schüttelte seinem Kunden die Hand und ging mit ihm ins Haus. Als der Mann kurz darauf rauskam, war sein Rucksack fünf Kilo schwerer. Nachdem Luan die fünftausend Reais gezählt hatte, verstaute er sie im Schlafzimmer. Auf dem Weg zurück nach draußen sah er seine Mutter mit einem seltsamen Gesichtsausdruck auf dem Sofa sitzen.

»Mama?«

»Du bist doch glücklich, mein Junge, oder?«, fragte sie aus heiterem Himmel.

»Ja, klar«, erwiderte er lächelnd und ein wenig verwirrt.

»Sehr gut. Möge es so bleiben.«

Freitag, 19. Dezember 2009.

Aus den Töpfen stieg Dampf auf. Sie waren neu, genau wie der Herd, der Tisch, das Geschirr und das Besteck. Sogar das Essen, das gleich fertig war, roch neu. Bisher hatte sich noch niemand in der Familie so richtig an die vielen Gerichte gewöhnt, die in den letzten Monaten auf dem Speiseplan standen. Gestern Lasagne, heute Steak mit Pommes frites, morgen Churrasco. Die Mahlzeiten hatten sich zu einem wahren Genuss entwickelt, undenkbar für alle, die ihren Hunger mit Reis und Bohnen stillen mussten, an guten Tagen vielleicht noch mit Spiegelei und drittklassigem Hackfleisch. Aber das war längst nicht alles. Tatsächlich lebten sie ein komplett neues Leben. Und zwar ein sehr viel besseres als vorher. Die junge Mutter, die lediglich die Grundschule absolviert hatte, hatte ihren Job als Klofrau aufgegeben und ging wieder zur Schule, mit dem kühnen Ziel, Anwältin zu werden. Jetzt – und erst jetzt – war das Geld dafür da. Sie konnte sich die Fahrten leisten, ob mit dem Bus oder mit dem Taxi. Konnte sich die besten Bücher besorgen, statt die alten, gebrauchten aus der Schule leihen zu müssen. Konnte Ergänzungskurse und Nachhilfeunterricht bezahlen, sich kaufen, was sie wollte, vom Pflichtmaterial bis zur unverbindlichen Empfehlung. An Geld fehlte es nicht. Und all das, ohne auf ihre kostbaren acht Stunden Schlaf, manchmal sogar zehn, verzichten zu müssen, all das, ohne sich zweiteilen zu müssen, ohne wie eine Verrückte hin- und herrennen zu müssen, um neben der Schule ihren Lebensunterhalt zu verdienen. Ihr Einkommen war gesichert – dafür sorgte der Mann. Sie konnte in Ruhe lernen. Sie sah nur von ihren Büchern auf, um sauberzumachen, zu kochen oder sich den Kindern zu widmen. Das waren einzig und allein ihre Aufgaben.

»Also, ich finde, das ist ein ganz schön machomäßiger Lebensentwurf«, hatte Cousin Pedro ihr irgendwann gestanden. »Nur weil Roberto jetzt das Geld nach Hause bringt, heißt das ja nicht, dass du dich allein um die Kinder kümmern musst und das Haus putzen und alles. Der Sack soll ruhig auch mal mit anpacken! Ich meine, du legst hier ja nicht die Beine hoch, du gehst zur Schule, du willst Anwältin werden! Klar ist es ein langer Weg dahin, aber wenn du erst mal deinen Abschluss hast, verdienst du einen Haufen Geld, und dieses Geld bringst du dann ja auch mit nach Hause. Ich finde, deine Arbeit sollte jetzt schon anerkannt werden.«

Die Meinung ihres Cousins war ihr vollkommen egal. Sie war unglaublich dankbar dafür, wie sich alles entwickelt hatte, und wer sich so fühlt, wer aufrichtige Dankbarkeit empfindet, der sieht nirgends mehr ein Problem.

Vielleicht hatte Pedro sogar recht, aber wenn doch alles so gut lief, wenn alle glücklich und zufrieden waren, warum dann den Mann mit irgendwelchen Forderungen behelligen? Wozu? Ihr war wichtig, dass das Haus sauber und aufgeräumt war, im Gegensatz zu früher, als sowohl sie als auch ihr Mann immer nur arbeiten mussten und weder Zeit noch Energie hatten, sich darum zu kümmern. Abgesehen davon konnte sie endlich den Alltag mit den Kindern genießen und sah sie nicht wie vorher nur sporadisch. Wie gut ihnen das tat! Sowohl die Lehrer in der Schule als auch sie selbst konnten kaum glauben, wie viel besser sie sich auf einmal benahmen. Jetzt wo sie die Zügel in der Hand hielt, fiel es ihr viel leichter, ihre Disziplinlosigkeit in Gehorsam zu verwandeln, die Ungezogenheit in Respekt, das Desinteresse am Unterricht in Wissensdurst. Es kam, wie es kommen musste: Die kleinen Quälgeister, die jetzt gar nicht mehr solche Quälgeister waren, beendeten das Schuljahr als jeweils Klassenbeste. Die PlayStation, die sie in sechs Tagen zu Weihnachten bekommen würden, hatten sie auf jeden Fall verdient.

Die Haustür ging auf. Es war Roberto, der den ganzen Tag lang draußen Gras verkauft hatte.

»Du kommst gerade rechtzeitig, Schatz«, sagte seine Frau, denn in genau dem Moment war das Essen fertig.

14

DIE BEINE IN DIE HAND

Um seiner Mutter das viele Geld zu erklären, das er verdiente, hatte Pedro sich, wie bereits erwähnt, die Geschichte von seiner Beförderung ausgedacht, und er wollte natürlich nicht, dass sie diesbezüglich auch nur den geringsten Verdacht schöpfte. Währenddessen amüsierte er sich über die misstrauischen Blicke, die Marques und er im Supermarkt ernteten. Dort wussten alle genau, dass weder der eine noch der andere zu irgendetwas befördert worden war, sodass sich manches nicht recht erklären ließ. Jeden Tag gaben die beiden in der Pause Unmengen von Geld für Quatsch aus. Chips, Pralinen, Schokoriegel, Joghurt, Softdrinks, Energydrinks. Und zwar nicht nur für sich selbst, sondern auch für die Kollegen, die gerade in der Nähe standen, was ihrer Beliebtheit im Übrigen durchaus zuträglich war. Von ihren neuen Klamotten ging ein Geruch aus, dass einem fast übel werden konnte, und aufmerksameren Beobachtern war bereits aufgefallen, dass sie in der zweiten Jahreshälfte von 2009 bis jetzt, Anfang 2010, kaum ein Kleidungsstück oder Paar Sneaker trugen, das nicht wie frisch aus dem Laden aussah. Am verdächtigsten und beunruhigendsten war allerdings zweifellos, dass sie einmal pro Woche mit riesigen Mengen an Münzen und kleinen Scheinen auftauchten, um sie an den Kassen zu wechseln. Es war so viel Geld, dass nicht mal alle Fünfziger und Hunderter an sämtlichen Kassen ausreichten, um alles auf einmal einzutauschen. Also verteilten sie es über den ganzen Tag, einen Teil, wenn sie zur Arbeit kamen, den nächsten in der Pause, wenn die Kunden für Nachschub gesorgt hatten, und den letzten schließlich, bevor sie gingen. Und selbst dann schafften sie es manchmal nicht.

»Woher haben die das ganze Geld?«, flüsterten sich die Kollegen zu.

Jorge, der die Antwort kannte, fragte sich etwas ganz anderes: Warum bitte arbeiteten die beiden noch im Supermarkt?

»Arbeit verleiht dem Menschen Würde«, bekam er darauf von beiden zu hören.

Ja, beide antworteten dasselbe. Nicht wissen konnte Jorge jedoch, dass Marques damit nur Pedros Anweisung befolgte, denn in Wirklichkeit wusste er es selbst nicht. Ein paar Monate zuvor hatte er erklärt, kündigen zu wollen, woraufhin Pedro ihn gebeten hatte, es nicht zu tun, allerdings ohne ihm eine Begründung zu liefern. Er sagte lediglich, er habe einen Plan – und um den in die Tat umzusetzen, müssten sie weiter bei Fênix arbeiten. Obwohl er neugierig war, kam Marques der Bitte nach, in der Annahme, dass es bald so weit wäre und er dann schon erfahren würde, um was es ging. Doch die Zeit verstrich und nichts passierte, sodass er immer neugieriger wurde. Und auch immer unruhiger. Es gefiel ihm nicht, dass Angélica den ganzen Tag in Vila Lupicínio Rodrigues Gras vertickte und riskierte, erwischt zu werden, während er nur hinter den Kulissen wirkte. Er wollte raus aus dem Supermarkt und sich mit seiner Frau abwechseln. Außerdem ergab es überhaupt keinen Sinn, sich noch länger dort rumzuquälen, jetzt, wo er so viel Geld verdiente. Und so hakte er in letzter Zeit regelmäßig nach, was es mit seinem mysteriösen Plan auf sich habe, aber Pedro bat ihn jedes Mal nur um noch ein wenig Geduld. An einem heißen, sonnigen Montag, dem 22. Februar 2010, platzte Marques schließlich der Kragen.

»Jetzt rück endlich raus mit der Sprache, warum zum Teufel müssen wir noch hier arbeiten?«, fragte er, kaum dass sie allein im Umkleideraum waren. »Entweder du erklärst es mir jetzt, oder ich kündige noch heute. Ich meine es ernst.«

»Ganz ruhig, Marques, ich –«

»Komm mir bloß nicht so, Mann! Echt jetzt. Sag's einfach. Mach den Mund auf und sag's.«

Pedro seufzte und schüttelte den Kopf. Offenbar ließ Marques ihm diesmal keine Wahl.

»Okay, Alter.« Er kniff die Lippen zusammen. »Ich erklär's dir. Irgendwann hätte ich es dir ja sowieso sagen müssen, also …« Er hielt kurz inne und überlegte, wie er am besten anfangen sollte. »Also, ich erzähl dir jetzt mal eine Geschichte. Irgendwann, ist schon eine Weile her, war ich auf dem Weg zur Arbeit, ich stieg vor dem Julinho aus und zündete mir erst mal einen Joint an. Ein paar reiche Papasöhnchen, die vor dem Pavillon abhingen, kamen hinter mir her und wollten wissen, ob ich Gras hätte und so. Ich hab Nein gesagt, aber sie gaben keine Ruhe. Am Ende wollten sie mir zwanzig Reais für meinen Joint geben. Zwanzig Reais, Mann! Für einen Joint, den ich von einem Gramm gebaut hatte, verstehst du?«

»Und dann?«

»Seitdem überlege ich, wie man ... eine Brücke schlagen könnte ...«

»Eine Brücke?«

»Eine Brücke.«

»Eine Brücke?«

»Eine Brücke.«

»Okay. Eine Brücke. Alles klar. Und was bitte soll das heißen?«

Pedro lächelte verträumt, seine Augen funkelten. Es war, als würde er Marques gar nicht sehen.

»Gut, also Folgendes.« Er streckte den linken Arm aus und öffnete die Hand, als hielte er etwas darin. »Auf der einen Seite gibt es einen Haufen Typen wie die, die ich eben meinte. Jungs, die unbedingt was zum Kiffen wollen, aber nicht wissen, wo sie es herkriegen sollen. Und für die ist Geld kein Problem: Geld ist die Lösung!« Jetzt öffnete er die rechte Hand. »Auf der anderen Seite sind wir. Und was wollen wir, Marques? Wir wollen unbedingt unser Gras verkaufen. Und je mehr die Leute zahlen, desto besser natürlich. Einen Zwanziger für ein Tütchen mit einem Gramm, das wir in Pinheiro und Lupicínio für einen Real verkaufen, wie wäre das? Für die Jungs ist das nichts, für uns ist es extrem viel. Letztendlich ist es ganz einfach: Wir haben, was die wollen, und die haben, was wir wollen.« Er führte die Hände zusammen und verschränkte die Finger ineinander. »Fehlt nur die Brücke.«

»Gut, ich verstehe, was du meinst. Aber ich weiß nicht, Pedro ... Ich glaube nicht, dass es so viele Leute gibt, die einen Zwanziger für ein Gramm Gras zahlen würden ...«

»Meinst du? Ich hab viel darüber nachgedacht, und

weißt du was, ich glaube das Gegenteil. Überleg doch mal. Sicher kommt ein Haufen von den Kids auch so klar. Sie kaufen was von einem Freund oder von einem Freund von einem Freund, wie auch immer. Aber die meine ich nicht. Ich meine die Typen, die davon gehört haben und es mal ausprobieren wollen, nur dass sie nicht wissen, wo sie das Zeug herkriegen. Ich meine die Typen, die vielleicht sogar schon mal einen geraucht haben, zum Beispiel auf einer Party, und jetzt Blut geleckt haben, aber nicht bis zur nächsten Party warten wollen. Und diese Trottel, die schmeißen dir das Geld nur so hinterher. Für die sind zwanzig Reais dasselbe wie für dich fünf beschissene Centavos. Als Kinder haben sie ihre Eltern dem Typen vom Lieferdienst einen Zwanziger zustecken sehen, und dann noch dem Pizzaboten und dem Portier. Die kriegen mehr Taschengeld, als wir im Monat verdienen, und müssen keine Rechnung und nichts davon bezahlen. Jetzt mal ernsthaft, glaubst du, die würden nicht einen Zwanziger ausgeben, um schnell, leicht und sicher an Gras zu kommen und in Ruhe einen rauchen zu können oder vor ihren Freunden anzugeben?«

»Na gut, ergibt irgendwie Sinn …«

»Natürlich ergibt das Sinn, Mann! Aber diese Brücke, die wir bauen wollen, die muss sicher sein. Verstehst du? Sie müssen sich sicher darauf fühlen, und *wir* müssen uns auch sicher fühlen. Wir können zum Beispiel kein Gras vor dem Julinho verkaufen. Typen wie uns haben die Bullen sofort im Visier. Wenn wir uns da hinstellen, ist das, als würden wir darum betteln, eingesperrt zu werden. Also, hör zu, der Ort, an dem wir diese Brücke bauen, muss so sein, dass wir uns lange dort aufhalten können, ohne Verdacht zu erregen, ein Ort, an dem wir praktisch unsichtbar sind, weil es niemanden mehr interessiert, dass wir den ganzen Tag dort sind, ein Ort, an dem niemand vermuten würde, dass jemand so dreist ist, dort Gras zu verkaufen.« Pedro breitete die Arme aus, als zeigte er seinem Freund eine unbekannte Landschaft. »Hier, zum Beispiel.«

»Hier?«

»Hier.«

»Hier?«

»Hier.«

»Okay. Hier. Alles klar.«

»Hey, hey, wo willst du hin, Mann?«, rief Pedro, als Marques sich zum Gehen fertig machte.

Marques stemmte die Hände in die Hüften und blieb stehen. Obwohl er lächelte, wirkte er alles andere als glücklich.

»Wohin ich will? Meine Kündigung einreichen, Mann. Wenn du das nämlich ernst meinst, bist du offenbar total durchgeknallt. Alter, ich kann nicht glauben, dass ich wegen diesem Schwachsinn die ganze Zeit noch in diesem Scheißladen sitze! Fick dich, echt!«

»Was redest du denn da?«

»Das frage ich dich! Was redest du da? Du willst *hier drin* Gras verkaufen, ja? Hat dir jemand ins Gehirn geschissen?«

Pedro sah ihn ernst an.

»Es scheint mir, als würdest du etwas tun wollen, was ich dich noch nie habe tun sehen, Marques«, erklärte er mit düsterer Stimme.

»Ach ja? Und zwar?«

»Es scheint mir, als würdest du einen voreiligen und, was das Schlimmste ist, endgültigen Schluss ziehen wollen, über etwas, das ich dir noch nicht mal zu Ende erklärt habe. Ich hab dich nie um etwas gebeten, Mann, aber jetzt habe ich eine Bitte: Kannst du dich vielleicht einfach mal beruhigen und mich ausreden lassen? Soweit ich weiß, hab ich dich immer mit Respekt behandelt, also erwarte ich, dass du mir auch den nötigen Respekt erweist und mich nicht einfach hier stehen lässt. Das wäre nämlich so ziemlich das Letzte. Ja? Kannst du dich jetzt bitte mal kurz beruhigen? Ich meine, wenn du keine Lust dazu hast, kann ich sowieso nichts machen. Ich will dich zu nichts zwingen, könnte ich auch gar nicht. Aber ich wäre dir wirklich sehr dankbar, wenn du wenigstens mit mir darüber reden würdest. Ja? So wie sonst auch immer?«

Marques lehnte sich an den Spind und breitete die Arme aus.

»Ich höre.«

»Gut. Also erstens: Meinst du, ich würde irgendetwas unternehmen, wenn ich mir meiner Sache nicht vollkommen sicher wäre? Wenn ich hier drin Gras verkaufen will, dann weil ich weiß, dass wir einen Haufen Kohle damit verdienen können, und zwar ohne dass es jemandem auffällt, ohne dass jemand davon erfährt, ohne dass irgendetwas passiert. Glaubst du noch an mich?«

»Hör zu, Pedro, ich bezweifle nicht, dass dein Plan gut ist. Aber hier mitten im Supermarkt, in einem gutbürgerlichen Viertel, wo es von Bullen nur so wimmelt? Egal wie gut dein Plan ist, er ist bestimmt nicht todsicher, kann er gar nicht sein. Weißt du, was uns beide unterscheidet?

Du glaubst, es lohnt sich, immer wieder neue Risiken einzugehen, ich nicht. Ich habe zwei Kinder, Pedro. An die muss ich denken. Jedes Risiko, das ich eingehe, bedeutet auch ein Risiko für sie. Verstehst du das? Letztes Jahr zum Beispiel, als ich noch dieses beschissene Leben geführt habe, als ich verzweifelt war, weil ich mich kaum um Daniel kümmern konnte, und Angélica schon schwanger mit Lúcia war, damals hätte ich vielleicht sogar Ja gesagt. Aber die Zeiten haben sich geändert. Mir geht es gut, und mir ist klar, dass ich das größtenteils dir zu verdanken habe. Ich will nicht, dass du mich für undankbar hältst. Nur dass ich nicht noch mal so ein Risiko eingehen will, verstehst du? Mir geht es gut. Übrigens, falls es dich interessiert, Angélica und ich wollen versuchen, ein bisschen Geld beiseitezulegen, um irgendwann aus dem Geschäft aussteigen zu können. Weil wir uns Gedanken machen, weißt du? Alles ist prima, alles läuft bestens, aber der Wind kann sich auch ganz schnell drehen. Und dann …« Marques schnippte mit den Fingern. »Was dann? Wer kümmert sich dann um meine Kinder? Du weißt, dass es so ist. Du weißt, dass das alles ganz schnell in sich zusammenstürzen kann. Du hast selbst mal gesagt, das Pech sei kreativer als das Glück. ›Es ist leichter, in Scheiße zu treten, als eine Münze zu finden‹, hast du gesagt. ›Das Schicksal hat nie Zeit, dir zu helfen, aber dich zu bescheißen schafft es immer‹, hast du gesagt. Hast du gesagt, oder? Also, Mann, nimm die Beine in die Hand. Angélica und ich, wir laufen weg, bevor das Pech uns erwischt. Deswegen wollen wir aussteigen. Möglichst viel Geld beiseitelegen, ein paar Häuser zum Vermieten kaufen, eine Taxiflotte, keine Ahnung, irgendwas, um weiter gut leben zu können, ohne dieses blöde Gefühl, dass alles jeden Moment zusammenbrechen kann. Weißt du, was ich meine?«

Noch bevor er mit seinem Vortrag fertig war, nickte Pedro.

»Tja, da habt ihr vollkommen recht. Ehrlich gesagt bin ich froh, das aus deinem Mund zu hören.«

»Ach ja?«

»Ja.«

»Hm …«

»Weil ich dachte, ich hätte zwei Aufgaben vor mir: Erstens, dich zu überzeugen, das Ding hier durchzuziehen, zweitens, dich zu überzeugen, dass es Zeit ist, mit dem ganzen Scheiß aufzuhören.«

Marques sah ihn erstaunt an.

»Also willst du auch aussteigen?«

»Natürlich will ich das. Pass auf, du hast wahrscheinlich schon mal in den Nachrichten gesehen, wie sie eine Gang hochnehmen, die zehn, zwanzig Jahre lang Autos gestohlen, Banken überfallen oder das Finanzamt betrogen hat. Wenn ich so was sehe, frage ich mich immer, warum zum Teufel haben die Typen nicht rechtzeitig aufgehört? Den Fehler werde ich nicht begehen. Erstens, ich wollte nie Dealer werden. Mal ehrlich, ist ja im Grunde auch echt komisch, so was zu wollen. Wer geht schon gern das Risiko ein, in den Knast zu wandern? Mal abgesehen von den Bullen, die einen erst halb totprügeln, bevor sie dich mitnehmen. Oder gleich umlegen, wenn keiner guckt. Meuchelmörder sind das, überraschen dich im Schlaf, knallen dich ab und behaupten, du hättest Widerstand geleistet. Dann steht das Wort eines Gesetzeshüters gegen gar keins, weil du nämlich tot bist und niemand irgendwas gesehen hat. Und jetzt frage ich dich: Wer will so ein Leben? Wer will so ein Risiko eingehen? Nein, Mann, ich wollte nie Dealer werden. Aber ich wollte auch nie das Scheißleben, das ich hatte. Ich wollte Geld. Ich wollte so leben wie heute. Das Problem ist, der Lebensstandard, den wir jetzt haben, der ist für Leute wie uns nicht vorgesehen. Wir haben gegen die Spielregeln verstoßen, Marques. Wir haben uns genommen, was uns ihrer Meinung nach nicht zusteht. Solange wir die Jobs machen, die für uns vorgesehen sind, könnten wir nie das Leben haben, das wir jetzt führen, Mann.«

Marques seufzte.

»Ist das wirklich so? Das frage ich mich manchmal. Tatsächlich gibt es nämlich einen Haufen Menschen, die im Leben aufsteigen, ohne mit dem ganzen Scheiß anzufangen.«

»Aber unter welchen Bedingungen?

»Was meinst du?«

»Wie steigen diese Menschen auf? Indem sie sich erniedrigen und dem Chef in den Arsch kriechen, bis sie irgendwann befördert werden? Indem sie schuften wie die Packesel? Die Kollegen anschwärzen, bis alle sie hassen? Oder vielleicht aufgrund ihrer Ausbildung? Nachdem sie gleichzeitig gearbeitet und studiert haben, wie die Zombies gelebt und kaum geschlafen, bis sie endlich ihren Abschluss hatten? Alles Geld, das sie hatten oder auch nicht hatten, für Busfahrten und Bücher ausgegeben haben, während die Kinder zu Hause sitzen und sich gegenseitig die Ohren nach ein bisschen Salz ablecken, weil es nichts zu essen gibt? Stell dir dich in der Uni vor, außer dir sitzen da nur reiche Spießer, okay? Und jetzt stell dir vor, wie deine Kommilitonen dich fragen, ob du in der Pause mit in die Kantine kommst. Die können sich alles kaufen von Papas Geld. Und du? Du sitzt da mit knurrendem Magen, weil du dir nicht mal einen Lolli leisten kannst. Steigst du so im Leben auf? Indem du dir das antust? Am Arsch. Wer denkt, ich müsste das alles ertragen, um ein anständiges Leben zu haben, kann mich mal! Okay, Mann, Frage: Wenn ein Flugzeug abstürzt, was passiert dann mit den Leuten darin?«

Marques, der bis dahin zu Boden geblickt hatte, hob überrascht den Kopf.

»Sie sterben.«

»Alle?«

»Alle. Meistens jedenfalls. Manchmal überleben vielleicht ein oder zwei.«

»Genau. Manchmal überleben ein oder zwei. Und was schließt du daraus?«

»Wie meinst du das?«

»Ist es deiner Meinung nach wahrscheinlich oder unwahrscheinlich, einen Flugzeugabsturz zu überleben? Weil, manchmal überleben ja ein oder zwei Leute, richtig? Was bedeutet das also? Dass jeder hätte überleben können? Was ist mit denen, die sterben? Warum sterben sie? Fehlt es ihnen vielleicht an Willensstärke? Fehlt es ihnen an, keine Ahnung, Liebe zum Leben?«

»Alter, ich bin nicht sicher, ob ich dir folgen kann … Ich denke, die Menschen sterben, weil es wahrscheinlicher ist zu sterben als zu überleben … Ja, das ist eine Frage der Wahrscheinlichkeit.«

»So ist es, Marques! Dasselbe gilt für die Armut, auch eine Art von Tragödie. Zeig mir einen Armen, der es im

Leben zu etwas gebracht hat. Na los. Zeig mir jemanden, der arm geboren ist, so arm wie wir, und irgendwann nicht mehr arm war, ohne irgendein Verbrechen zu begehen, oder im Lotto zu gewinnen, natürlich. Will ich sehen. Weil, für jeden, den du mir zeigst, zeig ich dir eine Million, die arm geboren und arm gestorben sind. Weißt du auch, warum? Wie du selbst gesagt hast, es ist eine Frage der Wahrscheinlichkeit. Es ist sehr viel wahrscheinlicher, dass man als arm Geborener auch arm stirbt, als dass man irgendwann aus der Armut rauskommt, so wie es bei einem Flugzeugabsturz wahrscheinlicher ist zu sterben, als zu überleben. Willensstärke spielt da überhaupt keine Rolle, bei beidem nicht. Beides ist eine Tragödie, und beides muss, oder sollte, einfach vermieden werden. Ein Flugzeug darf nicht abstürzen, Marques. Man muss alles unternehmen, damit es nicht abstürzt. Genauso darf es keine Armut geben. Man muss alles unternehmen, damit es keine Armut gibt. Man sollte es zumindest.« Pedro hielt inne. Er wirkte jetzt nachdenklich. Als er fortfuhr, klang es, als spräche er zu sich selbst. »Einmal, als ich noch bei einer anderen Supermarktkette war, da hab ich etwas gesehen, das mir nie wieder aus dem Kopf gehen wird. Ich war vielleicht achtzehn und hab auf dem Parkplatz die Einkaufswagen eingesammelt. Irgendwann kommt da so ein Luxusschlitten an. Das Ding hättest du sehen müssen, so Marke Midlife-Crisis. Ich ging also davon aus, dass da so ein alter Knacker aussteigt. Aber nichts da, der Typ war in meinem Alter. Achtzehn, höchstens zwanzig. James-Bond-Anzug, voll auf dicke Hose. Und natürlich durfte auch das Bond-Girl nicht fehlen. Alter, die hätte nur ihr Kleid ausziehen müssen, da wärst du schon gekommen. Ein Typ in meinem Alter, in solchen Klamotten, mit so einer Karre und so einem Mädchen. Und ich steh da und sammele die Einkaufswagen ein. Ganz ehrlich, Marques, ich hätte den Kerl am liebsten umgebracht. Am liebsten hätte ich Hackfleisch aus ihm gemacht und ihn dann an meinen Hund verfüttert. Aber das war keine Entscheidung, es kam einfach über mich. Wie nennt man dieses Gefühl? Neid, oder? Sagen wir, es ist Neid. Aber es gibt etwas, das noch viel schlimmer ist als Neid, und zwar das Gefühl, nicht verdient zu haben, was der andere hat. Als ich das sah, diese Zurschaustellung von Ungleichheit und Ungerechtigkeit, in der ich selbst eine wichtige – ungebetene, aber wichtige – Rolle spielte, wenn ich da gedacht hätte, alles klar, kein Problem, danke, lieber Gott, für meinen kleinen Mindestlohnjob, und das war's, ich sag dir, Alter, jede Schmeißfliege hätte mehr Respekt verdient als ich. Nein, nein, nein! Moment mal. Ich weiß, was ich wert bin. Auf mich kann man sich verlassen! Wenn ich etwas machen soll, dann mach ich es ordentlich! Ich geb mir nicht nur Mühe, ich bin auch gut in allem, was ich tue. Warum also sollte ich diesen kleinen Schnösel sehen und denken, ich hätte nicht verdient, was er hat? Ich wette, es gibt nichts auf der Welt, was ich nicht besser kann als dieser Typ. Ich bin eine Blume, die aus einem Müllhaufen gewachsen ist! Ich bin krass! *Wir* sind krass! Wir sind zäh wie Leder! Wir haben immer da gelebt, wo man eigentlich nicht leben kann. Ernsthaft, überleg mal, ist doch ein Wunder, dass wir überhaupt hier stehen und reden, oder nicht? Wie viele Leute hast du schon in den Sack wandern sehen, Marques? Mal ist es ein Querschläger, mal verwechseln sie dich mit jemand anderem, mal stechen sie einen in irgendeiner dunklen Gasse ab, ohne dass je rauskommt, was passiert ist. Manche enden auf der Straße, und du hörst nie wieder was von ihnen. Andere ertragen es nicht zu sehen, dass, egal wie viel sie arbeiten, sie immer dieses Hundeleben führen werden, herumgeschubst werden, sich beleidigen lassen, den Nachbarn um ein Stück Brot anbetteln müssen. Kurz, Leute, deren Leben die Hölle ist und die das nicht ertragen und anfangen, Crack zu nehmen, die ihr Leben in eine beschissene Pfeife stopfen und alles gnadenlos dahinschmelzen lassen, selbst ihre Seele, bis sie irgendwo tot in der Ecke liegen. Wie viele Leute kennst du, die so geendet sind, Marques? Einen Haufen Jungs, mit denen du aufgewachsen bist, mit denen du Murmeln gespielt hast, mit denen du zum ersten Mal auf Partys gegangen bist. Alle mausetot. Aber wir sind noch hier. Ich weiß nicht, warum, aber wir sind noch hier. Versuchen, allem Ärger aus dem Weg zu gehen. Trotzen allen Statistiken. Essen und trinken. Protzen rum, wenn es was zum Rumprotzen gibt. Wir sind hier, weil wir weder aus Ton noch aus Glas oder Wachs sind. Wir sind zäh wie Leder. Also, Marques, in dem Moment, als ich diesen Spinner da in seinem Anzug sah, mit seinem Auto und seinem Mädchen, da wusste ich, dass er nicht das Recht auf so ein Leben hat, solange ich nicht auch so ein Leben habe. Verstehst du? Das war meine Würde, die da aufschrie. Hätte man uns beiden eine Aufgabe gegeben, dann hätte ich den Kuchen ausgeschissen, bevor der Typ auch nur das Mehl aufgemacht hat. Trotzdem hatte er das schöne Leben, und ich hab Einkaufswagen eingesammelt. Und was tippst du? Womit hat er sich so jung sein schönes Leben verdient? Meinst du, er hat da angefangen, wo wir angefangen haben? Musste er seinem Chef in den Arsch kriechen? Musste er gleichzeitig arbeiten und studieren? Ich glaube kaum. Ich glaube, er hat alles auf dem Silbertablett serviert bekommen. Ich glaube, er wurde mit einem goldenen Löffel im Mund geboren. Vielleicht war das Auto ein Geburtstagsgeschenk von seinen Eltern oder seinem Onkel aus Finnland. Was ich sagen will: Das Leben ist ein Märchen, nicht mehr und nicht weniger. Und manche Menschen werden in einem Schloss geboren, verbringen ihr ganzes Leben dort zwischen all den Schätzen und kriegen alles immer nur vom Besten. Alles ist immer wunderbar, ihre einzige Sorge sind die bösen Monster, die außerhalb des Schlosses leben. Monster wie du und ich. Sie glauben, dass wir in diese Verhältnisse hineingeboren sind, weil unsere Eltern faul waren, und dass wir nur deswegen weiter in diesen Verhältnissen leben, weil wir genauso faul sind. Dass wir nicht wollen dürfen, was sie haben, weil das Neid wäre, und dass wir nur in ihr Schloss kommen dürfen, um dort zu putzen oder die Hecken zu stutzen, und danach sollen wir bitte zurück in das Loch, aus dem wir gekrochen sind. Nur dass ich darauf scheiße, Marques. Ich gehe in ihr Schloss, um zu putzen und die Hecken zu stutzen, so wie sie es von mir erwarten und wie ich es mein Leben lang getan habe, nur werde ich von jetzt an auch noch Zaubergras an ihre Kinder verkaufen!«

Marques dachte über all das nach, was Pedro gerade gesagt hatte. Er fand es erschreckend, wie Pedro es schaffte, mit etwas so Absurdem anzukommen, um es dann auseinanderzunehmen, neu zu positionieren und aus einer

Perspektive zu betrachten, aus der es überhaupt nicht mehr absurd erschien, sondern ganz banal und eben realistisch. Trotzdem wollte er nicht nachgeben.

»Okay, Mann, mach, was du willst. Wenn du hier dealen willst, tu das. Aber diesmal bin ich nicht dabei. Tut mir leid. Ohne mich.«

Pedro senkte den Kopf und hob die Augenbrauen, als würde er ihm das nicht abnehmen.

»Gut, kann ja sein, dass du mir nicht helfen willst. Und wie gesagt, ich kann und will dich zu nichts zwingen. Aber, um ehrlich zu sein, ich schätze, am Ende wirst du doch dabei sein wollen.«

»Ach? Und wie kommst du darauf?«

»Weil wir im Grunde gleich ticken. Du sagst, Angélica und du, ihr wollt aussteigen. Aber ihr wisst auch, dass es ein großer Fehler wäre, von einem Tag auf den anderen alles hinzuschmeißen. Damit würdet ihr wieder bei null anfangen. Ganz unten. Denn wenn wir heute ein halbwegs anständiges Leben führen, dann haben wir das dem Gras zu verdanken. Was also werdet ihr tun? Ihr legt euch eine Stange Geld beiseite, bevor ihr aussteigt, und dieses Geld könnt ihr investieren und danach weiter ein komfortables Leben führen, ohne irgendetwas Illegales zu machen. Wunderbar, ihr habt also dasselbe Ziel wie ich. Der Unterschied ist, dass ihr es auf eure Weise erreichen wollt und ich auf meine. Unsere Strategien sind verschieden. Verstehst du? Dass ich hier im Laden Gras verkaufen will, ist nicht nur so eine komische Idee. Es ist Teil meiner Strategie, meines Masterplans. Es wird uns helfen, den ganzen Scheiß ein für alle Mal hinter uns zu lassen.«

Zum ersten Mal zeigte Marques ein bisschen Interesse.

»Okay, dann erklär mal.«

»Also, Folgendes. Wie viel Geld plant ihr beiden auf der Kante zu haben, bevor ihr aussteigen wollt? Oder besser: Wie lange würde es dauern, bis ihr dieses Geld zusammenhättet?«

»Keine Ahnung, 'ne Weile.«

»Okay, okay, wie lange genau, ist eigentlich auch egal. Sagen wir ein Jahr, okay? Ein Jahr Geld ansparen, und dann ist Schluss. Na gut, Marques, und was, wenn ich dir sage, dass du dieselbe Summe in vier Monaten haben kannst? Ein Drittel der Zeit, Alter! Was sagst du dazu? Meintest du nicht, Angélica und du, ihr hättet euch Gedanken gemacht? Wie hast du es noch mal genannt? ›Dieses blöde Gefühl, dass alles jeden Moment über einem zusammenbrechen kann‹, war doch so, oder? Na also, Mann, willst du dieses blöde Gefühl noch x Monate lang haben oder nur ein Drittel davon? Ein Jahr oder vier Monate? Zwei Jahre oder acht Monate?« Pedro lächelte. »Du musst mir nicht sagen, dass ich die Beine in die Hand nehmen soll. Ich bin es, der das sagt. Nimm die Beine in die Hand, Bruder! Lassen wir die Scheiße hinter uns! Und zwar so schnell wie möglich! Das Ding ist, am schnellsten geht das, indem wir unser Gras direkt hier drinnen verkaufen. Dreimal so schnell wie sonst. Und weißt du auch warum, Marques? Weil wir hier dreimal so viel verdienen wie sonst.«

Allmählich zog Marques die Idee ernsthaft in Betracht.

»Dreimal so viel? Bist du sicher?«

»Nein. Sicher bin ich nicht. Ist nur geschätzt. Dreimal so viel Geld. Und ich sage das nicht, um dich zu überzeugen. Es ist das, was ich schätze. Glaubst du noch an meine Schätzungen?«

»Alter, das wäre viel Geld …«

»Ja. Genau davon rede ich doch: *viel Geld.* Abgesehen davon ist der Plan wirklich gut durchdacht. Wie ich schon sagte, die Brücke muss sicher sein, und dafür habe ich gesorgt.« Als Pedro sah, wie Marques sich mit Daumen und Zeigefinger über die Lippen rieb, breitete er die Arme aus. »Wie sieht's aus, Mann? Sollen wir oder sollen wir nicht? Was meinst du, Beine in die Hand?«

Marques nickte langsam.

»Lass uns die Beine in die Hand nehmen.«

»*Très bien!*«

»Ah, du kannst mich mal *très bien!* Jetz erzähl schon deinen Plan.«

Pedro lachte, und dann erklärte er Marques, was er vorhatte.

15

ZURÜCK IM AQUAPARK

Senhor Geraldo gab Marques und Pedro noch mal ein paar Tage Urlaub. Das Grasgeschäft konnte noch mal expandieren. Und die Gang traf sich noch mal im Aquapark. Es war Sonntag, der 28. März 2010, und der Tag entwickelte sich zu einem einzigen Déjà-vu.

Diesmal war Roberto mit Frau und Kindern gekommen, und Luan hatte Larissa mitgebracht, seine Lieblingskonkubine. Morgens und mittags waren Spaß und Spiel angesagt, und nachdem dann der Hunger gestillt war, man ein paar Biere getrunken, Geschichten erzählt und gelacht hatte, war endlich der Moment gekommen, über Geschäftliches zu sprechen. Roberto schickte seine Frau mit den Kindern zur Wasserrutsche, und Luan bat Larissa, sie zu begleiten. Woraufhin die Mitglieder der Gang sich nebeneinander an den Beckenrand setzten und die Füße ins Wasser hielten. Angélica fand, dass Bier nicht gut zu ernsten Themen passte, also schwenkten sie auf Wodka-Caipirinha um. Eigentlich war der Konsum von alkoholischen Getränken an den Pools aus Sicherheitsgründen verboten, aber Roberto hatte noch im Vorjahr eine Möglichkeit entdeckt, dieses Problem zu umgehen: Man musste nur dem Kerl, der den Leuten erzählte, was sie durften und was nicht, fünfhundert Reais in die Hand drücken.

In wenigen Worten erklärte Pedro den anderen den eigentlichen Grund ihres Treffens und verkündete, dass Marques und er von nun an von ihrem Arbeitsplatz aus Gras verkaufen würden.

»Ihr wollt im Supermarkt Gras verkaufen?«, staunte Luan. Er war allerdings der Einzige, der staunte, denn für die anderen war es nichts Neues. Pedro hatte bereits mit Roberto darüber gesprochen, und Marques mit Angélica. »Seid ihr verrückt?«

»Hier ist niemand verrückt«, erwiderte Pedro. »Wir haben alles genau durchgeplant.«

»Ich versteh aber auch noch nicht ganz, wie das funktionieren soll«, schaltete Angélica sich ein. »Marques hat es mir nur grob erklärt, aber nicht, wie genau ihr vorgehen wollt.«

»Stimmt, die Einzelheiten weiß ich auch noch nicht«, sagte Roberto.

»Dazu komme ich gleich«, versprach Pedro. »Vorher möchte ich noch etwas anderes sagen.« Er seufzte, nickte und sah dabei in seine Caipirinha, als hätte er etwas an den Limonenstückchen auszusetzen. »Es ist so, Leute, wir müssen aufhören. Wir müssen einen Schlussstrich ziehen. Okay? Das ist auch der Grund, warum Marques und ich die Nummer im Supermarkt durchziehen wollen. Ist natürlich riskant. Aber ich denke, wir werden eine Menge Geld damit verdienen. Die Idee ist, dass wir in der Zeit alle so viel wie möglich ansparen. Das wird quasi unser Endspurt.«

»Was soll das heißen?« Wieder war es Luan, der seinen Ohren nicht traute. »Du willst mit allem aufhören?« Lächelnd sah er sich in der Runde um, fand aber nirgends Unterstützung. »Meinst du das ernst, Mann?«

»Lass Pedro doch mal ausreden, Junge!«, wies Roberto ihn zurecht.

Pedro bedankte sich, fuhr aber nicht direkt fort. Die Limonenstückchen machten ihm offenbar immer noch zu schaffen. Schließlich seufzte er wieder.

»Mir wird das auch nicht leichtfallen, Luan. Um ehrlich zu sein, hab ich richtig Angst davor. Selbst wenn ich ein bisschen was zurückgelegt habe und in etwas investiere, wer sagt mir denn, dass ich nicht irgendwann in derselben Scheiße lande wie vorher? Was, wenn ich das Geld schlecht anlege? Was, wenn es alle ist und ich mit leeren Händen dastehe? Ich hab Angst, Mann. Aber davon darf ich mich nicht leiten lassen. Ich muss tun, was ich tun muss. Wenn ich mich von meiner Angst leiten ließe, hätte ich erst gar nicht mit dem Ganzen angefangen. Ich hatte nämlich Angst. Und jetzt sitz ich hier und hab wieder Angst, aber diesmal ist es die Angst davor aufzuhören. Weil ich nicht weiß, was danach passiert. Aber unabhängig davon weiß ich, dass ich aufhören muss, Luan. Denn wenn ich einfach so weitermache, Mann, wird es nicht gut enden. Wenn du nicht weißt, wann du aufhören musst, endet es nie gut. Merk dir eins, Junge, wir haben uns auf ein Spiel eingelassen, das schlimmer ist als jedes Glücksspiel. Glücksspiel ist schon gefährlich, wenn man nicht aufhören kann, aber beim Glücksspiel entscheidet wenigstens der Zufall, ob man gewinnt oder verliert. Der Zufall will einem nichts Böses. Der Zufall hat keinen Willen. Dem Zufall ist es egal, ob du gewinnst oder die Bank. Bei unserem Spiel ist das etwas anderes. Da sind alle gegen uns. Laut Gesetz müssen Leute, die tun, was wir tun, bestraft werden. Die Polizei wird dafür bezahlt, herauszufinden, dass wir tun, was wir tun, und uns dann für das, was wir tun, zu bestrafen. Redliche Arbeiter, die haben wollen, was wir haben, aber nicht den Mumm haben zu tun, was wir tun, wollen, dass wir bestraft werden. Insgesamt arbeiten also mehr Kräfte gegen uns als für uns. Verstehst du? Überleg mal, wie viel Kohle wir schon gemacht haben! Und es wird noch mehr werden. Aber wir *müssen aufhören,* bevor es zu spät ist.«

Luan war noch nicht überzeugt. Im Gegenteil, er wirkte sogar noch verwirrter.

»Jetzt mal echt, Mann, meinst du das ernst?« Er lachte kurz auf und schüttelte dann den Kopf, als wäre es das Absurdeste, was er je gehört hatte. »Willst du wissen, was meine Mutter immer gesagt hat? Dass ich mir nicht von anderen erzählen lassen soll, was richtig und was falsch ist. Ich kann das selbst entscheiden. Und weißt du, ich glaube nicht, dass es falsch ist, was ich hier mache, und deswegen will ich auch nicht damit aufhören. Es ist doch so, Pedro, erstens, die Leute, die bei uns Gras kaufen, tun das, weil sie es wollen. Wir zwingen niemanden dazu. Zweitens, wer hat gesagt, dass es falsch ist, Gras zu verkaufen? Ich scheiß auf jeden, der das behauptet! Wie schon gesagt, ich kann allein entscheiden, was richtig und was falsch ist, und da ich es nicht falsch finde, Gras zu verkaufen, hör ich auch nicht damit auf. Tut mir leid, Mann, aber ich benutze lieber meinen eigenen Kopf. Es interessiert mich also nicht, was du davon hältst oder nicht hältst.«

Noch bevor er fertig war, fingen die anderen an zu widersprechen. Alle redeten jetzt wild durcheinander, bis schließlich Angélica das Wort ergriff und der Rest verstummte.

»Nee, aber guck mal, ja, klar, sicher, aber hör mal, nein, nein, nein, das hab ich doch gesagt, aber pass mal auf, ah, halt den Mund, ich sag euch mal was, ihr Spinner! Was deine Mutter dir erzählt hat, Luan, hat sie das den Bullen auch erzählt? Ich glaube kaum. Bullen denken nämlich nicht mit dem eigenen Kopf. Bullen sind blind und taub. Versuch mal, einem Bullen zu erklären, was du uns gerade erklärt hast. Mal sehen, was der dazu sagt. Bullen glauben, das Gesetz hat recht, wer Drogen verkauft, ist ein Arschloch, und fertig. Wenn ein Bulle dich erwischt, wie du Gras vertickst, hilft dir dein Gelaber auch nicht weiter. Da kannst du von Glück reden, wenn er dich nur mitnimmt und einbuchtet.«

»Denkst du, das weiß ich nicht, Angélica?«, entgegnete Luan. »Ich weiß, was für eine Scheiße das alles ist. Aber ich hab die Welt doch nicht erfunden, verdammt. Wenn die Welt so funktioniert, ist das ihr Problem, nicht meins.«

»Sicher ist das dein Problem, Mann!«, widersprach Marques. »Am Ende bist doch du am Arsch, nicht die Welt!«

Luan schnalzte mit der Zunge.

»Alles klar, Marques, dann beantworte mir doch mal eine Frage. Zur Zeit der Sklaverei –«

»Oh, ›zur Zeit der Sklaverei‹!«, unterbrach ihn Roberto. »Red keinen Quatsch, Junge!«

»Aber darum geht's doch, Roberto! Zur Zeit der Sklaverei, hätte ich mich da einfach damit abfinden müssen, dass ich ein Sklave bin, statt mich zu wehren oder wegzulaufen, nur weil die Welt eben so war? Am Arsch! Natürlich wäre ich weggelaufen! Ich wäre weggelaufen und hätte einen Haufen Weiße umgebracht! Na ja, vielleicht hätten sie auch mich umgebracht. Jedenfalls, das hätte ich versucht, wegzulaufen und so viele Weiße umzubringen, wie ich könnte!«

»Das kannst du nicht vergleichen, das ist etwas völlig anderes.«

»Wo ist der Unterschied, Pedro?«

»Der Unterschied ist, dass zur Zeit der Sklaverei, wenn du da nicht weggelaufen wärst, wenn du dich nicht gewehrt hättest, wenn du alles so akzeptiert hättest, dann wäre dein Leben die Hölle gewesen. Und zwar echt! So, dass wir uns das gar nicht vorstellen können. Das ist bei uns nicht der Fall, Luan. Klar, indem wir aufhören, geben wir uns gewissermaßen auch geschlagen, aber bevor es so weit ist, hat jeder einzelne von uns genug Zeit, drei- bis fünfhunderttausend zur Seite zu legen. Denk doch mal nach, was du mit dem Geld alles machen kannst, Mann! Das Leben, das du dir damit aufbauen kannst! Wir könnten eine coole Firma gründen oder, keine Ahnung, das Geld irgendwie anders investieren. Ein friedliches, komfortables Leben führen, ohne uns totzuschuften und ohne dass einen jemand schief ansieht! Wir können uns Freiheit und Würde kaufen. Das kannst du nicht damit vergleichen, ein Leben als Sklave zu akzeptieren. Der Vergleich hinkt total!«

»Mein Gott, du kannst dich aber auch nicht entscheiden«, entgegnete Luan. »Eben meintest du noch, du hättest Angst, mit der Dealerei aufzuhören, weil dann vielleicht alles wie früher wird. Jetzt sagst du, danach würde alles super werden!«

Luans Scharfsinnigkeit überraschte Pedro. Er hatte nicht damit gerechnet, dabei erwischt zu werden, wie er sich selbst widersprach. Schlagfertig, wie er war, antwortete er:

»Natürlich habe ich Angst davor aufzuhören. Womöglich geht alles schief, und dann steh ich plötzlich da, wo ich früher war. Alles klar, geb ich gern zu. Aber dafür habe ich etwas, das ich vorher nie hatte.«

»Und das wäre?«

»Möglichkeiten. Chancen. Und ich rede nicht von etwas Symbolischem, nach dem Motto ›Hier, das ist deine Chance, schnapp dir deinen E-Roller und tret gegen die reichen Kids in ihren getunten Karren an‹. Ich meine eine *echte* Chance! Mein Wagen wird auch getunt sein! Und das ist schon mal etwas. Kann alles schiefgehen? Klar kann es das! Aber, hey, ich muss doch wenigstens etwas Vertrauen in mich haben, oder? Ich hab mich immer beschwert, kein Geld zu haben. Ich hab immer gesagt, wenn ich Geld hätte, ah!, dann könnte mich nichts und niemand aufhalten. Okay, jetzt hab ich das Geld. Das Geld ist da. Und ich hab genug Zeit, noch ordentlich was draufzulegen. Und jetzt? Alles, was ich will, ist der Welt beweisen, und vor allem mir selbst, dass ich nicht geblufft habe. Weißt du, was ich meine? Das ist meine Chance zu beweisen, dass ich die ganze Zeit recht hatte. Es ist meine Chance, mir ein anständiges, gesetzeskonformes Leben aufzubauen, denn jetzt kann ich ihn mir kaufen, meinen Freifahrtschein. Das ist meine Chance, *jemand* zu sein, wie meine Mutter immer sagt. Meine Chance zu zeigen, wozu ich in der Lage bin. Ay, ay, ay, weißt du was? Weißt du, was ich mache, wenn das alles vorbei ist? Ich werde von dem Geld studieren, und zwar ganz in Ruhe. Eigentlich lerne ich nämlich gern. Das Ding ist, ich werde dort studieren, wo die Reichen studieren. Und dann mach ich den besten Abschluss, den du dir vorstellen kannst! Und wenn ich dann meinen Abschluss hab, such ich mir einen Job in Europa oder in den USA, keine Ahnung. Dann nennen mich alle Doutor Pedro. Wenn ich irgendwo auftauche, hören alle auf zu reden, weil der Typ mit der dicken Hose da ist, und dann kommen sie sofort angerannt, um mir die Eier zu kraulen. Aber das ist nur mein Traum. Jeder hat seinen eigenen Traum. Du doch bestimmt auch. Egal, wie dein Traum aussieht, du wirst genug Geld verdienen, um ihn dir erfüllen zu können. Du wirst ihn leben können. Hm? Na, sag schon, wie sieht er aus? Was würdest du davon halten, so viel Geld zu verdienen, dass du machen kannst, wozu du Lust hast, etwas, dass du vielleicht sogar umsonst machen würdest? Alter, mit dem Geld, das wir machen können, ist alles möglich! Du könntest Pornostar werden, wenn du wolltest. Geld dafür kriegen, den geilsten Sex zu haben. Fürs Abspritzen bezahlt werden. Das klingt doch nicht schlecht, oder, Mann?«

Pedros anfangs ernst gemeinter kleiner Vortrag hatte sich zur Lachnummer entwickelt. Alle, einschließlich Pedro, waren seit dem »Typ mit der dicken Hose« kaum noch zu halten. Luan musste sich schwer zusammenreißen.

»Nein, ernsthaft, Mann. Ich lebe jetzt schon meinen Traum. Echt, ich will das nicht aufgeben.«

Als er merkte, dass es sinnlos war, Luan weiter überreden zu wollen, legte Pedro ihm den Arm um den Hals und zog ihn an sich, nahm ihn fast in den Würgegriff.

»Ich mag dich wirklich gern, Chokito! Ach so, nein, du heißt ja jetzt Scheich, richtig? Also, Scheich, ich mag dich wirklich sehr, sehr gern! Ich wollte dir nur einen Tipp geben. Okay?« Er ließ ihn los und klopfte ihm ein paarmal auf die Schulter. »Wenn du weitermachen willst, mach weiter. Ich respektiere deine Entscheidung. Ich rede mit Fabrício und bring euch zusammen. Aber eins sag ich dir, *ich* bin raus, sobald ich das Geld zusammenhab. Ich hab nämlich noch Pläne, ein paar wilde Träume, und ich hab zum ersten Mal im Leben das Gefühl, es könnte etwas daraus werden. Letztendlich stehst du wahrscheinlich allein da, Mann, ich glaube, die anderen sehen das so wie ich, wir wollen alle aussteigen …«

Angélica, Marques und Roberto stimmten sofort alle gleichzeitig zu: »Genau!«

»Auf jeden Fall!«

»Definitiv!«

Luan zuckte nur mit den Schultern.

»Jedem das seine. Ansonsten könnt ihr mich alle mal.«

»Okay, okay, Schluss mit dem Quatsch jetzt!«, warf Angélica ein. »Also, Pedro, wann wollt ihr mit dem Geschäft im Supermarkt anfangen?«

Luan hörte auf zu lachen und zog einen Schmollmund.

»Ah, meine Liebe, das ist das, was mir nach wie vor Kopfschmerzen bereitet. Ich zerbrech mir schon länger den Kopf darüber, und ich weiß einfach nicht, wie wir am besten starten. Es gibt definitiv genug Leute, die bereit sind, zwanzig Reais für ein Gramm Gras zu zahlen, da bin ich mir sicher. Das Problem ist, wie wir sie in den Supermarkt kriegen. Wir können ja leider keine Zeitungsanzeige aufgeben.«

»Zum Glück werdet ihr dieses Problem nicht lange haben«, schaltete Roberto sich ein.

»Wie meinst du das?«, fragte Marques.

»Na ja, nachdem ihr den ersten Jungs ein paar Gramm verkauft habt, spricht sich das bestimmt schnell rum, und dann rennen sie euch die Bude ein. Das Problem ist tatsächlich nur der Anfang.«

Die Caipirinha-Becher waren schon eine Weile leer.

»Okay, wer holt Nachschub?«, wollte Angélica wissen.

»Vielleicht unser kleines Flittchen?« Pedro bezog sich auf Luans Freundin.

»Also, erst mal, Flittchen ist deine Oma!«, gab Luan zurück, woraufhin alle lachten. »Zweitens hab ich Larissa nicht mitgebracht, damit sie hier die Kellnerin spielt.«

»Das macht ihr bestimmt nichts aus«, versicherte ihm Angélica. »Sie ist doch ein nettes, hilfsbereites Mädchen.«

Marques hatte eine Idee.

»Wollen wir mal sehen, wie hilfsbereit sie ist. Ruf sie doch mal her, Luan. Sag ihr, du würdest Caipirinha holen gehen, und ob sie auch eine will. Vielleicht bietet sie ja von selbst an zu gehen.«

»Okay, und wenn nicht?«

»Dann gehst du.«

Wieder lachten alle.

»Na gut, probieren wir es aus.« Luan legte die Hände an den Mund. »Larissa! Larissa, komm doch mal bitte!«

Larissa saß auf der anderen Seite vom Pool zusammen mit Robertos Frau und den Kindern. Als sie ihn rufen hörte, sprang sie ins Wasser und schwamm zu ihnen rüber.

»Was gibt's, Schatz?« Lächelnd kam sie am Beckenrand an.

»Ich hol uns noch ein paar Caipirinhas. Willst du auch eine?«

»Nee, danke. Ich will gleich noch auf die Wasserrutsche. Aber lass mich sie ruhig holen.« Sie kletterte aus dem Pool, sammelte die leeren Plastikbecher ein und lief mit wiegenden Hüften davon. Es sah ein bisschen übertrieben aus, stand ihr aber sehr gut.

»Siehst du, wie hilfsbereit sie ist?«, sagte Angélica.

»Okay, wo waren wir noch mal stehen geblieben?«, fragte Marques.

»Roberto meinte, dass es sich schnell rumspricht, wenn ihr im Supermarkt Gras verkauft«, erklärte Luan. »Wobei mir das ehrlich gesagt eher riskant als hilfreich erscheint. Was, wenn einer von den Idioten euch verpfeift?«

»Das ist unwahrscheinlicher, als man denken könnte«, wiegelte Pedro ab. »Erinnerst du dich an Operation Hexenwerk? Alle, die davon wussten, wollten selbst weiter in Ruhe Sachen mitgehen lassen, oder? Niemand wollte, dass Senhor Geraldo dahinterkam und das Ganze beendete. Also haben wir uns alle genau überlegt, wem wir davon erzählen und wem nicht. Und jetzt wird es genauso laufen. Die Kids, die das Gras kaufen, haben nicht das geringste Interesse daran, dass uns jemand verpfeift.«

»Alles klar, dann erklär uns jetzt mal deinen Plan«, bat Angélica. »Wie soll das gehen?«

»Ah, ja, stimmt.« Pedro fiel auf, dass er zum Wesentlichen noch gar nicht gekommen war. »Also, im Grunde ist alles ganz einfach. Zuerst mal deponieren Marques und ich das Gras irgendwo im Lager –«

»Was?«, unterbrach ihn Roberto. »Und was, wenn es da jemand findet?«

»Keine Sorge, da besteht keine Gefahr«, beruhigte ihn Marques. »Du hast eben noch nie im Supermarkt gearbeitet. Das Lager ist riesig. Es gibt einen Haufen Ecken, wo es bestimmt niemand findet.«

»Kann mal wohl sagen«, bestätigte Luan.

»Zweitens«, fuhr Pedro fort, »wird es ein Codewort geben. Die Kids kommen in den Supermarkt, suchen nach Marques oder mir und fragen nach Tee. Dann fragen wir, was für einen Tee. Und wenn sie dann sagen, Tee zum Rauchen, wissen wir Bescheid.«

»Und wozu der ganze Quatsch?«, fragte Luan.

»Sagen wir mal so, aus Sicherheitsgründen. Stell dir vor, es kommt jemand und fragt irgendwen anderes, und die schicken den in den Gang mit dem Tee. Spätestens dann merkt der Typ, dass er den Falschen gefragt hat.«

»Clever«, lobte Angélica.

In dem Moment kam Larissa mit den fünf Caipirinhas zwischen Arm und Bauch geklemmt zurück. Mit der freien Hand verteilte sie geschickt und lässig die Becher, sodass Pedro sich fragte, ob sie nicht vielleicht schon als Kellnerin in einer Bar gearbeitet hatte.

Nachdem alle sich bedankt hatten und sie jedes Mal »Kein Ding, Alter« geantwortet hatte, machte Larissa sich wieder auf den Weg zu Robertos Frau und Kindern. Der wiederum nahm einen Schluck und fragte: »Okay, Pedro, aber was, wenn, obwohl es eher unwahrscheinlich ist, doch jemand Marques und dich verpfeift?«

Pedro zuckte mit den Achseln.

»Na ja, dann kommen wir ins Gefängnis.«

Angélica sah ihn erschrocken an.

»Und das sagst du so einfach, als wär's nichts Besonderes?«

Pedro seufzte.

»Meine Liebe, wenn die Polizei dich in Lupicínio beim Dealen erwischt oder Roberto in Pinheiro oder Luan in Vila Planetário, was ist dann? Kann doch genauso gut passieren, oder? Ihr geht immer ein Risiko ein, und Marques und ich jetzt eben auch. Aber es gibt wirklich keinen Grund zur Sorge. Wir können ganz entspannt bleiben.«

»Entspannt …«, murmelte Roberto. »Wenn die Polizei eine Gang beschattet und irgendwann hochnimmt, sind sie meistens genau das: ganz entspannt. Übrigens, schon mal überlegt, ob wir vielleicht selbst gerade beschattet werden? Oder besser, ob vielleicht gerade in diesem Moment ein Haufen Bullen in den Park einmarschiert, um uns hopszunehmen?«

Alle lachten.

»Pedro und mich würden sie nicht verhaften, wir sind ja keine Kriminellen«, scherzte Marques. »Wir sind die einzigen ehrlichen Arbeiter hier. Ihr anderen seid alle Dealer, also wärt ihr dran. Pedro und ich nicht.«

»Genau, Marques, du hast recht!« Pedro lachte. »Ich würde sie sogar noch anfeuern: ›Hier, Herr Polizist, nehmen Sie die fest, das sind alles Verbrecher.‹«

»Allerdings würden sie dann wissen wollen, warum ihr beide hier mit drei Verbrechern abhängt«, meinte Luan.

»Wieso?«, sagte Marques. »Wir sitzen hier, trinken Caipirinha in der Sonne, lassen die Füße im Wasser baumeln … Wer will das nicht? Aber ich und Dealer? Niemals! Ich kann Ihnen gern meine Arbeitspapiere zeigen. Ich bin nur ein beschissener Regalauffüller in einem beschissenen Supermarkt.«

Roberto schnalzte mit der Zunge.

»Ah, hör auf! Regalauffüller, Regalauffüller. Wir sind doch alle Regalauffüller, Marques. Die Hälfte von dem Gras, das in Porto Alegre geraucht wird, kommt aus unseren Beständen. Wir füllen es auf!«

Wieder lachten alle. Angélica hielt ihren Plastikbecher hoch.

»Auf die Regalauffüller von Porto Alegre!«

Die anderen hoben ebenfalls ihre Becher und wiederholten im Chor: »Auf die Regalauffüller von Porto Alegre!«

16

DIE GESETZESBRECHERINNEN

Mehr als ein Monat war vergangen seit dem Treffen im Aquapark, und Marques und Pedro verkauften immer noch kein Gras im Supermarkt. Am Abend des 8. Mai 2010 dann, einem Samstag, traten die beiden nach einem harten Arbeitstag mal wieder hinaus auf die Straße. Der Herbst war halb vorbei, was bedeutete, dass jeder warme Abend wie dieser der letzte sein könnte, bevor es dann erst im Dezember wieder Sommer wurde.

»Alter, ich halte es nicht mehr aus, jeden Tag in diesen Scheißladen zu gehen«, sagte Marques.

»Ja, mir macht es auch keinen Spaß«, stimmte Pedro ihm zu. »Aber das wird sich ändern, wenn wir anfangen, unser Produkt zu verkaufen. Wir müssen nur zusehen, dass wir den ersten Kunden an den Start kriegen …« Plötzlich blieb er stehen und schnupperte. »Hmm, das riecht aber gut … Riechst du das?«

»Klar«, antwortete Marques und sah sich angewidert um. »Da. Von da vorne kommt der Gestank.«

Zehn, zwanzig Meter weiter, unter ein paar Bäumen auf dem Platz, glimmte ein kleiner Punkt in der Dunkelheit.

»Hmm!«, machte Pedro und holte seine zerknitterte Zigarettenschachtel aus der Hosentasche. »Da haben wir aber Glück, eine ist noch drin.«

»Glück? Wieso Glück?«

»Komm mit, wirst du gleich sehen.«

Als ihre Augen sich an die Dunkelheit gewöhnten, erkannten sie den glimmenden Punkt als Glut eines Joints in der Hand eines Mädchens, das in Begleitung eines anderen Mädchens war. Sie unterhielten sich angeregt vor einem der Schachtische, aber statt auf der Bank saßen sie auf ihren Fahrrädern. Als Marques und Pedro näherkamen, verstummten sie. Pedro zog die letzte Zigarette aus der Schachtel, knüllte die leere Packung zusammen und warf sie weg. Er wandte sich an das Mädchen: »Kannst du mir mal Feuer geben?«

Marques, der wusste, dass Pedro ein Feuerzeug in der Tasche hatte, musste sich beherrschen, nicht zu lachen.

Das Mädchen mit dem Joint in der Hand reichte ihm ein Feuerzeug. Pedro zündete seine Zigarette an, gab es ihr zurück und bedankte sich. Statt zu gehen, setzte er ein schüchternes Lächeln auf und sah sie eine Weile dümmlich nickend an, ganz offensichtlich auf ein Gespräch aus. Schließlich fragte er: »Und, was ist mit dem Joint?«

»Was soll damit sein?«, antwortete sie leicht genervt.

»Na ja, könnte ich mal ziehen?«

Sie sah zu ihrer Freundin, die nicht ganz so ernst guckte. Dann drehte sie sich zu Pedro um.

»Okay. Gegen eine Zigarette.«

Pedro zog die Mundwinkel hoch.

»Klar, gern.« Er hielt ihr die Zigarette hin, die er soeben angezündet hatte. »Du musst allerdings mit der hier vorliebnehmen, ist nämlich meine letzte.«

Sie verdrehte die Augen und schien zum ersten Mal zu lächeln – wenn auch eher säuerlich. Widerwillig griff sie nach der Zigarette und reichte Pedro ihren Joint. Nachdem er den ersten Zug genommen hatte, stieß er den Rauch durch die Nase aus, stöhnte übertrieben und wandte sich dann an Marques, aber so, dass sie ihn auf jeden Fall hören konnte.

»Weißt du, was ich glaube? Ich glaube, die Lady hier hat selbst Zigaretten und hat mich nur gefragt, weil sie gesehen hat, wie ich meine Packung weggeworfen hab. Sie wusste genau, dass es meine letzte war, und dachte, ich würde auf den Joint verzichten, wenn ich ihr dafür die Zigarette geben soll. Vielleicht gibt sie auch ungern ab, keine Ahnung. Jedenfalls wette ich mit dir, dass sie Zigaretten hat. Und trotzdem wollte sie meine letzte haben.«

Diesmal wirkte ihr Lächeln zumindest ein wenig amüsiert. Schweigend zog sie eine Schachtel aus der Tasche und legte sie auf den Schachtisch.

»Ladies and Gentlemen, ich glaube, wir haben ein Schachmatt!«, scherzte Pedro.

»Meinst du, Schlaumeier?« Sie sah zu ihrer Freundin. »Weißt du, was ich glaube, Nanda? Ich glaube, der Herr da hat ein eigenes Feuerzeug und hat von Weitem das Gras gerochen und nur so getan, als hätte er kein Feuer, nur damit er einen Grund hatte anzukommen. Damit es nicht ganz so auffällig war, was er eigentlich wollte, nämlich an meinem Joint ziehen.«

Pedro lachte und sah zu Marques.

»Meine Güte, die ist echt gut!« Er holte sein Feuerzeug raus und legte es auf den Tisch.

Diesmal war das Mädchen dran: »Ladies and Gentlemen, ich glaube, wir haben ein Schachmatt!«

Pedro setzte sich auf eine Bank, Marques auf die andere.

Die vier stellten sich vor und gaben sich die Hand. Die Mädchen hießen Pâmela und Fernanda.

»Woher habt ihr den Joint?«, wollte Marques wissen.

»Was meinst du?«, fragte Pâmela.

»Wo habt ihr das Gras her, wo habt ihr es gekauft?«

»Ach so, hat uns ein Typ im Stadtpark verkauft.«

»Kauft ihr immer bei dem?«, fragte jetzt Pedro.

»Nee, wir kannten den gar nicht«, antwortete Fernanda. »Er hat uns angesprochen und gefragt, ob wir was wollten. War aber ganz schön teuer, der Arsch!«

»Wie viel habt ihr bezahlt?«

»Fünfzig Reais.«

Marques konnte es nicht fassen.

»Fünfzig?«

»Ja.«

»Und wie viel habt ihr dafür gekriegt?«

»Nur das, was wir gerade rauchen.«

»Habt ihr euch nicht beschwert?«

»Du meinst, wir sollen mitten im Stadtpark mit einem Dealer handeln? Okay, das Zeug war zu teuer, wir sind ja nicht blöd oder so, wir wollten einfach was zu rauchen und gut. Außerdem sind fünfzig Reais jetzt auch kein Vermögen.«

Pedro und Marques warfen sich einen Blick zu.

»Ihr arbeitet da im Supermarkt, oder?«, fragte Pâmela.

»Ja, ihr könnt euch entspannen«, antwortete Marques spöttisch.

Sie kniff die Augen zusammen.

»Was soll das heißen, ›ihr könnt euch entspannen‹?«

»Eure Eltern haben euch doch bestimmt gesagt, ihr sollt nicht mit Fremden reden.«

»Vor allem abends«, ergänzte Pedro.

»Aber«, fuhr Marques fort, »da ihr ja schon wisst, dass wir im Supermarkt arbeiten, müsst ihr euch keine Sorgen machen, dass wir Kriminelle sind oder so.«

Fernanda lachte verschmitzt.

»Denkst du, uns interessiert, was unsere Eltern sagen? Wenn es nach denen ginge, hätte ich zum Beispiel auch kein Tattoo.« Sie drehte den Kopf weg und zeigte ihnen die kleine Rose am Hals. »Sagen wir mal so, wir sind so was wie Gesetzesbrecherinnen.«

»Dann sind wir ja quasi aus demselben Holz geschnitzt.« Pedro reichte ihr den Joint zurück.

»Ja, sieht so aus«, stimmte Pâmela ihm zu. »Unsere Eltern haben uns nämlich auch erzählt, dass Drogen schlecht sind und alles. Und trotzdem sitzen wir jetzt hier mit euch beiden Kiffern.«

»Gott bewahre, ich rauch den Dreck nicht!«, klärte Marques sie auf. »Ich halte noch nicht mal den Geruch aus.«

»Dann bist du hier wohl fehl am Platz«, meinte Fernanda.

Er warf ihr einen stechenden Blick zu.

»Im Gegenteil. Ich bin sogar ganz sicher zur richtigen Zeit am richtigen Ort.«

Sie lächelte ein bisschen verschämt, aber offenbar gefiel es ihr, so angesehen zu werden.

»Da muss ich dir zustimmen, Mann«, erklärte Pedro und versuchte dieselbe Taktik bei Pâmela. »Es könnte gar keinen besseren Ort geben.«

Pâmela ließ sich nicht so schnell einwickeln.

»Klar, verstehe ich, solange man anderen Leuten das Gras wegrauchen kann …«

Pedro riss den Mund auf.

»Das hast du jetzt nicht gesagt! Leute, das hat sie jetzt nicht ernsthaft gesagt, oder?«

Die vier lachten.

»Entspann dich, war bestimmt nicht böse gemeint«, verteidigte Fernanda sie. »Wir sagen einfach, was wir denken, weißt du?«

»Könnt ihr ja auch gern. Aber deine Freundin hat mich gerade beschuldigt, berechnend zu sein, und das bin ich nicht!«

»Wieso, du bist doch nur hier, weil du an unserem Joint ziehen wolltest«, behauptete Pâmela.

»Nein, bin ich nicht, okay? Mann, ey, wie ungerecht! Mein Freund und ich, wir wollten uns ein bisschen mit euch unterhalten, euch kennenlernen, gucken, ob wir uns gut verstehen und so.«

»Na klar.«

»Ernsthaft jetzt, wenn ich dir beweise, dass ich nicht wegen dem Joint gekommen bin, was krieg ich von dir?«

Pâmela lachte trocken.

»Das kannst du doch gar nicht beweisen!«

»Dann können wir ja ruhig wetten, oder?«

Sie dachte kurz nach und wandte sich dann an ihre Freundin: »Was sagst du dazu, Nanda?«

Fernanda zuckte mit den Schultern.

»Er hat recht, Pam. Wenn du denkst, er kann es nicht beweisen, dann kannst du die Wette ruhig annehmen.«

»Ah, du bist echt 'ne tolle Freundin!« Pâmela überlegte noch kurz, dann sagte sie zu Pedro: »In Ordnung. Beweis mir, dass du nicht nur wegen dem Joint gekommen bist, dann bleiben meine Freundin und ich noch ein bisschen und reden mit euch. Aber wenn du mich nicht überzeugst, was ich jetzt schon weiß, dann gehen wir.«

»Abgemacht!« Nachdem er ihr die Hand darauf gegeben hatte, holte er ein paar Tütchen Gras aus der Hosentasche und breitete sie auf dem Tisch aus. »Ladies and Gentlemen, ich glaube, jetzt ist es definitiv: Schachmatt!«

»Was für ein Scheißkerl!« Pâmela nahm ein Tütchen und roch daran.

»Tja, meine Liebe, wie du siehst, Gras hab ich genug. Und, Fräulein, glauben Sie mir jetzt?«

Das breite Lächeln, das ihr zwei kleine Grübchen auf die Wangen zauberte, wäre vor ein paar Minuten noch undenkbar gewesen.

»Na gut, Schlaumeier, du hast gewonnen! Bist du jetzt glücklich?«

»Ja. Und wie. Und zwar wegen deines Lächelns. Du bist wunderschön, wenn du lächelst, weißt du das? Sehr viel hübscher als vorhin.« Er imitierte sie, indem er sich steif machte, ernst guckte und mit den Schultern wackelte.

»Witzbold, so seh ich nie aus!«

Mit diesen Worten schlug sie Pedro auf die Schulter, dabei glitten ihre Finger fünf, sechs Zentimeter an seinem Arm herunter. Die Geste dauerte zwischen einer halben und einer Sekunde und war damit exakt so lang, dass man sie weder als unfreiwillig noch als absichtliche Liebkosung hätte einordnen können. Pedro tendierte zu Ersterem. Er hatte weibliches Verhalten schon zu oft missverstanden, trotzdem bezweifelte er, dass Pâmela, so unschuldig, wie sie wirkte, raffiniert genug für eine so subtile Geste war. Dieser Gedanke führte ihn zu der fast schon rhetorischen Frage: »Seid ihr minderjährig?«

Fernanda und Pâmela nickten.

»Und eure Eltern lassen euch um diese Uhrzeit mit dem Fahrrad rumfahren?«, fragte Marques.

Pâmela zog an ihrem Joint und stieß den Rauch aus.

»Nein. Sie denken, wir seien bei einer Freundin.«

»Es ist so«, erklärte Fernanda. »Pam und ich wohnen in Bom Fim, im selben Haus. Eine Freundin von uns, die auch dort gewohnt hat, ist letztes Jahr nach Cidade Baixa gezogen. Ab und zu übernachten Pam und ich bei ihr, und ab und zu *behaupten* wir nur, wir würden bei ihr übernachten. Wenn wir nur so tun, als würden wir bei ihr übernachten, steigen wir in Wirklichkeit abends auf unsere Fahrräder und fahren durch die Gegend.«

Pedro staunte.

»Heißt das, ihr seid die ganze Nacht mit dem Fahrrad unterwegs, damit eure Eltern denken, ihr hättet dort geschlafen?«

Pâmela rollte mit den Augen.

»Natürlich nicht, Idiot! Wir erzählen unseren Eltern, dass wir es uns eventuell anders überlegen und doch noch nach Hause kommen. Und wenn es schon dunkel ist, lassen wir die Fahrräder da und kommen mit dem Taxi. Versteht ihr? So können wir in Ruhe durch die Gegend fahren, während unsere Eltern denken, wir seien bei unserer Freundin. Danach kommen wir dann ganz normal mit den Fahrrädern nach Hause und sagen, wir wollten doch nicht bei ihr übernachten.«

Marques war verwirrt.

»Moment mal. Was macht ihr denn dann mit den Fahrrädern? Jetzt zum Beispiel seid ihr ja angeblich da und würdet dann mit dem Taxi nach Hause fahren. Und wo stellt ihr dann die Fahrräder hin, wenn ihr nach Hause kommt?«

»In dem Haus, wo wir wohnen, gibt es einen eigenen Fahrradkeller«, erklärte Fernanda. »Da stellen wir sie rein. Das überprüfen unsere Eltern nicht. Am nächsten Tag oder irgendwann später behaupten wir, wir würden die Räder holen, hängen aber in Wirklichkeit nur draußen rum.«

Pedro klatschte in die Hände.

»Ich bin beeindruckt! Hör dir das an, Marques, das sind echte Rebellinnen!«

Marques lachte.

»Ich weiß ja nicht, Mann, ich hab da noch meine Zweifel …«

»Was soll das heißen?«, fragte Fernanda.

Marques rutschte auf seiner Bank herum. Er schien eine Idee zu haben.

»Sagt mal, wenn ihr tatsächlich bei eurer Freundin schlaft, wann kommt ihr dann am nächsten Tag nach Hause?«

»Kommt drauf an … Keine Ahnung, normalerweise vielleicht so gegen zehn … manchmal aber auch erst nachmittags.«

»Okay. Also, da ihr heute ja so tut, als würdet ihr dort übernachten, warum nicht das ganze Programm durchziehen?«

»Was meinst du?«

»Ganz einfach. Statt heute noch nach Hause zu fahren, kommt ihr erst morgen und behauptet, ihr hättet bei eurer Freundin geschlafen.«

Pedro schlug mit der flachen Hand auf den Tisch.

»Spitzenidee, Mann!«

Pâmela war irgendwas zwischen aufgeregt und empört, sie hatte die Augen aufgerissen und den Mund offen.

»Soll das eine Einladung sein, die Nacht mit euch zu verbringen?!«

»Äh ja, warum nicht?«, fragte Pedro. »Ihr müsst nur die Fahrräder zu Hause vorbeibringen, und dann gehen wir feiern. In einen Nachtclub im Zentrum oder so. Ich wette, ihr wart noch nie in einem Inferninho.«

Fernanda lachte ungläubig.

»Ihr spinnt ja!«

Marques spitzte die Lippen.

»Ach, da hört die Rebellion auf, ja?«

»Umgekehrte Psychologie, oder was? Netter Versuch, Kleiner, aber darauf fall ich nicht rein.«

»Gar nicht. Ich sag's nur, wie es ist. Ihr beide seid halbherzige Rebellinnen.«

»Ernsthaft, Mädels, wovor habt ihr Angst?«, hakte Pedro nach. »Wir gehen nur tanzen. Was trinken, bisschen Spaß haben. Kommt schon, das wird super!«

»Niemand hat hier Angst«, sagte Pâmela. »Es ist einfach nur eine schwachsinnige Idee. Wir sind minderjährig, vergessen? Ich hab keine Ahnung, was für eine Art Nachtclub du meinst, aber ich bezweifle, dass sie Nanda und mich reinlassen.«

Seufzend warf Pedro ihr einen verträumten Blick zu, als sähe er sich durch eine atemberaubende Landschaft laufen.

»Also, wenn das eure einzige Sorge ist, dann vergesst es. Ihr kommt da rein, das versprech ich euch. Und ich versprech euch noch was: Wir werden einen super Abend haben!«

Am Ende waren Pâmela und Fernanda einverstanden. Pedros Versprechen wurde eingelöst. Die Stunden vergingen wie im Flug. Zu ihrer Überraschung war der »Nachtclub« letztendlich nur ein unglamouröser Absturzladen. Aber da Glamour unter Alkoholeinfluss keine allzu große Rolle mehr spielt, hätten sie die Spelunke, in der sie gelandet waren, bald schon nicht mehr vom Buckingham Palace unterscheiden können. Zu ihrem Erstaunen stellten Marques und Pedro fest, dass Pâmela und Fernanda alles andere als »verwöhnte Prinzessinnen« waren. Sie waren *Menschen,* mit allem, was dazugehörte. Als Pedro zu dieser Erkenntnis kam, lallte er: »Dieser blöde Sänger hatte recht: In der Bar sind alle Menschen gleich!« Dann hob er sein Glas und rief: »Auf Ressinaldo Rogi!«

Als Marques am nächsten Morgen nach Hause kam, dankte er Gott, dass Angélica noch fest schlief. Ihm war klar, dass er ihr früher oder später einiges würde erklären müssen, aber wenigstens konnte er sich vorher noch kurz hinhauen. Am besten auf dem Sofa, da würde er seine Frau nicht versehentlich wecken. Aus dem Plan wurde jedoch nichts. Angélica wachte vom Geräusch der Dusche auf und ging ins Bad, wo sie ihren Mann dabei erwischte, wie er sich gerade die Achselhöhlen einseifte.

»Scheiße, Mann, hast du mich erschreckt!«, rief Marques, als er sie mit verschränkten Armen böse guckend in der Tür stehen sah.

»Wo warst du, Marques?«

Marques hob abwehrend die Hand.

»Immer mit der Ruhe, ja? Ich war mit dem Kleiderständer unterwegs, sonst nichts.«

»Ach ja? Ihr beide und wer noch?«

»Wir beide und noch zwei Typen, die wir gestern vor dem Supermarkt kennengelernt haben.«

»Hm … und warum hast du dann dein Handy ausgeschaltet?«

»Hab ich nicht … der Akku war alle.«

»Hm … also du, der Kleiderständer und zwei Typen, die ihr gestern vor dem Supermarkt kennengelernt habt …«

»Genau das hab ich ja gerade gesagt.«

»Hm … du betrügst mich doch nicht etwa?«

»Natürlich nicht, spinnst du?«

»Nein? Und wieso hängt dein Sack dann so schlapp runter? Marques, Marques, Marques … für mich sieht das aus wie der Sack von jemandem, der die ganze Nacht gevögelt hat …«

Während Marques versuchte, sich für seinen schlaffen Sack zu rechtfertigen, saßen Pâmela und Fernanda auf dem Rücksitz eines Taxis und fuhren nach Hause.

»Das war total verrückt, Nanda!«, sagte Pâmela und lächelte. »Wenn meine Eltern das rauskriegen, bringen die mich um.«

»Und meine erst! Das fänden die noch viel schlimmer als das Tattoo, und dafür gab's schon richtig Ärger. Aber weißt du was?« Fernanda grinste. »Ich bereue es nicht.«

»Ich auch nicht. Was für eine geile Nacht. Hast du gesehen, wie viel Kohle die dabeihatten?«

»Klar! Allein der Türsteher hat ja schon einen Tausender gekriegt, damit er uns reinlässt!«

Sie schwiegen kurz. Dann flüsterte Pâmela: »Pedro hat mir übrigens erzählt, woher sie das ganze Geld haben …«

Und Fernanda flüsterte zurück: »Ja, hat Marques mir auch erzählt.«

»Hat er dich auch gefragt, ob du ihnen helfen kannst?«

»Ja.«

Wieder eine Pause.

»Und, machst du's?«

»Ja. Und du?«

»Ich auch.«

»Die sind echt verrückt, oder?«

»Na ja, eigentlich gehen sie kein großes Risiko ein, solange wir nicht mit den falschen Leuten reden …«

»Stimmt!«

17
EIN GUT GEHÜTETES GEHEIMNIS

»Hallo. Habt ihr Tee?«

»Kommt drauf an, was für einen.«

»Tee zum Rauchen.«

»Wie viel willst du?«

»Zwei Tütchen.«

»Bin gleich wieder da. Warte im Gang bei den Nudeln.«

Manche Dinge gibt es so nur in Brasilien. Der Erfindungsreichtum der Menschen in diesem Land kann manchmal schon beeindruckend sein. Die Zeitungen und Nachrichten sind voll von Verbrechen und Verbrechern, und für jeden einzelnen Fall deckt die Polizei unzählige andere auf, die es nicht aufs Papier oder ins Fernsehen schaffen. Was sollte man von diesem ruhigen jungen Mann halten, der keinen Vater hatte, nicht geerbt hatte und dessen komfortables Leben sich niemand erklären konnte? Verdächtige Personen und Umstände gab es genug, stinken tat es überall. Die Polizei konnte gar nicht alles und jeden untersuchen, selbst wenn sie wollte. Alle fünf Sekunden taucht in diesem Land ein neuer Zauberkünstler auf. Sei es der Besitzer der Eckkneipe, der bis gestern in großen finanziellen Schwierigkeiten steckte und sich heute plötzlich ein neues Auto aus dem Arsch zaubert, oder der einfache Angestellte, der von einem Moment auf den anderen kündigt und auf eine ferne Insel reist. Da kratzt man sich am Kopf, und mehr kann man auch gar nicht machen. Man weiß natürlich, dass ein Trick dahintersteckt, man weiß nur nicht, wie er geht.

Pedro und Marques' neuer Trick ging ab wie eine Rakete. Offenbar kannten Pâmela und Fernanda so gut wie jedes Kiffer-Papasöhnchen von Porto Alegre. Jeden Tag kamen Dutzende Jugendliche in den Supermarkt und fragten nach Tee. Alles lief bestens, alle waren zufrieden, das Gras wurde gelobt, niemand beschwerte sich über den Preis. Und da so ein Tütchen immer nur einen Joint ergab, kamen die jungen Leute bald wieder. Und zwar bis zu viermal am Tag. Andere kauften lieber gleich drei oder vier Tütchen, um nicht so oft laufen zu müssen. Davon abgesehen gab es natürlich noch den Lieferservice von Pâmela und Fernanda.

Wie bereits erwähnt, wohnten die beiden im selben Haus in Bom Fim, gingen aber auf unterschiedliche Schulen, beide privat, beide renommiert, beide voller junger Männer und Frauen, die nicht wussten, wohin mit ihrem Taschengeld. An beiden Schulen gab es genügend sogenannte Gelegenheitsindios, die keine Ahnung hatten, wo sie Gras kaufen konnten, aber in schlechter Gesellschaft gern mal ein Rauchzeichen aufsteigen ließen. Dann gab es die sogenannten jungfräulichen Lungen, die keine Lust mehr hatten, sich in den Pausengesprächen zu blamieren, und es kaum erwarten konnten, an ihrem ersten Joint zu ziehen. Das Problem war nur, dass die meisten von ihnen nicht gerade in der Nähe des Supermarkts wohnten. Und so tauchten die Mädchen eines Nachmittags plötzlich im Laden auf und holten vor den Augen von Marques und Pedro fast zweitausend Reais aus den

Taschen. Leise kichernd erklärten sie, das Geld stamme von Kunden, die nicht persönlich kommen könnten. Von da an brachten sie immer größere Beträge mit. Als Belohnung für ihre Kurierdienste bekamen sie selbst so viel, wie sie rauchen konnten, abgesehen von dem Kick, gegen das Gesetz zu verstoßen, dem Adrenalinstoß, der in ihrer sicheren, bequemen kleinen Welt bis dahin gefehlt hatte. Bald schon war Pâmela an ihrer Schule unter dem Spitznamen Vierzwanzig bekannt, und Fernanda an ihrer Schule als Fernandinha Beira-Mar. Währenddessen wunderten die Lehrer beider Schulen sich, warum die Hälfte der Schüler im Unterricht nicht mehr aufpasste und sich stattdessen über jeden Mist totlachte.

Wenn man die Verkäufe im Supermarkt und die von den Mädchen in ihre jeweilige Schule geschmuggelten Tütchen zusammenzählte, verkauften Marques und Pedro täglich circa zweihundert Gramm Gras zu je zwanzig Reais. Mit anderen Worten, sie nahmen durchschnittlich viertausend Reais pro Tag ein. Da sie sonntags Pause machten, ergab das vierundzwanzigtausend Reais pro Woche, mehr als neunzigtausend im Monat, nicht eingerechnet das Geld, das Luan, Roberto und Angélica weiterhin in Planetário, Pinheiro und Lupicínio verdienten. Die Gang teilte den Gesamtgewinn nach wie vor durch fünf, und am Ende der Woche bekam jeder von ihnen ein Vielfaches von dem, was sie sich jemals erträumt hatten.

Wie Pedro vorausgesagt hatte, entpuppte sich das Geschäft im Supermarkt als echter Gute-Laune-Booster im Leben der beiden Regalauffüller. Letztendlich konnte keine noch so anstrengende Arbeit einem die Stimmung vermiesen, wenn man sich derartig die Taschen füllte. Und je mehr Zeit verging, desto sicherer und unbeschwerter fühlten sie sich. Als die Dealerei im Supermarkt noch bloße Idee war und der ganze Plan auf reinen Vermutungen beruhte, hatten die beiden sich auf Gefahren und Unannehmlichkeiten eingestellt, die in der Praxis gar nicht eintraten. Eine der vielen unnötigen Sorgen war zum Beispiel, dass ihr Vorgehen leicht Verdacht erregen würde. Als jedoch die ersten jungen Leute zwischen den unzähligen anderen Kunden nach Tee fragten, wurde schnell klar, wie unwahrscheinlich das war. Trotzdem unterlag natürlich alles größter Geheimhaltung. Weder Jorge, der Wachmann, der Pedro und Marques vor über einem Jahr Fabrícios Nummer gegeben hatte, noch Fabrício selbst hatten eine Ahnung, was die beiden da vor aller Augen trieben.

Jorge übrigens blieb der Supermarktkette nicht mehr lange erhalten. Am 13. Juli 2010, einem Dienstag, betrat er zur allgemeinen Überraschung das Büro von Senhor Geraldo und bat um sofortige Kündigung, mit der Begründung, er habe einen besseren Job gefunden. Und so schied er ganz plötzlich, mir nichts, dir nichts, aus dem Sicherheitspersonal des Ladens aus, um seinen Lebensunterhalt von nun an mit einem Halbautomatik-Gewehr in einem Geldtransporter zu verdienen, wie die wenigen Angestellten berichteten, die sich noch von ihm verabschieden konnten.

Robson, der als Ersatz für Jorge kam, fing schwer motiviert und mit ganz klarem Ziel an: möglichst oft Mitarbeiter des Monats zu werden. Womit er sich natürlich nicht viele Freunde machte. Im Gegenteil, seine Bestrebungen, sich von Senhor Geraldos riesigen Pranken regelmäßig auf die Schulter klopfen zu lassen, hatten zum Ergebnis, dass die Kollegen ihn immer unerträglicher fanden. Pedro war auch kein großer Fan, aber da es ihm leidtat, dass niemand mit ihm redete, fing er hin und wieder ein Gespräch mit ihm an.

»Warum gibst du dich mit dem Idioten ab, Mann?«, wollte Marques wissen.

»Weil ich mich in seine Lage versetze«, erwiderte Pedro. »Ich meine, stell dir mal vor, du musst acht Stunden an einem Ort verbringen, wo dich keiner mag. Stell dir vor, du gehst in die Kantine, und keiner will sich an deinen Tisch setzen. Das könnte ich nicht gut ertragen, wenn man mich so behandelt. Und deswegen behandele ich ihn nicht so, obwohl ich ihn auch nicht besonders mag.«

»Ach so, klar, sorry, hatte ich vergessen. Du spielst ja immer gern den Advocatus Diaboli.« Marques kräuselte die Lippen. »Vergiss es, Mann. Es hat immerhin seine Gründe, dass er so behandelt wird. Alter, der hat doch das Arschkriechen mit der Muttermilch aufgesogen! Was für ein Wichser.« Dann zählte er an den Fingern ab, für was er ihn alles hielt. »Heuchler, Arschkriecher, Petze, arroganter Sack, Besserwisser. Noch was?«

Aber er hatte auch seine Tugenden. Und eine davon war sein Scharfsinn, wie Marques an jenem Donnerstag, dem 19. August 2010, feststellen sollte.

Nachdem er ein Mädchen gebeten hatte, bei den Nudeln auf ihn zu warten, ging Marques die bestellten zwei Tütchen aus dem Lager holen. Leider hatte er nicht damit gerechnet, dass Robson, der ihn an jenem Tag schon auffällig oft dort hatte verschwinden sehen, ihm heimlich folgen würde. Als Marques sich also unbeobachtet glaubte, quetschte er sich unter die Treppe zum Umkleideraum, griff unter eine Palette mit Waschpulver und holte eine Plastiktüte hervor, die ihm zu seinem Schrecken direkt aus der Hand gerissen wurde.

»Was haben wir denn hier?«, fragte der Wachmann und knotete die Tüte bereits auseinander.

Überflüssig zu erwähnen, wie der hitzköpfige Marques darauf reagierte. Er stand auf, machte kurz Anstalten, etwas zu sagen, verzichtete dann aber darauf, fletschte stattdessen die Zähne wie ein tollwütiges Tier und verpasste Robson einen Fausthieb auf den Mundwinkel. Überrumpelt von dem Schlag geriet der ins Taumeln, fiel auf eine leere Palette und ließ die Tüte mit dem Gras fallen. Blind vor Wut stürzte Marques sich auf ihn und versuchte, ihm in den Hals zu treten. Robson rollte sich jedoch gerade noch rechtzeitig zusammen und entging so knapp der womöglich tödlichen Attacke. Marques' Fuß streifte ihn lediglich am Kopf und blieb danach in der Palette stecken. Als Robson das sah, schnappte er sich die Tüte, sprang auf und rannte weg.

»Komm zurück, Mistkerl! Verdammter Feigling! Wenn ich dich erwische!«

Im nächsten Moment hatte er seinen Fuß befreit und nahm die Verfolgung auf. Als er jedoch den Ladenraum erreichte, stieß er mit Pedro zusammen, der aus der anderen Richtung kam. Beide gingen zu Boden. Die Kunden blieben mit ihren Einkaufswagen stehen und fingen an zu tuscheln.

»Was ist los, Marques?«

Pedro war Robson gerade noch begegnet. Er wusste natürlich nicht, was passiert war, hielt es aber, mit Blick auf den blutigen Mund des Wachmanns, für besser, Marques aufzuhalten. Also packte er seinen Freund und zog ihn zurück ins Lager.

»Marques, was ist passiert?«

»Dieser Schweinehund …« Marques senkte die Stimme. »Dieser Schweinehund hat unser Gras!«

»Wie bitte?«

»Ja, Mann! Er hat das Gras! Scheiße, er ist doch an dir vorbeigelaufen, hast du nicht die Tüte gesehen?«

»Was für eine Scheiße! Wie hat er es gefunden?«

»Er ist mir heimlich gefolgt und hat mir die Tüte aus der Hand gerissen.«

»Okay, aber warum hattest du die Tüte in der Hand?«

»Na, warum wohl? Um Ware für eine Kundin rauszuholen, was sonst? Das Mädchen wartet wahrscheinlich noch bei den Nudeln auf mich. Aber das ist jetzt nicht wichtig, Mann! Wichtig ist, dass dieser Wichser Robson uns bestimmt gerade bei Senhor Geraldo verpfeift. Wir sind geliefert!«

Ein eiskalter Schauer lief den beiden über den Rücken, und das hatte nichts mit den Temperaturen im Laden zu tun. Das Herz schlug ihnen bis zum Hals. Dann kam Pedro eine Idee: »Okay, pass auf, Folgendes, wir gehen jetzt erst mal zu dem Mädchen und sagen ihr, dass sie später wiederkommen soll.«

Während sie in Richtung Nudeln eilten, fragte Marques: »Und was machen wir dann mit Robson und Senhor Geraldo?«

»Ganz ruhig, Marques. Mach dir keine Sorgen, alles unter Kontrolle.«

»Nichts ist unter Kontrolle, Pedro! Ich glaube, du verstehst nicht, wie tief wir in der Scheiße sitzen.«

»Was denn, Marques? Sollen wir etwa den Schwanz einziehen? Ich versprech dir, es passiert nichts, glaub mir. Kopf hoch, Bruder, wir klären das. Heute ist der Tag, die Karten auf den Tisch zu legen, das ist alles. Und weißt du, was ich glaube? Ich glaube, das Spiel geht weiter.«

»Wovon zum Teufel redest du, Mann?«

»Keine Sorge, du wirst es gleich verstehen. Fürs Erste musst du nur wissen, dass wir gleich ein kleines Meeting bei Senhor Geraldo haben: ich, du und er. Du musst nichts sagen, wenn du nicht willst. Lass mich einfach machen. Du musst mir nur vertrauen.«

Nachdem sie ihre Kundin vertröstet hatten und sich gerade auf den Weg machen wollten, blieben sie plötzlich wie angewurzelt stehen. Aus der anderen Richtung kam ihnen Senhor Geraldo entgegen, mit finsterer Miene und der Plastiktüte mit dem Gras in der Hand. Gefolgt von Robson, der, leicht gebückt, seinem deutlich kleineren Chef etwas ins Ohr flüsterte. Dabei imitierte er mit einer Geste einen Faustschlag.

»Ah, ich bring ihn um, das Schwein!«, versprach Marques und grinste bösartig.

»Beruhig dich, Marques«, bat Pedro ihn. »Ich hab dir doch gesagt, dass alles unter Kontrolle ist. Entspann dich, Mann.«

Senhor Geraldo nuschelte etwas und entließ den Wachmann mit einem Nicken. Dieser, stets gehorsam, fast schon wie ein Diener, verbeugte sich und machte auf dem Absatz kehrt. Noch ein paar Schritte und Senhor Geraldo stand vor ihnen.

»Marques, würdest du bitte mit in mein Büro kommen?«

Pedro räusperte sich.

»Ich komme mit, Senhor Geraldo«, erklärte er. Als er seine überraschte Miene sah, fügte er lächelnd hinzu: »Was Sie da in der Hand halten, gehört auch mir.«

Senhor Geraldo lächelte ebenfalls, als hätte er gerade das letzte Teil von einem Puzzle eingesetzt.

»Natürlich, natürlich, jetzt ergibt alles einen Sinn! Also, dass ich da nicht von allein drauf gekommen bin. Komm mit, Pedro, komm mit.«

In Senhor Geraldos Büro gab es nur zwei Stühle. Der Chef bat seine Angestellten, sich zu setzen, und blieb selbst stehen.

»Kann mir jemand von euch beiden erklären, was dieser Haufen Gras unter einer Palette in meinem Lager zu suchen hat?« Er legte die Tüte auf den Tisch neben den Computer. Es war offensichtlich, wie sehr er sich freute, die beiden Übeltäter endlich entlarvt zu haben. Jetzt würden sie schon sehen, was passierte, wenn man versuchte, ihm dumm zu kommen. Gleichzeitig ärgerte es ihn, sie entlassen zu müssen, denn ihre Arbeit erledigten sie wie kein anderer. Zum Glück war Winter, die beste Jahreszeit, um neue Arbeitskräfte zu finden. Mit einem Hauch Sadismus in der Stimme fuhr er fort. »Gut, jetzt weiß ich also, woher das ganze Geld stammt, das ihr hier verbratet. Na? Hab ich recht? Unglaublich! Eines frage ich mich allerdings noch: Entlasse ich euch einfach fristlos oder zeige ich euch vorher noch bei der Polizei an?«

Pedro seufzte.

»Also, Senhor Geraldo, eine Sache sollten Sie noch wissen, bevor Sie sich entscheiden.«

»Ach ja?« Er lächelte. »Sollte ich das? Da bin ich aber gespannt.«

»Ganz ehrlich, eigentlich würden wir nur ungern aufhören, hier zu arbeiten. Und ins Gefängnis wollen wir natürlich auch nicht. Jetzt wo Sie wissen, womit wir unser Geld verdienen, können Sie sich vielleicht denken, dass wir nach all den Mühen, die wir auf uns genommen haben, nach all den Risiken, die wir eingegangen sind, uns nicht einfach alles von Ihnen kaputtmachen lassen können. Nicht ohne uns zu wehren.«

»Willst du mir drohen, ja?«

Pedro, der leicht vornübergebeugt gesessen hatte, lehnte sich jetzt zurück, legte den rechten Arm auf den Tisch und setzte ein breites Lächeln auf.

»Ob ich Ihnen drohen will?« Jetzt wurde er ernst. »Folgendes: Wir haben nicht die geringste Absicht, Ihnen zu schaden, wenn Sie das meinen. Was hätten wir davon? Nichts. Aber eins kann ich Ihnen sagen, Senhor Geraldo: Wenn Sie uns fertigmachen wollen, dann kann ich Ihnen versichern, dass wir nichts lieber tun, als Sie mindestens genauso fertigzumachen. Ist doch nur gerecht, oder?«

Senhor Geraldo ließ sich nicht beirren. Vollkommen unbeeindruckt ignorierte er Pedros Drohung und öffnete die Tür.

»Raus aus meinem Büro, ab nach Hause, morgen bringt ihr eure Arbeitspapiere vorbei.« Pedro wollte noch etwas sagen, aber sein Chef schien nichts mehr hören zu wollen. Stattdessen wiederholte er stur: »Raus aus meinem Büro, ab nach Hause, morgen bringt ihr eure Arbeitspapiere vorbei. Raus aus meinem Büro, ab nach Hause, morgen bringt ihr eure Arbeitspapiere vorbei. Raus aus meinem Büro, ab nach Hause, morgen bringt ihr eure Arbeitspapiere vorbei.«

Bis Pedro irgendwann mit der Faust auf den Tisch schlug.

»Okay, jetzt ist Schluss mit dem Gekasper! Mach die verdammte Tür zu, du dämlicher alter Sack!«

Anders als Pedro hatte Marques nicht das geringste Talent für psychologische Spielchen und deswegen den Mund gehalten. Wenn es allerdings zur Sache gehen sollte, war er der richtige Mann. Er sprang auf und trat die Tür zu, dann packte er seinen Chef mit beiden Händen am Kragen und warf ihn wie einen Sack Müll auf den Stuhl, auf dem er eben noch gesessen hatte.

Pedro gefiel die Wirkung, die das hatte. Sehr sogar. Er sah die Angst in Senhor Geraldos Augen, den irren Blick, die Tatsache, dass er nicht sicher zu sein schien, wen von beiden er ansehen sollte und wozu die beiden wohl fähig waren. Eins war Pedro inzwischen klar geworden: Worte reichten hier nicht mehr aus. Um sicherzugehen, dass er ihm diesmal zuhörte, ließ er sich von Marques anstecken und verpasste Senhor Geraldo erst mal ein paar kräftige Ohrfeigen. Nachdem keine Reaktion kam, erklärte er in aller Ruhe: »Glauben Sie mir, Sie wollen keine Spielchen mit uns spielen. Mit uns ist nicht zu spaßen.«

Das kleine Büro gehörte jetzt ihm. Der ganze Supermarkt gehörte ihm. Die ganze Welt gehörte ihm. Eine grenzenlose Macht durchströmte Pedros Adern. Jetzt hatte auch er das bestgehütete Geheimnis für sich entdeckt. Eine erfrischende Erkenntnis überkam ihn: Um zu erreichen, was man wollte, musste man nur grausam genug sein. Diese Erkenntnis führte ihn zu einem Höhenflug und dem Gefühl, Herr über die ganze Welt zu sein. Nichts war mehr unerreichbar, aus dem einfachen Grund, dass er zu jeder Grausamkeit fähig wäre. Endlich fühlte er sich frei von allen Skrupeln. Er stand kurz davor zu explodieren. Er bekam kaum noch Luft. Er musste Druck ablassen. Eine rauchen. Er zog die Schachtel aus der Hosentasche, zündete sich eine an und reichte sie seinem Chef, der sie wahrscheinlich nur aus Angst davor nahm, was passierte, wenn er ablehnte. Dann zündete er sich selbst eine an.

»Wahrscheinlich halten Sie mich jetzt für einen schlechten Menschen, nur weil ich Ihnen ein paar Ohrfeigen verpasst habe. Aber wenn Sie mich an die Polizei ausgeliefert und die mich grün und blau geschlagen und ins Gefängnis gesteckt hätten, und man mich da in den Arsch gefickt hätte, dann würden Sie sich nicht für einen schlechten Menschen halten. Wahrscheinlich würden Sie sogar besser schlafen, weil Sie ja ihre Pflicht getan hätten. Ist das nicht absurd? Tja, zufällig kann ich genauso sein wie Sie. Es war nicht leicht, aber ich habe gelernt, na ja, keine Ahnung … nicht so streng mit mir zu sein. Ich habe gelernt, mir zu verzeihen. Egal was ich getan habe. Ich kann auch über meine schlechten Seiten hinwegsehen. Zum Beispiel hätte ich kein Problem damit, Sie umzulegen und irgendwo zu vergraben, wo niemand je nach Ihnen suchen wird. Und danach in aller Ruhe essen zu gehen, als wäre nichts gewesen. Ich könnte Sie kaltmachen und mich danach schlafen legen, mit dem Gefühl, meine Pflicht getan zu haben.« Pedro seufzte lange und stieß dabei den Rauch durch die Nase aus. Es war die beste Zigarette seines Lebens. »Also, Senhor Geraldo, ich versichere Ihnen, wenn Sie mich fertigmachen wollen, wird das böse für Sie enden. Selbst wenn ich im Knast lande, werde ich jemanden bezahlen, der Ihre Frau vergewaltigt, Ihre Kinder vergewaltigt und

Ihren Hund vergewaltigt. Haben Sie einen Hund? Egal. Und dann brennt plötzlich Ihr Haus, mit samt allen Menschen darin außer Ihnen. Sie überleben, damit Sie sich jeden lieben Tag daran erinnern können, dass Ihre Familie darin verbrannt ist und Sie es hätten verhindern können. Können Sie sich vorstellen, wie das ist? Wissen Sie, ich habe einen Haufen Geld beiseitegelegt, und nur ich weiß, wo es versteckt ist. Wenn ich Ihretwegen verhaftet werde, gebe ich mit Freude jeden einzelnen Centavo dafür aus, Unglück über Sie zu bringen. Glauben Sie mir: Was in Ihrem Leben schiefgehen kann, wird schiefgehen.«

Senhor Geraldo machte den Mund auf, sagte aber nichts.

Pedro fuhr fort: »Wäre es nicht viel einfacher, alles so zu lassen, wie es ist? Sie müssen nur so tun, als hätten Sie nichts gesehen, als wäre nichts passiert. Sonst nichts. Sie legen sich nicht mit uns an, und wir legen uns nicht mit Ihnen an. Leben und leben lassen. Hm? Wie klingt das?«

»Aber wie soll das gehen?«, fragte Senhor Geraldo kleinlaut. »Robson weiß doch alles. Er hat das Gras gefunden, falls ihr euch erinnert. Wie soll ich einfach dasitzen und tun, als wüsste ich von nichts? Wenn ich nichts unternehme, geht er zu Senhor Amauri, und dann wird es noch komplizierter.«

Pedro lachte laut auf.

»Ah, stimmt! Robson! Machen Sie sich um den keine Sorgen. Übrigens können Sie sich schon mal nach jemand anderem umsehen, ab morgen taucht der hier nie wieder auf.« Nach dieser mysteriösen Prophezeiung schnappte er sich die Tüte mit dem Gras und stand auf. »Lass uns gehen, Marques. Mit dem Schwachkopf haben wir nichts mehr zu bereden. Wir lassen ihn allein, dann kann er ein bisschen über sein Leben nachdenken.«

Ohne ein weiteres Wort gingen sie hinaus, einmal durch den Laden zum Lager und die Treppe hoch in den Umkleideraum. Dort setzten sie sich einander gegenüber und sahen sich schweigend eine Minute lang an. Dann fingen sie an zu lachen. Und hörten nicht mehr auf. Und ihr Lachen wurde immer lauter und hallte durch den Umkleideraum. Als sie endlich aufhörten, warf Pedro Marques die Tüte zu.

»Wir sollten vorsichtiger mit dem Scheiß sein.«

»Du hast recht.« Marques runzelte die Stirn. »Sag mal, was war das für eine Geschichte, dass Robson ab morgen nicht mehr zur Arbeit kommt?«

»Ah, gut, dass du mich daran erinnerst. Das hätte ich fast vergessen.« Pedro holte sein Handy raus. »Ich muss kurz telefonieren …«

Als der Supermarkt an jenem Abend schloss, trat Robson auf die Straße und schlang vor Kälte die Arme um den Körper. Während er über die Straße ging, fragte er sich, ob seine Frau wohl die Stromrechnung bezahlt hatte. Ihm fiel nicht auf, dass ein Stück weiter ein Mann mit verschränkten Armen an einem Motorrad lehnte und ihn von Kopf bis Fuß musterte.

»Hey!«

»Ja, bitte?«

»Robson?«

»Kennen wir uns?«

»Ich glaube nicht. Du kannst mich Alemão nennen. Und die beiden hier«, er holte ein Paar Pistolen hervor und küsste sie jeweils, »das sind Ruth und Raquel.«

Er brachte ihn nicht um. Aber es fehlte nicht viel. Als er endlich von ihm abließ, lag Robson nach Luft schnappend in Embryonalstellung auf dem Boden. Das Blut lief ihm aus Nase, Augen und Mund. Mehrere Zähne fehlten.

»Bist du jetzt zufrieden, Süßer?« Alemão hockte sich neben sein Opfer. »Du solltest deine Nase besser nicht in anderer Leute Angelegenheiten stecken. Hör zu, wenn du dich je wieder hier blicken lässt, leg ich dich um. Und bete zu Gott, dass die Polizei nie herausfindet, was in diesem Laden vor sich geht, mein Freund. Denn wenn sie es tut, dann ist es mir egal, ob du es ihnen erzählt hast oder nicht. Hast du mich verstanden? Ob du mich verstanden hast, elender Wurm?«

Nur mit viel Mühe und unter großen Schmerzen schaffte Robson es zu nicken.

»Prima. Mach's gut.«

18

HORRORSHOW

Am folgenden Freitag, dem 20. August 2010, erschienen Marques und Pedro ganz normal zur Arbeit – im Gegensatz zu Robson, wie man sich denken kann. An den Kassen, beim Bäcker, am Fleischtresen, überall gab es nur ein Thema: Alle wollten wissen, was am Tag zuvor passiert war. Denn was genau war eigentlich passiert? Robson war mit blutigem Mund und einer Plastiktüte in der Hand gesehen worden, hatte sich aber geweigert, darüber zu sprechen. Unter anderem ging das Gerücht um, der Wachmann habe einen Kunden erwischt, der Weingummi stehlen wollte.

»Weingummi?«

»Angeblich, ja.«

»Nicht dein Ernst?!«

»Angeblich hatte der Typ schon die ganze Tüte voll, als Robson sie ihm weggerissen hat. Daraufhin haben sie sich geprügelt, und Robson hat eine aufs Maul gekriegt.«

»Okay, und dann ist der Typ abgehauen, kam bewaffnet wieder, hat auf Robson gewartet, hat ihn halb totgeprügelt – und alles nur wegen ein paar Weingummis?«

»Angeblich, ja.«

»Alter, das ist doch der größte Quatsch, den ich je gehört hab!«

Großer Quatsch oder nicht, das war die Version, die bald verbreitet wurde, mangels einer schlüssigeren oder zumindest weniger dürftigen.

Es war schon eine Weile her, dass Marques und Pedro sich wie die Ratten verstecken mussten, um sich über ihre gestohlenen Leckereien herzumachen. Seit sie sich alles leisten konnten, und es auch brav bezahlten, hielten sie ihre Gelage nicht mehr im Umkleideraum ab. An diesem kalten Nachmittag zum Beispiel kauften sie sich in der Pause eine Tüte Snacks und setzten sich auf dem Platz vor dem Supermarkt in die Sonne. Kaum hatten sie es sich bequem gemacht, hörten sie hinter sich eine tiefe, kräftige Stimme.

»Marques! Pedro!«

Die beiden drehten sich um und entdeckten auf der anderen Straßenseite, vor dem Laden, die Hände in die Hüften gestemmt, niemand anderen als Senhor Geraldo.

»Wir haben Pause, Senhor Geraldo!«, rief Pedro leicht genervt.

»Ich weiß, *tchê,* aber es ist wichtig! Kommt rüber, ich muss mit euch reden. Es ist wichtig!«

Kurz darauf saßen die drei im Büro, genau wie am Tag davor. Sowohl Marques als auch Pedro waren neugierig, was Senhor Geraldo ihnen zu sagen hatte. Beide hatten das Gefühl, dass es nichts Gutes sein konnte. Offenbar kein Grund, sich den Pausensnack für später aufzusparen. Sie setzten sich, verteilten ihre Köstlichkeiten auf dem Tisch und machten sich darüber her, während sie darauf warteten, dass der Chef loslegte. Senhor Geraldo lehnte mit verschränkten Armen an der geschlossenen Tür und seufzte erst mal laut.

»Gerade hat Amauri angerufen.«

Mit einem Stück Torte im Mund fragte Pedro: »Was wollte er?«

»Wissen, was mit Robson ist.«

»Woher wusste Pferdegesicht denn überhaupt, dass etwas mit ihm ist?«, fragte Marques, der gerade versuchte, die Alufolie von einem Joghurtbecher zu entfernen.

»Bevor er mich anrief, hat er mit Ana gesprochen. Wegen irgendwelchem Papierkram. Die musste ihm natürlich erst mal den neuesten Klatsch berichten. Also hat er mich angerufen.«

»Und was haben Sie gesagt?«

»Ich bin ausgewichen. Ich wüsste auch nicht genau, was passiert sei, hab dann aber versprochen, mir die Aufnahmen der Überwachungskameras anzusehen und der Sache auf den Grund zu gehen.«

»Und was meinte er dann?«

»Er hat keinen Verdacht geschöpft. Das Problem ist, er will selbst einen Blick auf die Aufnahmen werfen. Was mit Robson passiert ist, sei schlimm, wir müssten die Sache sehr ernst nehmen. Er will, dass der Schuldige ins Gefängnis kommt. Sobald er kann, will er sich die Aufnahmen ansehen. Unser Glück ist, dass Amauri immer zu tun hat. Es wird also ein paar Tage dauern. Eine Woche, vielleicht zwei, keine Ahnung. In der Zeit müssen wir uns etwas ausdenken.«

»Haben die Kameras denn gefilmt, wie Robson verprügelt wurde?«

»Ja. Eine der Kameras draußen hat alles aufgezeichnet. Man kann sogar das Gesicht von eurem Freund erkennen, wenn du es genau wissen willst. Aber das ist nicht so wichtig, *tchê!* Viel wichtiger ist, dass man auf den Aufnahmen sieht, wie ihr mich in meinem eigenen beschissenen Büro angegriffen habt und ich nichts unternommen habe!« Senhor Geraldo sah hoch. Über ihm in der Ecke hing eine Überwachungskamera.

»Oh, Scheiße!«, schimpfte Marques, was ihn jedoch nicht daran hinderte, seinen Joghurtbecher mit dem Finger auszukratzen.

»Können Sie die Bilder nicht löschen?«, schlug Pedro vor.

Senhor Geraldo schüttelte den Kopf.

»Das geht nicht. Die Aufnahmen werden nicht hier gespeichert. Alles Material aus sämtlichen Filialen geht direkt an die Zentrale. Und da bleibt es auch. Von meinem Computer hier habe ich zwar Zugriff darauf, aber ich kann die Sachen nur sehen, nicht löschen.«

Nachdem sie jetzt Bescheid wussten, wurden die Jungen nachdenklich und offenbar auch ein wenig besorgt, kauten aber trotzdem munter weiter. Da Senhor Geraldo den Eindruck hatte, das Thema sei für sie erledigt, hakte er nach.

»So, und was jetzt, *tchê?* Wie komme ich aus dieser peinlichen Situation heraus? Was mache ich jetzt? Und was macht ihr? Für euch ist es ja auch ungünstig, wenn Senhor Amauri sieht, was hier gestern los war.«

»Keine Angst, wir denken uns etwas aus«, versprach Pedro.

Allerdings fiel weder ihm noch Marques eine Lösung ein, weder an jenem Tag noch am nächsten. Erst am Sonntag, dem 22. August 2010, kam Angélica im Gespräch mit ihrem Mann eine Idee.

»Hm, vielleicht könntet ihr einen Privatdetektiv engagieren.«

Marques sah sie erstaunt an.

»Privatdetektiv? Wozu?«

»Damit er sich das Leben von eurem Pferdegesicht mal genauer ansieht. Vielleicht findet er ja was, das ihr gegen ihn verwenden könnt.«

Marques lachte laut.

»Träum weiter, Schatz! Ich glaub, du siehst zu viele Filme!«

Sie lachte mit, blieb aber dabei.

»Hey, du Witzbold, das meine ich ernst!«

Je länger sie darauf beharrte, desto lustiger fand Marques es, und desto mehr lachten sie.

»Ah, Angélica, du machst mich fertig!«

Noch am Sonntag rief Marques Pedro an und fragte, ob ihm etwas eingefallen sei. Die Antwort war negativ, woraufhin er ihm lachend von der Idee seiner Frau erzählte.

»Stell dir vor, Angélica meinte, wir sollten einen Privatdetektiv engagieren.«

Pedros erste Reaktion war dieselbe.

»Privatdetektiv? Wozu?«

»Damit er etwas herausfindet, das wir gegen ihn verwenden können.« Marques amüsierte sich immer noch.

Die Verbindung war nicht die beste, und da weder der erwartete Lachanfall noch irgendeine andere Reaktion kam, dachte er erst, sie sei vielleicht unterbrochen worden. »Hallo?«

Endlich hörte er Pedros Stimme.

»Alter, die Idee ist super!«

»Bitte? Ich fass es nicht! Du jetzt auch? Habt ihr beide

sie noch alle? So was gibt es nur im Film, Mann. Wach mal auf!«

Jetzt musste Pedro lachen.

»Wach selber auf, Mann! Schwimmst im Geld und denkst immer noch wie ein armer Schlucker! Die sozial Schwachen glauben immer, alles passiert nur im Film. Klar, weil sie kein Geld für nichts haben und alles nur im Film sehen. Aber Privatdetektive gibt es wirklich, Mann, und wir können es uns leisten, einen zu engagieren. Sogar den teuersten von allen.«

Und so betrat Pedro am nächsten Morgen, am Montag, dem 23. August 2010, tatsächlich das Büro des teuersten Privatdetektivs von Porto Alegre. Der erste Eindruck machte ihn misstrauisch. Nicht dass er verwahrlost beziehungsweise wie ein Versager ausgesehen hätte, im Gegenteil, er wirkte regelrecht aristokratisch in seinem eleganten Anzug, der akkuraten Frisur und der Art, wie er hin und wieder die Brille über der geraden Nase zurechtrückte. Helle Haut, helle Augen, helle Haare, ein derart angelsächsischer Typ, dass Pedro sich kurz fragte – ein dummer Gedanke –, ob er überhaupt anständiges Portugiesisch sprach.

Wie gesagt, Pedro war misstrauisch. Angesichts seiner guten Manieren bezweifelte er, dass der Mann skrupellos genug für seinen Job war. Er konnte sich ihn schwer vorstellen, wie er auch nur irgendeine Indiskretion beging. Was ihn schließlich überzeugte, waren seine exorbitanten Honorarforderungen. Er musste gute Gründe haben, so viel Geld für seine Dienste zu verlangen.

Pedro sollte es nicht bereuen. Nicht mal eine Woche später rief der Mann ihn an und sagte, er habe wertvolles

Material. Das war in der Nacht vom 27. auf den 28. August. Am folgenden Abend verabredete er sich nach dem Supermarkt mit ihm zum Abendessen in einem von ihm vorgeschlagenen Restaurant in Bela Vista.

An jenem Samstag zog über Porto Alegre die schlimmste Kaltfront seit zehn Jahren hinweg. Der Wind peitschte den unablässigen Nieselregen gegen die Fenster. Ein Abend, um im Bett zu bleiben, dachte Pedro, rieb mit dem Daumen über die Tischkante und blickte abwesend auf die Straße. Wann kam dieser Detektiv endlich … war er vielleicht unterwegs gestorben? Die Frage stellte er sich oft, wenn jemand sich verspätete. Irgendwann starben Menschen nun mal. Er selbst zum Beispiel starb wahrscheinlich gleich vor Hunger. Als er seinen Magen knurren hörte, fragte er sich, warum zum Teufel er nicht einfach etwas bestellte? Sich zum Abendessen zu verabreden und dann zu essen, bevor der andere kam, entsprach vielleicht nicht unbedingt der Etikette, die der Detektiv wahrscheinlich gewohnt war, aber so viel zu spät zu kommen, war zweifellos noch unhöflicher.

»Scheiß drauf, ich bestell jetzt!«

Er klappte die Speisekarte auf und stellte fest, dass er kein einziges Gericht kannte. Tatsächlich hätte er noch nicht mal die Namen aussprechen können. Er rief einen Kellner und fragte, was denn am meisten genommen würde. Woraufhin man ihm Nudeln mit Babykotze und einem grünen Gewürz brachte. Er probierte einen Löffel und gab auf.

Wütend beschloss er, später zu Hause zu essen. Er rief den Kellner und forderte ihn auf, diesen Fraß doch bitte wegzuräumen, ihm werde schlecht von dem Geruch. Der

Kellner fragte, ob er die Rechnung bringen solle. Nein, er warte noch auf seine Verabredung. Selbige kam in diesem Augenblick durch die Tür.

»Tut mir schrecklich leid, Senhor Pedro, ich bitte vielmals um Entschuldigung!« Der Detektiv gab ihm die Hand und setzte sich ihm gegenüber an den Tisch. Er hatte einen Lederkoffer dabei, den er neben sich auf den Boden stellte. »Der Verkehr in Porto Alegre, es wird immer schlimmer!«

»Alles klar, kein Problem«, versicherte Pedro, wobei sein Gesichtsausdruck etwas anderes sagte.

»Und? Wollen Sie lieber erst essen, oder –?«

»Nein, nein, um Gottes willen, zeigen Sie mir gleich, was Sie haben. Ich kann's kaum erwarten, nach Hause zu kommen.«

»Verstehe, verstehe.« Der Detektiv beugte sich zur Seite, öffnete den Koffer und suchte etwas darin. Dann schloss er ihn wieder. »Ich glaube, genau das gefunden zu haben, wofür Sie mich engagiert haben. Hier, sehen Sie sich das mal an.« Feierlich überreichte er Pedro ein Foto und rückte dann die Brille zurecht, um seine Reaktion besser sehen zu können. Er lehnte sich auf seinem Stuhl zurück, verschränkte die Arme und fragte süffisant: »Na, was sagen Sie dazu, hmm?«

»Oh, mein Gott!«

Pedro traute seinen Augen nicht. Obwohl das Foto aus einiger Entfernung aufgenommen war, konnte man hinter einem Fenster deutlich Senhor Amauri erkennen. Der Vorhang war zugezogen, im entscheidenden Moment aber aufgeflattert, sodass der Fotograf nur ein oder zwei Sekunden hatte, um die Szene festzuhalten. Durch die flüchtige

Lücke sah man den ehrwürdigen Chef der Supermarktkette Fênix im Profil kniend mit einem Penis im Mund und zwei weiteren in den Händen.

»Wie um Himmels willen haben Sie dieses Foto gemacht?« Pedro konnte es immer noch nicht glauben.

»Oh, das war ich nicht. Das war mein Fotograf. Ein sehr kompetenter Mann, muss ich sagen. Säufer, aber sehr kompetent.«

»Soll das ein Witz sein? Der Mann ist mehr als kompetent.«

»Ja, kann man sagen. Und das Beste, oder das Schlimmste, ist, dass alle auf dem Foto, bis auf unseren Freund natürlich, minderjährig sind. Der Älteste ist sechzehn. Was Sie da sehen, ist also ein Verbrechen. Unser Freund ist ein Pädophiler.«

Pedro musste lachen. Auf einmal war er gut gelaunt.

»Mein Gott, die Menschen sind doch echt krank!«

»Manche ja, durchaus … Apropos: Gefällt Ihnen das Foto?«

»Und wie es mir gefällt! Das ist genau das, was ich brauche!«

»Na dann. Es ist nämlich nur ein Vorgeschmack.«

»Was soll das heißen?«

»Haben Sie den Koffer gesehen, den ich mitgebracht habe? Er gehört Ihnen. Da ist noch ein ganzer Haufen Bilder drin. Die meisten verdanke ich dem Computergenie, das für mich arbeitet und den Computer unseres Freundes angezapft hat. Eine echte Horrorshow. Es sind auch ein paar Papiere dabei, mit den Daten der Jungs, die er missbraucht hat: vollständiger Name, Name des Vaters, Name der Mutter, Alter, Adresse, Telefonnummer, das alles.« Der Detektiv holte einen USB-Stick aus der Jacketttasche und reichte ihn Pedro. »Hier ist eine Kopie von allem, was sich im Koffer befindet. Falls Sie die Fotos und den Papierkram verlieren, müssen Sie sie nur neu ausdrucken.«

Dieser Mann war ohne Frage jeden Centavo seines stattlichen Honorars wert. Breit grinsend steckte Pedro den USB-Stick in die Hosentasche. Er war so begeistert, dass er beschloss, dem Restaurant eine zweite Chance zu geben. Da der Detektiv einen guten Geschmack zu haben schien und schon lange regelmäßig dort einkehrte, bat er ihn um eine Empfehlung. Hauptsache, es schmeckte gut. Der andere nahm die Bitte sehr ernst. Er kniff die Lippen zusammen, dachte lange nach und trommelte dabei mit den Fingern auf dem Tisch. Schließlich zeigte er auf eines der Gerichte und sagte, *damit* läge er auf jeden Fall richtig. Und so probierte Pedro eine weitere Spezialität des Hauses. Danach gab er es endgültig auf.

Am Sonntag, dem 29. August 2010, strahlte eine rein allegorische Sonne am Himmel über der Stadt, ohne auch nur einen Funken Wärme zu produzieren. Der penetrante Nieselregen hatte in der Nacht aufgehört, aber der Wind fegte weiter durch die Straßen und zerzauste den Menschen die Haare.

»Warum zeigen wir den Typen nicht an?«, wollte Angélica wissen. »Das wäre doch das Einfachste. Wir übergeben alles der Polizei, und die stecken ihn ins Gefängnis. Schluss, aus, vorbei.«

»Das hab ich auch gesagt«, meinte Roberto. »Aber was Pedro sagt, stimmt. So was erledigt sich nicht von einem Tag auf den anderen. Da steht erst mal ein Haufen Bürokratie dazwischen. Wir müssten Anzeige erstatten, die Polizei leitet das an einen Richter weiter, der Richter sieht es sich an, und der hat ganz schön viel, was er sich ansehen muss, außerdem ist er vielleicht ein fauler Sack, kann also eine Weile dauern, bis er einen Haftbefehl ausstellt … weiß der Himmel, wann da mal was passiert. Wenn wir ihn anzeigen, kann es sein, dass er die Bilder sieht, bevor er in den Knast wandert, und dann säßen Pedro und dein Mann ganz schön in der Scheiße.«

Angélica und Roberto liefen durch eine von Blättern bedeckte ruhige Straße vorbei an Villen und beschwerten sich abwechselnd über die Kälte und über den Wind. Schließlich zeigte Angélica auf ein Haus.

»Nummer 293, da ist es.«

Sie klingelten. Eine Frau öffnete die Tür. Als sie sie sah, runzelte sie die Stirn.

»Ja, bitte?«

»Guten Tag, wir würden gern mit Senhor Amauri sprechen. Er wohnt doch hier, oder?«

»Ja, richtig … Ich bin seine Frau, wie kann ich Ihnen helfen?«

»Tut uns leid, wir würden gern mit ihm persönlich sprechen.«

»Na gut … einen Moment bitte.« Die Frau schloss die Tür wieder.

»Roberto, ich glaube, du musst mit diesem widerlichen Kerl reden.«

»Klar, kein Problem.«

Als die Tür das nächste Mal aufging, stand dahinter ein Mann mit einem roten Pferdegesicht. Auch er runzelte die Stirn.

»Ja, bitte?«

»Senhor Amauri?«

»Das bin ich. Was wünschen Sie?«

Roberto überreichte ihm den Koffer, den Pedro am Abend davor bekommen hatte.

»Hier, das ist für Sie.«

Neugierig, die Stirn jetzt noch gerunzelter, öffnete er den Koffer und warf einen Blick hinein. Als er kurz ein Foto herauszog, wurde er sichtlich nervös. Er schob es zurück, schloss den Koffer und murmelte: »Wo habt ihr das her?« Er trat auf die Straße und schloss die Tür hinter sich. »Hört zu, wenn ihr glaubt, ihr könnt hier einfach bei mir ankommen und –«

Roberto hatte nicht geplant, gewalttätig zu werden. Aber dass Senhor Amauri sich erdreistete, ihnen gegenüber einen drohenden Ton anzuschlagen, brachte ihn aus der Fassung. Er stieß ihn gegen die Tür.

»Jetzt hören Sie mir mal zu, Sie perverser Lüstling! Für wen halten Sie sich? Sie haben wohl den Ernst der Lage noch nicht erkannt? Wenn hier jemand frech wird, dann ganz bestimmt nicht Sie!«

Senhor Amauri war nicht mehr der Jüngste. Der Aufprall gegen die harte Holztür war nicht spurlos an seinem Rücken vorbeigegangen. Mit schmerzverzerrtem Gesicht fragte er: »Was wollt ihr von mir?«

»Nur einen einfachen kleinen Gefallen. Passen Sie gut auf: Ab jetzt arbeiten Sie nicht mehr für Fênix. Gleich als Erstes morgen früh reichen Sie Ihre Kündigung ein. Verstanden? Das oder Gefängnis: Sie haben die Wahl.«

19
DIE TRAGÖDIE

Eine der schwierigsten Entscheidungen im Leben ist es mit Sicherheit, kein Geld mehr verdienen zu wollen. Tausend, zweitausend, dreitausend, je mehr man verdient, desto mehr will man verdienen. Es ist wie der Marsch ins Ungewisse: Je weiter man geht, desto entscheidender wird das Weiterkommen an sich und desto vager und unwichtiger jeder Gedanke an ein Ziel.

Seit Senhor Amauris Kündigung war fast ein ganzes Jahr vergangen, ohne dass die Gang Probleme auf ihren Vertriebswegen bekam. Pedro hatte in der Zwischenzeit sein Haus abgerissen und ein neues gebaut, den lang ersehnten Führerschein gemacht, eine nagelneue Limousine gekauft und mehr als zweihunderttausend Reais beiseitegelegt. Bei Roberto war es dasselbe, neues Haus, Führerschein, neue Limousine. Allerdings hatte er nicht ganz so viel Geld beiseitegelegt, da er die einmalige Gelegenheit nutzte – ein armer Mitbürger, der sich verschuldet hatte –, zu einem Spottpreis ein großes Grundstück in der Avenida Cavalhada zu kaufen, wo er ein respektables und lukratives Restaurant eröffnete. Marques und Angélica machten ebenfalls den Führerschein, kauften aber nur einen einfachen Gebrauchtwagen, den sie sich teilten. Außerdem sahen sie keine Notwendigkeit, ein neues Haus zu bauen. Sie bauten ihres einfach um und investierten stattdessen fast eine halbe Million Reais in den Bau von Mietwohnungen in verschiedenen Teilen der Stadt.

Tatsächlich waren Pedro, Roberto, Marques und Angélica also bereits in der Lage, das Grasgeschäft aufzugeben und in den Schoß des Gesetzes und damit einen reibungs- und makellosen Alltag zurückzukehren, diesmal verbunden mit einer gewissen Würde und einem gewissen Komfort. Aber wie gesagt, eine der schwierigsten Entscheidungen im Leben ist es mit Sicherheit, kein Geld mehr verdienen zu wollen.

Im Gegensatz zu seinen vier Freunden verschleuderte Luan, der eine Zukunft abseits des Drogenhandels nicht in Betracht zog, weiter vollkommen sorglos ein Vermögen. Eines Abends veranstaltete er mitten in Vila Planetário eine Riesenparty. Gratis Getränke und Essen für alle! Und das aus gutem Grund. Senhor Joaquim, ein allseits beliebter Nachbar, hatte einen Käufer für sein Haus gefunden, er und seine Enkelin würden wegziehen.

Eine Woche nach der denkwürdigen Abschiedsfeier zog der neue Besitzer ein. Am nächsten Tag kamen ein paar Freunde von ihm vorbei, die nicht den Eindruck machten, als wären sie nur zu Besuch. Offensichtlich würden auch sie dort wohnen. Insgesamt waren sie zu fünft.

Tage später hatte niemand eine Ahnung, was die dubiosen Gestalten beruflich machten. Sie standen spät auf, gingen in die Kneipe an der Ecke, tranken Bier, koksten und lachten bis in die Abendstunden. Dann waren sie weg und tauchten erst am nächsten Tag wieder auf. Trotzdem freundeten sie sich schnell mit jedermann an. Schon nach kurzer Zeit grüßten sie die meisten Nachbarn, obwohl niemand wirklich wusste, wie sie hießen, woher sie kamen oder woher sie das Geld für so viel Koks hatten. Bestimmt taten sie nichts Gutes, wenn sie verschwanden, so die allgemeine Meinung.

Als wären ein paar Typen, die ohne ersichtlichen Grund zusammenlebten, nicht schon seltsam genug, dauerte es nicht lange, bis zwei weitere Häuser im Viertel verkauft wurden und auch dort jeweils fünf Männer einzogen. Am seltsamsten war aber, dass die Bewohner der drei Häuser sich offenbar schon lange kannten, so vertraut, wie alle fünfzehn zusammen in der Bar saßen, tranken, koksten und lachten.

Luan war natürlich, wie alle anderen auch, fasziniert von dieser Truppe, die da quasi mit dem Fallschirm vom Himmel gefallen war. Im Moment galt seine ganze Aufmerksamkeit allerdings einem anderen Rätsel: dem plötzlichen Verschwinden von Larissa, seiner Lieblingskonkubine. Seit zwei Tagen hatte niemand mehr etwas von ihr gehört. Er hatte ein ungutes Gefühl. Und so ging er am Sonntag, dem 3. Juli 2011, gegen drei Uhr nachmittags zum zehnten Mal zu ihrer Mutter, um zu fragen, ob sie etwas von ihr gehört hatte. Sie hing bis zu den Ellbogen im Spülbecken und wusch Wäsche, anscheinend war ihr das Ganze immer noch egal.

»Ach, du schon wieder?«

»Noch immer nichts?«

»Luan, kapier es endlich, dieses Teufelsweib verschwindet hin und wieder. Verstehst du? Sie treibt sich eine Zeitlang rum und dann taucht sie wieder auf, ist halb verhungert und stinkt nach Sperma. Hast du schon mal gesehen, wie eine Katze Haarballen ausspuckt? Dasselbe macht sie auch, mein Junge, nur dass es bei ihr Schamhaare sind, von all den Schwänzen, die sie unterwegs gelutscht hat.«

Luan wurde wütend. Er wollte ihr sagen, dass Larissa sich geändert hatte, dass sie ja jetzt ihn hatte, dass sie nie einfach so abgehauen wäre. Aber dann dachte er, dass es womöglich arrogant klingen würde oder vielleicht sogar naiv, also entschied er sich dagegen.

»Alles klar. Aber wenn Sie sie sehen, sagen Sie ihr doch bitte, dass sie sich bei mir melden soll.«

Die Frau lachte.

»Andersrum wäre wohl richtiger. Ich versprech dir, wenn das Miststück zurückkommt, dann zu dir und nicht zu mir. Und sag nicht, ich hätte dich nicht gewarnt.«

Larissas Verschwinden löste in Luan diverse unangenehme Gefühle aus: Sorge, Frust, Trauer und Ohnmacht. Und je länger sie weg war, desto absurdere Gedanken machte er sich. Womöglich hatten die anderen Frauen sie aus Eifersucht ermordet, oder aber ihre Mutter hielt sie gefesselt und geknebelt in ihrem Zimmer versteckt. Der absurdeste Gedanke von allen kam ihm aber jetzt in Form einer schmerzlichen Frage, auf die er keine Antwort wusste: Was nützte ihm das viele Geld, wenn Larissa nicht da war, um es mit ihm auszugeben?

Als er auf dem Heimweg in eine schmale Gasse bog, sah er die besagten dubiosen Typen auf sich zukommen, und zwar alle auf einmal. Sie redeten laut durcheinander, lachten, gestikulierten und versperrten ihm den Weg. Alle fünfzehn waren bewaffnet, mit Pistolen, Maschinenpistolen und Gewehren. Luan erschrak. Er geriet nur deswegen nicht in Panik, weil er wusste, dass, egal was die Typen vorhatten, es mit ihm, der nie auch nur das geringste Problem mit einem von ihnen gehabt hatte, zum Glück nichts zu tun haben konnte. Kurz war er erleichtert. »Der Arme, der Ärger mit denen hat«, dachte er. Zu glauben, dass er sich nicht in Gefahr befand, war jedoch ein schrecklicher Irrtum, wie er im nächsten Moment feststellen musste. Anders als erwartet, reagierten die Männer nämlich nicht gleichgültig auf seinen Anblick.

»Na sieh mal an!«

»Der Scheich!«

»Lauf ja nicht weg, Mann!«

»Gib auf, Scheich, das war's!«

»Jetzt bist du dran, Junge!«

»Das gehört jetzt alles uns, Freundchen!«

Luan erschauderte. Jetzt bekam er es doch mit der Angst zu tun. Er hatte keine Chance. Eine falsche Bewegung, und er würde von Kugeln durchlöchert.

»W-was geht, Leute? W-was soll das?«, stotterte er und hob die Hände.

Sie lachten.

»Guck dir die Schwuchtel an!«

»Was für ein Weichei!«

»Scheiß dir nicht in die Hose, Scheich!«

»Jetzt hat dein letztes Stündlein geschlagen, Penner!«

»Na los, legen wir ihn um!«

»Nichts da, immer mit der Ruhe!«, donnerte der offensichtliche Anführer der Truppe. »Erst bringen wir ihn zum Redondo. Da kriegen es mehr Leute mit. Dann wissen gleich alle Bescheid, mit wem sie es hier zu tun haben.«

Alle knurrten zustimmend.

Sie packten ihn an den Armen, zogen ihn an der Jacke, verpassten ihm Klapse auf den Kopf, boxten ihn in den

Rücken, zielten mit ihren Waffen auf ihn, stießen sie ihm in die Rippen, so wurde Luan durch die Straßen von Vila Planetário getrieben, auf dem Weg zu seiner Hinrichtung auf dem Platz am Ende der Rua Luiz Manoel. Als die Bewohner von Vila Planetário die Meute vorbeiziehen sahen, rissen sie Augen und Mund auf und fingen an zu tuscheln. Niemand wagte es einzugreifen. Luan wollte etwas sagen, wurde aber von den anderen Männern übertönt.

»Vila Planetário gehört jetzt uns, Scheich!«

»Was uns gehört, das gehört uns, und was uns nicht gehört, das nehmen wir uns!«

»Los, los, los, der Scheich wird gleich durchlöchert wie ein Sieb!«

»Niemand legt sich mit den Balas an!«

Erst als Luan aus vollem Halse immer wieder ein einziges Wort brüllte, verschaffte er sich Gehör.

»Geld! Geld! Geld!«

Der Anführer der Gruppe schien plötzlich interessiert. Er schrie seine Leute an, sie sollten ruhig sein, und gestikulierte dabei wie ein Dirigent, bis alle stehen blieben und verstummten. Dann sah er Luan in die Augen.

»Geld?«

»Ja, Mann, ich hab ein bisschen was zusammengespart.«

»Wie viel?«

»An die hunderttausend vielleicht. Verdammt, Mann, nimm mein Geld, aber lass mich leben. Was soll der Scheiß? Ich verschwinde von hier, ich schwör, du siehst mich nie wieder.«

»Und das Geld liegt alles bei dir zu Hause?«

»Klar, Mann.«

Er dachte kurz nach. Dann nickte er und lächelte.

»Okay, Scheich, alles klar, ich lass dich leben.«

Als der Rest der Gang lautstark protestierte, erklärte der Anführer in einem Tonfall, von dem sich schlecht sagen ließ, ob er ernst oder sarkastisch gemeint war: »Jetzt haltet doch mal die Klappe, ihr Pfeifen, hunderttausend sind hunderttausend! Davon hätten wir gar nichts gewusst, wenn der Junge es uns nicht erzählt hätte. Ey, hat er aber, da hat er doch eine Chance verdient, oder? Lassen wir ihn gehen, kostet uns doch nichts.«

Während Luan die Männer kurz darauf zu sich nach Hause führte, versuchte er insgeheim verzweifelt, einen Fluchtplan auszuhecken. Er hatte keine hunderttausend Reais. Tatsächlich waren es höchstens fünfzehn- oder zwanzigtausend. Gleichzeitig vermutete er, dass sich beide Seiten etwas vorspielten. Selbst wenn er die Summe besessen hätte, glaubte er nicht eine Sekunde daran, dass man ihn am Leben lassen würde. Das Ganze war nichts anderes als ein sadistischer Versuch, sich lustig über ihn zu machen, bevor sie ihn töteten.

Als seine Mutter ihn eskortiert von bewaffneten Männern ins Haus kommen sah, erschrak sie. Noch bevor sie vom Sofa aufstehen oder auch nur ein Wort hätte sagen können, rief Luan ihr zu: »Rühr dich nicht, Mama, bleib einfach da sitzen, ja? Es wird alles gut.«

Trotz allem verhielten die Männer sich respektvoll. Keiner von ihnen wagte es einzutreten, ohne ihr zuzunicken und ein »Tschuldigung« zu murmeln.

»Da ist jede Menge Gras drin.« Luan zeigte auf einen Schrank. »Könnt ihr euch alles nehmen. Ich geh solange das Geld holen.« Im nächsten Moment stand er allein in seinem Zimmer vor dem offenen Fenster. Ihm wurde flau im Magen, sein Herz pochte, sämtliche Haare standen ihm zu Berge. Das Adrenalin pumpte so heftig, dass er nicht mehr in der Lage war, das Geschehen vollständig zu erfassen. Die Realität war zu dicht geworden, als dass er sie mit seinen Sinnen hätte aufnehmen können, oder aber seine Sinne waren zu getrübt. Die Außenwelt und auch seine Selbstwahrnehmung drangen nur noch tröpfchenweise und durchbrochen von Blackouts an ihn heran. Er hörte seine Mutter im Wohnzimmer fragen: »Seid ihr von der Polizei?« Dann sah er sich plötzlich weit weg von zu Hause durch eine Gasse rennen, und im nächsten Moment war er schon wieder ganz woanders und bettelte hysterisch einen Freund an, ihm sein Motorrad zu leihen. Als er schließlich langsam wieder zu sich kam, raste er mit hoher Geschwindigkeit durch die Straßen, ohne genau zu wissen, in welchem Teil der Stadt er sich befand und noch viel weniger, wohin er fuhr. Es dauerte eine ganze Weile, bis er die Avenida Bento Gonçalves erkannte.

Währenddessen verbrachte Pedro den Sonntagnachmittag nichtsahnend auf dem Schotterplatz in der Nähe seines Hauses unterhalb von Vila Viçosa und spielte Fußball. Irgendwann schoss er den Ball in Richtung Tor, traf aber daneben.

»Scheiße!«, schimpfte er.

Während der gegnerische Torwart den Ball im Gebüsch suchen ging, nutzte Pedro die Pause, um sich zu ein paar kiffenden Jugendlichen am Spielfeldrand zu stellen.

»Habt ihr mal einen Zug?« Er streckte die Hand aus.

»Toller Schuss, Mann!«, scherzte der Junge, der ihm den Joint reichte.

»Wem sagst du das!«

Sein Handy, das er den Jungs zur Aufbewahrung gegeben hatte, klingelte. Auf dem Display stand »Chokito«. Bevor er ranging, nahm er in aller Ruhe ein paar Züge und reichte den Joint zurück.

»Was gibt's, Mann?« Zuerst verstand er kein Wort von dem, was Luan ins Telefon spie. Nur dass irgendetwas Schlimmes passiert sein musste. Mehrmals forderte er Luan auf, langsamer zu sprechen, dann bat er ihn, kurz zu warten, drehte sich um und wandte sich in Richtung der Kids, die am Rand saßen und auf ihren Einsatz warteten. »He!«, brüllte er und winkte. »Spiel mal einer für mich weiter!« Ein Stück weiter an eine Palme gelehnt konzentrierte er sich wieder auf Luan. Zu seinem Erstaunen war er in Lomba do Pinheiro, an der Ausfahrt 2-A der Estrada João de Oliveira Remião, vor dem Friedhof Parque Jardim da Paz, und wollte ihn treffen. »Okay, okay, pass auf, fahr zur Ausfahrt 12, dann die erste rechts bis ans Ende, da links und dann immer weiter runter. Ich bin auf dem Fußballplatz, neben der Palme.«

Luan war in wenigen Minuten da. Er parkte das Motorrad vor der Palme, nahm den Helm ab und fing sofort an, wild gestikulierend auf Pedro einzureden. Mit ernstem Blick, Daumen und Zeigefinger an der Unterlippe, hörte der sich an, was passiert war. Ein wenig schien ihm die Aufregung doch übertrieben. Obwohl er den Ernst der Lage natürlich in seiner ganzen Tragweite erkannte, obwohl ihm klar war, dass sein Freund nur knapp dem Tod entronnen war, obwohl er wusste oder sich zumindest vorstellen konnte, dass es bestimmt nicht leicht war, nach so einem Erlebnis ruhig zu bleiben, trotz alledem also war es doch letztendlich nur ein Schreck gewesen und das

Ganze schon eine Stunde oder noch länger her, weswegen er nicht verstand, warum Luan immer noch weinte. Denn während der weiter berichtete, vergoss er Tränen über Tränen, schniefte und schluchzte unaufhörlich und verschluckte sich an seinen Worten. Als er schließlich fertig war, den Kopf senkte und sich am Jackenkragen die Nase putzte, versuchte Pedro erst mal, ihn zu beruhigen. Er legte ihm die Hand auf die Schulter und erklärte in väterlichem Ton, als redete er mit einem Kleinkind: »Okay, Mann, aber jetzt ist es vorbei! Kein Grund, so zu heulen!«

Das bewirkte jedoch genau das Gegenteil. Luan bekam einen regelrechten Weinkrampf. Offenbar war da noch etwas. Ein Teil der Geschichte fehlte noch. Der schlimmste Teil.

»Meine Mutter!«, stammelte Luan.

Pedro fuhr zusammen.

»Was ist mit deiner Mutter?«

»Als ich herkam –« Mit schmerzverzerrtem Gesicht brach Luan ab und ließ den Tränen freien Lauf. Dann riss er sich mit aller Kraft zusammen, schloss die Augen und holte mehrmals tief Luft, bevor er wieder sprechen konnte. »Auf dem Weg hierher rief ein Kumpel aus der Nachbarschaft an. Ich hab angehalten und bin rangegangen. Er meinte … Scheiße, Pedro! Die Schweine haben meine Mutter hingerichtet, Mann, sie haben sie kaltblütig abgeknallt, vor allen Leuten, verstehst du, vor allen Leuten …« Er fing wieder an zu schluchzen und hielt sich mit wippenden Schultern die Hände vors Gesicht.

Erst jetzt, nach dieser Nachricht, wurde Pedro das ganze Ausmaß der Tragödie bewusst. Er spürte einen dicken Kloß im Hals und ein Brennen in der Nase: beides Anzeichen dafür, dass ihm gleich die Seele aus den Augen treten würde. Keines der Gefühle, die durch das Loch in seinem Herzen drangen, war gut. Er wusste nicht, womit er anfangen sollte, ob mit dem herben Entsetzen, der stechend scharfen Wut oder der bitteren Ohnmacht. Dann war da noch der faule Geschmack der Reue, denn war nicht er an allem schuld, mit seinem verfluchten Traum vom Reichtum? Da stand er jetzt vor ihm, Luan, ein Waisenjunge. Den seine Mutter nie wieder in die Arme schließen würde! Der nie wieder ihre Stimme hören würde! Der seine Mutter für immer verloren hatte! Sie war tot. Nicht nur tot, vor aller Augen erschossen! Und niemand würde irgendwas deswegen unternehmen. Nichts! Es war sinnlos, einen Aufschrei zu erwarten. Niemanden kümmerte es. Mein Gott, niemand scherte sich darum! So etwas passierte jeden Tag – jeden gottverdammten Tag! Zu arm, um in Erinnerung zu bleiben, zu schwarz, um überhaupt Beachtung zu finden, wurde diese Frau aus dem Leben geworfen. Und obwohl sie auf so brutale Weise ausgelöscht worden war, am helllichten Tag ermordet, auf offener Straße erschossen, obwohl sie vor aller Augen getötet worden war, trotz alledem, nichts, niemanden kümmerte es, nichts würde unternommen, das war's und gut! Ein Mensch, der absolut unsichtbar auf die Welt gekommen war, absolut unsichtbar in ihr gelebt hatte und absolut unsichtbar aus ihr verschwunden war! Ein Mensch, der im Schlamm völliger Gleichgültigkeit entstanden und zerstört worden war. Als hätte sie nie existiert! Mein Gott, was war das für eine Welt? Wie falsch alles war! Die Welt war falsch, die Menschen waren falsch! Als er Luan jetzt weinen sah und schließlich selbst mit einstimmte, schüttelte Pedro sämtliche Ketten der Solidarität ab und ließ seinen Geist in bedingungsloser Empathie aufsteigen – klein und halb erstickt, aber gleichzeitig grenzenlos frei! Er fing an, sich mit Luan zu identifizieren, aber es ging noch darüber hinaus! Zunächst versetzte er sich nur in ihn hinein, erkannte sich selbst in Luan, der hilflos durch eine grausame, schreckliche Welt trieb, bar jeder Logik und Gerechtigkeit. Dann jedoch merkte er, dass da noch mehr war. Vielleicht delirierte er auch nur, das wusste er nicht und wollte es auch gar nicht wissen, jedenfalls erkannte er ganz deutlich, dass *er selbst* Luan war! Luans Schmerz war auch seiner! Keine andere als seine eigene Mutter war gestorben! Er sah auf den Platz, wo das Spiel noch in vollem Gange war, sah in das Waldstück, wo die Bäume weiter im Wind tanzten, sah in den Himmel, an dem weiter die Wolken zogen. Er wusste nicht mehr, wo er hinsehen sollte. Wo er auch hinsah, er fand weder Antwort noch Halt. Das einzig Greifbare war das Feuer, das in ihm brannte, ein unerbittliches Verlangen nach Rache. Daran klammerte er sich. Ließ sich davon mitreißen. Er hörte auf zu weinen und schob alle Gefühle weg, bis auf den Hass. Mit beiden Händen packte er Luans Kopf und zog ihn zu sich ran, Stirn an Stirn. Und so gab er seinem Freund ein Versprechen. Auge in Auge hämmerte er die Worte heraus.

»Das lassen wir nicht zu!«

20

DAS KOMPLOTT

Pedro hatte noch keine Zeit gehabt, sich an das neue Haus zu gewöhnen. Er wachte immer noch jeden Morgen in der Erwartung auf, verrottetes Holz zu sehen, ob an der Decke oder an der Wand. Aber nein, die alte Hütte existierte nicht mehr. Stattdessen betrachtete er jetzt mit großer Freude die wunderschön verputzte Decke und das fachmännische Mauerwerk und dachte mit großer Freude an das wunderbare Haus, in dem er jetzt lebte, und das wunderbare Leben, das er führte.

Als er jedoch an jenem Montagmorgen, dem 4. Juli 2011, aufwachte und sich auf die Bettkante setzte, vermischte die Freude über seine Errungenschaften sich mit der unschönen Erinnerung an die Tragödie vom Vortag. Er rauchte seine erste Zigarette und beobachtete Luan, der auf einem improvisierten Deckenlager auf dem Boden lag und noch tief schlief. Erst wollte er ihn wecken, dann fiel ihm ein, dass er ihn nachts leise hatte weinen hören, was wohl bedeutete, dass er nicht einschlafen konnte, also ließ er ihn lieber weiterschlafen.

Nachdem er zu Ende geraucht hatte, stand er auf, streckte sich, ging dann aus dem Zimmer und schloss die Tür hinter sich. Im Wohnzimmer saß seine Mutter beim Frühstück und hörte Radio.

»Morgen, Mama.«

»Guten Morgen, mein Junge.« Sie klang besorgt. »Wie geht es deinem Freund?«

»Im Moment ganz gut. Er schläft noch. Aber ich weiß nicht, wie es aussieht, wenn er aufwacht und mit … na ja, mit seinen Problemen fertigwerden muss.«

»Was genau war denn jetzt eigentlich los? Ich hab's noch nicht richtig verstanden«, flüsterte sie.

Pedro senkte ebenfalls die Stimme.

»Er steckt in Schwierigkeiten. Aber er will nicht, dass ich darüber rede. Und das muss ich respektieren, okay?«

»Ja, natürlich, das verstehe ich doch. Aber, meine Güte, ich hab mir Sorgen gemacht, so wie der gestern hier angekommen ist. Als wäre die Welt untergegangen.«

»Das stimmt. Aber du musst dir keine Sorgen machen. Das Schlimmste hat er hinter sich. Er wird schon wieder.«

»Wie lange bleibt er denn?«

»Ich weiß nicht. Ein paar Tage. Aber versuch bitte nicht, ihn auszufragen, ja? Lass ihn in Ruhe, er soll sich bei uns wohlfühlen.«

»Also, was soll das denn jetzt! Ich bin doch keine Hexe! Natürlich lass ich ihn in Ruhe!«

»Hm … wir werden sehen …« Pedro ging ins Bad, putzte sich die Zähne, spritzte sich ein bisschen Wasser ins Gesicht und kam zurück. »Warst du heute schon draußen, Mama?«

»Ja.«

»Ist es kalt?«

»Es ist Winter, Junge.«

»Dann zieh ich wohl besser eine Jacke an.«

»Wo willst du hin?«

»Ich muss mit jemandem sprechen. Wenn Luan aufwacht, sag ihm, dass ich gleich zurück bin.«

Pedro traf sich mit dem besten Autodieb, den er kannte: Guilherme. Er musste ein paarmal gegen die Tür hämmern und nach ihm rufen, bis er aufwachte und ihn reinließ. Drinnen setzte Pedro sich rittlings auf einen Stuhl, während sein Gastgeber Kaffee kochte.

»Ich brauch einen Schlitten für einen Job, Gui.«

»Job?«, rief Guilherme gähnend aus der Küche. »Bringt die Dealerei kein Geld mehr ein?«

»Nein, ich meine keinen Überfall oder so. Es geht um einen Anschlag.«

»Alles klar, verstehe. Nur einen Wagen?«

»Ja. Aber er muss gut sein. Für Mittwochabend.«

Guilherme stand mit verschränkten Armen vor dem Herd und rechnete kurz nach. Dann legte er den Kopf in den Nacken.

»Okay, Mann, gib mir fünftausend, und ich besorg dir einen Megaschlitten. Fünftausend, weil du es bist, ja? Bei jedem anderen würde ich dreitausend nehmen!« Dann lachte er heiser und biss sich auf die Zunge.

Pedro lachte mit.

»Abgemacht, Mistkerl.«

»Und könntest du mir einen Teil jetzt schon geben? Die Hälfte, oder auch weniger. Bin grad pleite.«

»Logisch, ich kann dir auch alles geben, kein Ding. Ich hab's nur gerade nicht dabei. Ich muss noch einen anderen Typen treffen, dann geh ich das Geld holen und bring es dir. Machen wir's so?«

»So machen wir's. Ich bin den ganzen Tag zu Hause. Komm einfach, wann es dir passt.«

»Ah, eine Sache noch. Den Besitzer von dem Wagen, bring ihn bitte um Gottes willen nicht um! Nur für den Fall, dass das Ding schiefgeht und wir alle im Knast landen. Mit einem Autodiebstahl kommen wir klar, aber einen Mord will niemand an den Hacken haben.«

»Heißt das, du bist dabei, bei dem Anschlag?«, fragte Guilherme erstaunt.

»So ist es.«

»Ich dachte, du organisierst nur den Wagen, als kleinen Nebenjob quasi.«

»Nee, nee, mit Geld hat das nichts zu tun. Ich steh direkt an vorderster Front. Ist was Persönliches. Die Balas haben den Laden von einem meiner Jungs in Vila Planetário übernommen und danach seine Mutter hingerichtet. Der Junge schläft jetzt bei mir zu Hause.«

»Scheiße! Die Balas sind hart drauf.«

»Allerdings. Aber diesmal sind sie dran.«

Pedro verabschiedete sich und ging langsam die Rua Guaíba hoch in Richtung Vila Nova São Carlos. Auf dem Weg rief er Marques an. Er hatte die schlechten Nachrichten noch nicht mitbekommen.

»Hey Pedro.«

»Marques, alles klar bei dir? Pass auf, gestern ist eine Riesenscheiße passiert.« Dann erzählte er ihm von Luans Mutter.

»Meine Fresse!« Marques schnalzte mit der Zunge. »Das ist ziemlich schlimm, Mann.«

»Kannst du laut sagen. Ich hab so einen Hass. Aber weißt du, was ich denke? Möge Gott mir verzeihen, aber der Tod von Luans Mutter hat mir ehrlich gesagt die Augen geöffnet. Es war genau das, was ich gebraucht hab.«

»Was meinst du damit?«

»Na ja, Luan hat mit so was nicht gerechnet. Aber es ist passiert. So ist unser Leben nun mal. Weißt du, was ich meine? Wenn du es am wenigsten erwartest, passiert dir oder jemandem aus der Familie plötzlich irgendeine Scheiße. Ich würde jetzt zum Beispiel nicht davon ausgehen, dass mir oder meiner Mutter oder sonst wem aus der Familie irgendwas Schlimmes passieren kann, aber das heißt nicht, dass es so ist. Weißt du? Deswegen denk ich, worauf warte ich noch, um endlich aufzuhören mit dem Dreck?«

»Du willst also aussteigen?«

»Bin ich schon, Bro. Bin ich schon! Du und deine Frau, Roberto, Luan, ihr könnt gern so weitermachen, von mir aus kein Problem, das ist euer Ding! Aber mir geht's gut, ich hab genug Geld auf der Kante. Ich brauch sonst nichts. Also, ernsthaft? Ich bin raus. Ich kümmer mich jetzt um mich selbst. Wenn ich heute zu Fênix geh, reich ich die Kündigung ein, und das war's, macht's gut, auf Nimmerwiedersehen. Ab jetzt widme ich mich nur noch meinen eigenen Zielen, und ansonsten lass ich's mir gut gehen. Und zwar richtig! Ich rede nicht von Drogen. Ich hau mir den Bauch voll mit Joghurt, ich fress so viel Maiskuchen mit Schokoglasur, wie ich will, spiel Videospiele, Fußball, häng mit meiner Mutter rum, mit meinen Freunden, genieß das Leben, hab Spaß, vernasch jede Menge Frauen, vergess ein für alle Mal diese Scheißwelt und stell mir vor, ich würde in Disneyland leben, weil ich mir das jetzt nämlich leisten kann. Der Rest, Alter …« Pedro lachte trocken. »Der Rest ist der Rest, der Rest ist mir egal, komm mir bloß nicht mit dem Rest! Der Rest kann mich mal! Ich hab schon viel zu lange in dieser Welt gelebt. Dieses ewige Dilemma, sich entscheiden zu müssen, ob man Gangster oder Sklave sein will. Ich bin schon zu lange gegen den Strom geschwommen. Schluss damit! Jetzt will ich auch ein Stück vom Kuchen, ich bin auch ein Kind Gottes.«

»Ja, nee, Mann, ich bin auch raus. Und du hast recht. Wenn das mit Luans Mutter nicht passiert wäre, würden wir womöglich nie aufhören.«

»Na gut. Aber pass auf, bevor wir uns tatsächlich zur Ruhe setzen, will ich den Balas noch eine Abreibung verpassen, und zwar Mittwochabend. Ich hab gerade mit einem Kollegen gesprochen, der uns einen Wagen besorgt.«

»Was ist der Plan?«

»Der Plan ist, dass wir da hingehen und sie alle umlegen. Bist du dabei? Ich war ehrlich gesagt nicht sicher, ob ich dich fragen soll, du hast immerhin Kinder und alles. Also, wenn du lieber nicht mitmachen willst, kann ich das verstehen.«

»Spinnst du? Ich bin auf jeden Fall dabei! Ich hab auch voll den Hass auf die! Luan ist wie ein Bruder, das weißt du. Klar mach ich mit.«

»Ja, Mann, das wollte ich hören! Also, ich treff gleich jemanden wegen der Ausrüstung. Ich dachte an vier Stück, für mich, dich, Luan, und Roberto wohl auch, nehm ich an. Was meinst du, vier oder fünf?«

»Für wen soll die fünfte sein?«

»Für deine Frau.«

»Bitte?«

Pedro lachte.

»Na ja … wie ich Angélica kenne, will sie bestimmt mitkommen.«

»Ja, wahrscheinlich, aber ohne mich!«

Er lachte wieder.

»Okay, Mann, musst du wissen. Dann hol ich vier. Ich mach jetzt mal Schluss. Wir reden später, ja?«

»Alles klar, Pedro. Bis später.«

Angélica, die neben ihm am Frühstückstisch saß, hatte alles mit angehört.

»Voll den Hass weswegen, Schatz? Was ist passiert?«

Marques war offenbar der Appetit vergangen. Statt sich weiter über die Käsebällchen herzumachen, nippte er nur noch an seinem Kaffee, während er Angélica von Luans Mutter erzählte.

»Mein Gott!«

Sie konnte es kaum fassen.

»Ja. Nach der Geschichte will unser Kleiderständer jetzt endgültig aussteigen. Und ehrlich gesagt glaube ich, wir sollten dasselbe tun.«

»Oh ja, auf jeden Fall, Schluss mit dem Scheiß!« Sie schüttelte den Kopf. »Mein Gott.«

Was den Anschlag betraf, waren sie sich nicht so schnell einig. Wie Pedro vorausgesehen hatte, war Angélica fest entschlossen mitzumachen, während Marques versuchte, sie davon abzubringen.

»Hör zu, Angélica, die Nummer ist was anderes, als im Schlaf zu pupsen.«

»Ach, denkst du, das weiß ich nicht? Ich kneife nicht! Du glaubst wohl, ich kann das nicht? Was haben die Schweine mit ihr gemacht?! Ich meine, die arme Frau hatte nichts damit zu tun. Wenn ich diesen Dreckshaufen vor mir habe – denn genau das sind sie, und nichts anderes –, dann drück ich ab, das kannst du mir glauben!«

»Ich sag doch gar nicht, dass du kneifen würdest. Das Problem ist, dass wir alle in den Knast wandern könnten oder sogar sterben! Verstehst du? Wer soll sich dann um Daniel und Lúcia kümmern? Wenn etwas schiefgeht, musst du für die Kinder da sein.«

Das brachte Angélica endlich ins Grübeln. Marques nutzte die Gelegenheit, um ihr über die Wange zu streicheln und das Thema zu beenden. »Es ist besser so, okay?« In dem Moment fiel ihm etwas ein. »Ich geh noch mal eben zum Alten rüber!«, erklärte er und sprang auf.

»Was willst du da?«

»Er hat noch ein paar Sachen aus seiner Polizeizeit. Sturmmaske, kugelsichere Weste, sogar Funkgeräte mit Headset und allem. Wenn er mir das Zeug gibt, können wir uns als Bullen verkleiden.«

Da es erst zehn Uhr morgens war und der Drogenboss von Vila Lupicínio Rodrigues im Winter nie vor ein Uhr mittags aufwachte, machte niemand auf. Auch nicht, als Marques das zweite Mal an die Tür hämmerte.

»Alter!!!«

»Meine Fresse, ja, ich komm ja schon!«, grummelte eine heisere, müde Stimme.

Kurz darauf saß Marques auf dem Sofa und schaltete den Fernseher ein, während der Hausherr verschlafen im weißen Morgenmantel die Jalousien hochzog und auf das Sonnenlicht wie ein Vampir reagierte.

»Heilige Scheiße!«

»Sag mal, hast du noch die Polizeiklamotten, die du mir mal gezeigt hast? Vielleicht könntest du mir die leihen?«

Der Alte sah ihn fragend an.
»Wozu brauchst du die?« Er setzte sich ihm gegenüber auf einen Stuhl.
»Wir planen einen Anschlag.«
»Einen Anschlag?«
»Genau.«
»Ich dachte, ihr wolltet mit so was nichts zu tun haben. Ich dachte, ihr hättet nicht mal Feinde.«
»Hatten wir auch nicht. Bis jetzt. Ich hab dir doch erzählt, dass wir in Vila Planetário das Gras kiloweise verkaufen?«
»Ja, und?«
»Gestern sind die Balas gekommen, haben meinen Kumpel Luan vertrieben und seine Mutter umgebracht. Deshalb knöpfen wir sie uns Mittwochnacht vor.«
»Verstehe. Gut, ich lass dich natürlich nicht im Stich. Du kriegst alles, was du brauchst.«
»Sauber, Bill! Du bist der Beste!«
»Ich weiß, ich weiß, aber du musst es ja nicht immer noch extra sagen …«
Währenddessen saß Pedro mehrere Kilometer weiter bei Valdir, dem Drogenboss von Vila Nova São Carlos. Wollmütze auf dem Kopf, Thermoskanne in der einen Hand, Mate-Kalebasse in der anderen, so hatte Valdir ihn an der Tür empfangen.
»Also, hab ich das jetzt richtig verstanden?«, fragte Valdir mit seinem typischen sarkastischen Grinsen. »Du willst, dass ich dir Waffen für deinen Anschlag leihe, ja?«
»Ganz genau, das haben Sie vollkommen richtig verstanden«, bestätigte Pedro.
»Und warum zum Teufel sollte ich dir helfen wollen?«

»Einfach so.«

»Einfach so?«

»Ja, einfach so. Ich kann Ihnen nichts als Gegenleistung anbieten. Würde ich gern, kann ich aber nicht. Ich bin hergekommen, weil ich auf Ihre Hilfsbereitschaft hoffe.«

»Hilfsbereitschaft?«

»Hilfsbereitschaft.«

»Gut, und wenn ich dir nichts leihen will?«

»Dann bitte ich um Entschuldigung, dass ich Ihre Zeit umsonst in Anspruch genommen habe, und verabschiede mich.«

Valdir grinste immer noch. Er schüttelte den Kopf.

»Ich hätte ein bisschen mehr Überredungskunst von dir erwartet.«

»Tut mir leid, Sie zu enttäuschen.«

Er stellte die Thermoskanne auf die Balustrade und strich sich mit der freien Hand über den Kinnbart.

»Als du letztes Mal hier warst, wolltest du danach mit Renato sprechen. Die Stimmung war ziemlich angespannt, weißt du noch? Fast hätte es Krieg gegeben, weil Bison, Gott hab ihn selig, Rache wollte. Du warst gegen diesen Krieg. Du wolltest in Ruhe dein Gras verkaufen. Deswegen bist du zu Renato gegangen, und Renato hat Bison umgelegt, der seine rechte Hand war. Und damit war das Problem gelöst. Es gab keinen Krieg, so wie du es wolltest. Hör zu, ich hab keine Ahnung, was du Renato erzählt hast. Aber ich hätte es schon immer gern gewusst. Wir machen Folgendes, du erzählst mir, was du zu Renato gesagt hast, und ich geb dir die Waffen.«

Pedro kniff die Lippen zusammen und schüttelte den Kopf.

»Tut mir leid, aber das kann ich Ihnen nicht sagen.«

»Und warum nicht?«

»Weil Sie sonst Ihren Sohn Lucas töten, der Ihre rechte Hand ist.«

Valdir musste lachen. Er nahm die Thermoskanne und goss Wasser in die Kalebasse.

»Der war gut! Alles klar, du willst nicht reden, dann lass es. Ich helfe dir trotzdem. Eine Menge Leute sind offenbar der Meinung, dass ich dir wegen damals sowieso noch einen Gefallen schulde, und ich will nicht, dass man mich für undankbar hält. Also sag, was brauchst du?«

»Nicht viel. Ich dachte an vier Pistolen und acht 30er-Magazine.«

»Okay. Geh ich dir holen.«

Kurz darauf lief Pedro die Rua Guaíba hinunter, diesmal mit einem kleinen Rucksack auf dem Rücken. Luan war inzwischen aufgewacht, stand draußen auf dem Platz und unterhielt sich mit Roberto, der, als er Pedro erblickte, mit verschränkten Armen und finsterer Miene erklärte: »Luan hat mir erzählt, was passiert ist. Und auch, dass du es nicht dabei belassen willst. Mich interessiert nur eins, wann gehen wir los und zahlen es den Schweinen heim?«

»Dachte ich mir doch, dass du dabei bist«, sagte Pedro. »Geplant ist Mittwochnacht.«

»Hm … und die Knarren?«

Pedro zeigte mit dem Daumen über die Schulter.

»Was ist da drin?«, fragte Luan.

»Vier Pistolen«, sagte Pedro. »Eine für mich, eine für dich, eine für Roberto und eine für Marques. Außerdem zwei 30er-Magazine für jeden.«

»Womit fahren wir?«

»Hab schon mit Gui gesprochen.«

»Sehr gut, sehr gut.«

Noch an jenem Montag brachte Pedro Guilherme wie angekündigt das Geld. Und noch ein Versprechen löste er ein. Er ging zum Supermarkt und reichte seine Kündigung ein. Dasselbe tat Marques. Vielleicht war es der glücklichste Tag im Leben von Senhor Geraldo und der unglücklichste im Leben der anderen Angestellten, die sich daran gewöhnt hatten, sich auf Kosten der beiden den Bauch mit Süßigkeiten vollzuschlagen.

Apropos Unglück, der nächste Tag, Dienstag, der 5. Juli 2011, fing nicht gut an für Marques. Als er morgens aufwachte, hatte er die unglückliche Idee, Fernanda anzurufen, damit Pâmela und sie die Nachricht verbreiteten, dass das Grasgeschäft im Supermarkt hiermit beendet war. Zufällig schien Angélica einen sechsten Sinn zu haben, mit dem sie auch die geringsten Anzeichen für ein potenzielles Fremdgehen aufschnappte. Sie kroch lautlos aus dem Bett und schlich auf Zehenspitzen hinter ihrem Mann her, sodass sie einen Teil des Gesprächs mitbekam. Die Hände in die Hüften gestemmt, die Augen zusammengekniffen, die Lippen geschürzt stand sie vor ihm und wollte wissen, wen Marques denn da gerade so zärtlich »Fê« genannt hatte.

Am Nachmittag erinnerte Roberto, der wie die anderen ebenfalls beschlossen hatte, dass es Zeit war, mit der Dealerei aufzuhören, Pedro daran, Fabrício anzurufen, um ihm mitzuteilen, dass die Gang ihre Geschäfte einstellte. Es wurde ein längeres Gespräch. Fabrício bemühte sich nach Kräften, seine besten Kunden nicht zu verlieren, er ging sogar mit dem Preis auf bloße fünfhundert Reais das Kilo runter. Er gab erst Ruhe, als Pedro ihm von Luans

Mutter erzählte und wie ihr tragischer Tod zu dem unumstößlichen Entschluss geführt hatte, ein für alle Mal aufzuhören. Sobald sie Mittwochnacht Rache geübt hätten, würden sie das Verbrecherleben endgültig hinter sich lassen. Nichts auf der Welt konnte sie davon abbringen. Schließlich stieß Fabrício einen langen Seufzer aus und sagte, wenn das so sei, na gut, und dass es eine Freude war, mit ihnen Geschäfte zu machen. Aus Neugier wie auch aus Sorge erkundigte er sich nach dem besagten Racheplan und bot seine Hilfe an. Er könne ihnen Waffen und schusssichere Westen leihen. Pedro bedankte sich mehrmals und bedauerte es, nicht daran gedacht zu haben, ihn zu fragen, aber jetzt, erklärte er, sei es zu spät. Sie hätten schon alles, was sie brauchten.

Später am Abend tauchte dann Guilherme gut gelaunt in der zukünftigen Vila Sapo auf, hinter dem Lenkrad einer silbernen Kombilimousine, die im Mondlicht funkelte, als käme sie direkt vom Band. Roberto, Luan und Pedro standen gerade auf dem Platz und gingen noch mal den nächsten Abend durch. Als sie den schnittigen Wagen die Rua Guaíba herunterkommen sahen, verstummten sie augenblicklich. Guilherme blieb vor ihnen stehen, fuhr das Fenster runter und fragte grinsend: »Ist der hier in Ordnung?«

21

NACHT DER TOTEN

Mittwoch, 6. Juli 2011. Bittere Kälte. Dichte Wolken am dunklen Himmel. Unheilvoll heulende Winde. Zettel und Plastiktüten wirbelten durch die Luft. Das Böse strich durch die Straßen von Porto Alegre, trieb in den Wassern des Rio Guaíba, lauerte hinter den Bäumen des Parque Farroupilha. Man konnte es regelrecht spüren. Dämonen waren aus der Hölle aufgestiegen, um den Ereignissen beizuwohnen und Beifall zu klatschen.

Marques und Angélica waren nach Vila Campo da Tuca gefahren und hatten die Kinder Catarinas Obhut übergeben. Jetzt saßen sie wieder zu Hause und warteten auf Pedro, Luan und Roberto, die kurz darauf eintrafen. Sie parkten den Wagen ein paar Straßen weiter, klingelten und wurden von Marques in Empfang genommen. Er trug bereits seine Polizeiuniform.

»Wie geht's, Leute? Kommt rein, kommt rein«, begrüßte er sie mit Handschlag.

Pedro warf den Rucksack aufs Sofa.

»Da sind die Waffen drin.«

»Wollt ihr was trinken?«, fragte Angélica.

Alle drei bestellten einen Whisky.

»Weiß nicht, ob es eine gute Idee ist, wenn wir nachher alle betrunken sind«, meinte Marques.

»Nur ein Gläschen zum Warmwerden«, argumentierte Pedro. »Niemand wird sich hier besaufen. Außerdem hab ich was dabei, damit wir alle schön fit bleiben.« Er griff in die Tasche und legte ein paar Kügelchen Koks auf den Tisch.

»Sehr gut. Spitzenidee«, meinte Marques.

Nach dem Whisky verschwanden die Neuankömmlinge im Schlafzimmer und kamen nach einer Weile ebenfalls als Polizisten verkleidet wieder heraus.

»Und, Luan, wie ist die Lage in Vila Planetário?«, fragte Angélica.

»Ich hab einen Kumpel angerufen, der meinte, seit Sonntag sei niemand mehr gekommen«, berichtete Luan. »Das heißt, es sind noch fünfzehn.«

»Was hat er noch gesagt?«, wollte Marques wissen.

»Nichts Wichtiges. Am Montag haben sie angefangen zu dealen. Alles Mögliche, Gras, Koks, Crack, sogar so ’n Quatsch wie LSD und so.«

»Verticken die aus einem der Häuser, die sie gekauft haben?«

»Nee, anscheinend stehen sie am Redondo. Hier, ich hab uns einen Plan gezeichnet, nach dem wir uns orientieren können.« Er holte einen Zettel aus der Tasche, faltete ihn auseinander und legte ihn auf den Tisch.

»Das hier heißt ›Santa Terezinha‹, okay?« Er zeigte auf den oberen Rand. »Da war nicht mehr genug Platz. Und bei dem Fragezeichen weiß ich den Straßennamen nicht.«

Angélica sah sich den Plan an.

»Und die Anmerkungen da?«

»Erklär ich euch.« Luan zeigte auf die jeweiligen Punkte,

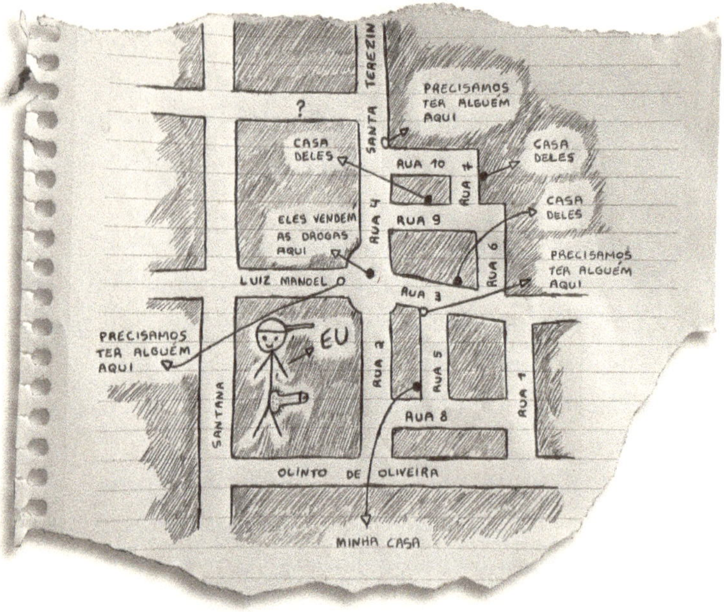

während er weitersprach. »Die schwarzen Punkte sind Gefahrenzonen. Die gefährlichste ist hier, der Redondo, wo sie dealen. Da sind die meisten von ihnen, vielleicht sogar alle. Die anderen gefährlichen Punkte sind ihre drei Häuser, *hier, hier* und *hier.* Da könnten jeweils zwei oder drei von ihnen sein. Mein Haus ist *hier,* seht ihr? Das hab ich auch als Gefahrenzone markiert, kann sein, dass sie es übernommen haben. Mein Kumpel meinte zwar, nicht, aber man weiß ja nie. Als ich mit ihm gesprochen habe, war es vier Uhr nachmittags, jetzt ist es fast Mitternacht. In der Zwischenzeit kann viel passiert sein. Wir sollten also vorsichtig sein.«

»Was sind das für drei weiße Kreise?«, fragte Marques.

»Also, ich hab mir Folgendes gedacht: Es bringt nichts, wenn wir alle auf einem Haufen sind, dann erwischen wir nur zwei oder drei, und der Rest haut ab auf die andere

Seite. Wir müssen sie umzingeln, versteht ihr? Die weißen Kreise sind die drei Orte, an denen jeweils einer von uns stehen muss. Wenn wir uns da positionieren, können sie nirgends hin. So erwischen wir möglichst viele von ihnen, vielleicht sogar alle.«

Roberto fuhr mit seinem großen Zeigefinger über den Plan.

»Wenn wir von hier kommen und dann hier abbiegen –«

Luan unterbrach ihn.

»Nee, nee, dann kommt man mit dem Auto nicht rein. Die nummerierten Straßen heißen nur so, in Wirklichkeit sind das alles kleine Gassen, da passt kein Auto durch.«

»Und was machen wir dann?«

»Hört zu, ich hab einen Plan, passt auf. Wir kommen mit dem Auto die Olinto de Oliveira Richtung Santana hoch, ja? Zwei steigen hier aus, am Eingang zur Rua 1. Das ist die längste und gefährlichste Strecke. Die beiden gehen durch die Rua 1, biegen links in die Rua 8 ein, dann rechts in die Rua 5, vorbei an meinem Haus, wo vielleicht deren Leute sind, und weiter bis zur Rua 3, da bleiben sie stehen. Einer der beiden bin ich, weil ich das Viertel am besten kenne. Die anderen beiden fahren weiter durch die Olinto de Oliveira, biegen dann rechts in die Rua Santana bis zur Ecke Luiz Manoel. Da steigt noch jemand aus, der geht zu Fuß durch die Luiz Manoel und versucht, so nah wie möglich an den Redondo ranzukommen, ohne bemerkt zu werden natürlich. Der Letzte fährt weiter durch die Rua Santana, biegt rechts in die Straße, deren Namen ich nicht mehr weiß, dann wieder rechts in die Santa Terezinha bis zu der Stelle hier. Da endet die Santa Terezinha und geht in die Rua 4 und 10 über, die aber wie gesagt keine richtigen Straßen sind. Ziel ist es, alle auf dem Redondo umzulegen. Danach gehen ich, derjenige, der mit mir an der Ecke Rua 3 und 5 steht, und der, der allein auf der Luiz Manoel steht, über den Redondo in die Rua 4 hoch zur Santa Terezinha, wo der Letzte beim Auto wartet. Da steigen wir alle ein und hauen ab.« Luan hob den Kopf und sah die anderen erwartungsvoll an.

Pedro lächelte und nickte.

»Scheint mir ein guter Plan zu sein.«

»Mir auch«, stimmte Roberto zu.

»Mir auch«, wiederholte Marques.

»Ja, aber bevor irgendwer schießt, müsst ihr alle in Position sein«, meinte Angélica.

»Genau«, sagte Luan und fuhr mit Blick auf die Karte fort. »Es gibt aber noch ein paar andere wichtige Punkte. Erstens, wer in der Luiz Manoel steht, darf niemanden durch die Rua 2 entkommen lassen. Sonst läuft der durch die Rua 8 zurück und kommt hinter mir und meinem Partner in der Rua 5 raus. Also, noch mal, niemand darf durch die Rua 2 entwischen, okay? Zweitens, wer am Ende der Santa Terezinha steht, ist in einer guten Position, jeden abzuknallen, der durch die Rua 4 kommt, egal aus welcher Richtung. Hier, seht ihr? Aber Vorsicht mit der Rua 10, ein Haus von ihnen steht ja in der Rua 7. Vielleicht ab und zu mal einen Blick reinwerfen, nicht dass da unerwartet jemand auftaucht. Und drittens müssen ich und derjenige, der bei mir ist, während wir auf die Arschlöcher auf dem Redondo schießen, gleichzeitig das Haus in der Rua 3 im Blick behalten, da könnte auch jemand rauskommen.«

»Na gut, und wer übernimmt jetzt welche Position?«

Nachdem ein paar Blicke getauscht wurden, bot Roberto an: »Ich kann hier oben an der Santa Terezinha bleiben.«

»Dann übernehme ich die Luiz Manoel«, beschloss Marques.

»Okay«, sagte Luan. »Und Pedro kommt mit mir in die Rua 1.«

»So wird's gemacht«, meinte Pedro.

Als Angélica sich noch mal die Karte ansah, wurde ihr klar, dass es für Marques ziemlich riskant wäre, durch die Rua Luiz Manoel zu laufen, solange er nicht wusste, wo genau der Feind stand. Also hatte sie einen Vorschlag.

»Bevor ihr loslegt, geh ich zu den Typen hin und kauf ihnen eine Kugel Koks ab. Die kennen mich nicht. Dann kann ich schon mal die Lage auf dem Redondo abchecken.«

Marques schien nicht sehr angetan von der Idee.

»Ich weiß nicht, Angélica …«

»Aber Schatz! Mir kann doch nichts passieren. Ich geh da einfach hin, kauf das Zeug und verschwinde wieder.«

»Wär schon nicht schlecht, Marques«, schaltete Pedro sich ein. »Zu wissen, wie viele von denen da stehen und wo genau, könnte echt hilfreich für uns sein. Außerdem besteht tatsächlich kein Risiko.«

Marques legte den Kopf zurück und kniff die Lippen zusammen, woraus sich allerdings nicht ersehen ließ, ob er einverstanden war oder nicht. Pedro deutete es als ein Ja.

»Okay, so machen wir es. Angélica fährt mit ihrem Auto vor. Wir mit unserem hinterher. Luan und ich steigen an der Rua 1 aus. Angélica parkt an der Ecke Santana und Luiz Manoel und geht zum Redondo Koks kaufen. Roberto und Marques parken hinter ihr und warten. Wenn sie zurückkommt, erzählt sie Marques und Roberto, was sie gesehen hat, ihr gebt die Infos per Funkgerät an uns durch, und Angélica steigt ins Auto und fährt nach Hause. Marques steigt aus, geht zu Fuß durch die Luiz Manoel, und Roberto fährt den Wagen in die Santa Terezinha. Gut so?«

Alle stimmten gleichzeitig zu.

Im selben Moment klingelte es. Wer auch immer vor der Tür stand, hatte offenbar keine Geduld, denn direkt danach hämmerte eine Faust gegen die Tür. Roberto runzelte die Stirn und nickte Marques zu. Der zuckte nur mit den Schultern.

»Wer ist da?«, brüllte Angélica.

Eine Männerstimme brüllte zurück: »Polizei, Mann! Macht die verdammte Tür auf!«

Luan wich zurück und wollte in die Küche laufen. Roberto trat einen Schritt vor, um sich notfalls auf den Polizisten zu stürzen, sollte er die Tür eintreten. Marques stellte sich instinktiv vor Angélica, die sich eines der leeren Whiskygläser auf dem Tisch schnappte, um es nach dem Eindringling zu werfen. Pedro ging zum Sofa und öffnete den Rucksack mit den Waffen.

Hinter der Tür erklang lautes Gelächter.

»War nur Spaß! Ich bin's, Alemão! Lasst mich rein!«

Kurz darauf stand Alemão im Wohnzimmer und wurde von allen für seinen schlechten Scherz beschimpft.

»Ah, leckt mich!«, schimpfte er zurück und zog sich einen Stuhl ran. »Wenn hier einer sauer sein darf, dann ich. Wieso schmeißt ihr eine Party und ladet mich nicht ein? Wenn Fabrício mir nichts von eurem Plan erzählt hätte, hätte ich gar nichts davon mitbekommen. Was seid ihr denn bitte für Freunde? Und dann komme ich trotzdem, um euch zu unterstützen, und werde so empfangen? ›He, he, he, Alemão, das ist nicht lustig, ui, ui, ui.‹ Ihr könnt mich mal! So, und jetzt will ich auch so eine Verkleidung. Wo ist meine Uniform?«

Marques musste noch mal los und noch eine Uniform besorgen. Währenddessen weihten die anderen den Neuankömmling in ihren Plan ein.

»Wunderbar, hab alles verstanden. Und wo soll ich mich hinstellen?«

»An der Ecke Rua 3 und 5 stehen schon zwei, nämlich Luan und ich«, erklärte Pedro. »Du stellst dich also am besten mit Marques in die Luiz Manoel oder mit Roberto in die Santa Terezinha.«

»Soweit ich es auf dieser beschissenen Karte erkennen kann, bleibt Alemão am besten bei Marques«, meldete sich Roberto zu Wort. »Die Luiz Manoel endet direkt auf dem Redondo, wo die meisten von ihnen stehen werden, vielleicht sogar alle. Deshalb stehen da besser zwei von uns. Wenn die Karte stimmt, bin ich am weitesten entfernt vom Redondo, also am ehesten geschützt.«

»Die Karte stimmt«, versicherte Luan. »Und es ist tatsächlich so, wie du sagst. Obwohl du ein Auge auf Rua 4 und eins auf die 10 haben musst, bist du am sichersten.«

»Okay, abgemacht«, sagte Pedro. »Alemão geht mit Marques mit.«

Nachdem Marques zurück war und Alemão die Polizeiuniform angezogen hatte, war es Zeit aufzubrechen. Alle zogen sich eine fette Line rein, steckten sich die Funkgeräte an die Gürtel und setzten die Headsets auf, testeten sie kurz, luden die Waffen, steckten sie ins Halfter und traten auf die Straße.

Wie verabredet fuhr Angélica vor, die anderen folgten ihr in dem gestohlenen Wagen. Um die Uhrzeit waren die Straßen von Porto Alegre wie ausgestorben. Auf der Rua Doutor Sebastião Leão ging es durch Cidade Baixa, dann über die Avenida João Pessoa auf die Avenida Jerônimo de Ornelas nach Santana. Wenig später bogen sie rechts ab auf die Rua Jacinto Gomes in Richtung Süden, bis zum östlichen Ende der Rua Doutor Olinto de Oliveira. Dort bogen sie wieder rechts ein.

Ein paar Meter weiter parkten sie vor der Rua 1 in Vila Planetário. Luan und Pedro zogen ihre Sturmmasken an, holten die Pistolen raus und stiegen aus. Sie schlossen die Türen und sahen sich um. Keine Menschenseele weit und breit.

Beide Autos setzten sich wieder in Bewegung und bogen rechts in die Rua Santana ein. Vor der nächsten Ecke hielten sie wieder an. Jetzt war Angélica dran. Sie stieg aus ihrem Wagen und lief durch die Rua Luiz Manoel in Richtung Redondo.

Roberto, der am Steuer des zweiten Autos saß, sah in den Rückspiegel. Marques wirkte sichtlich besorgt.

»Ganz ruhig, Marques. Sie ist gleich wieder zurück. Da passiert nichts.«

»Das hoffe ich.«

»Hattet ihr schon mal eine Schießerei?«, fragte Alemão, der neben Marques auf dem Rücksitz saß. Die beiden schüttelten den Kopf. »Egal, was passiert, auf keinen Fall dem Feind den Rücken zuwenden. Auch wenn sie plötzlich direkt vor euch stehen, einfach die Angst runterschlucken und nicht von der Stelle weichen.«

»Nicht von der Stelle weichen?«

»Richtig, Mann. Wenn du dich umdrehst und wegrennst und dann versuchst zu schießen, triffst du sowieso nicht. Und wenn dein Gegner kaltblütig genug ist, zielt er einfach auf deinen Rücken und trifft sehr wahrscheinlich.«

»Okay, aber was machen wir dann, wenn plötzlich jemand vor uns steht?«

»Ihr müsst cool bleiben! Je cooler ihr bleibt, desto größer sind eure Chancen, den anderen umzulegen. Wenn ihr jemandem begegnet, rührt euch nicht von der Stelle, geht in die Hocke, um weniger Angriffsfläche zu bieten, zielt, so gut es geht, und drückt ab. Verstanden? Egal, wie groß die Angst ist oder der Drang wegzurennen: hinhocken, zielen, abdrücken. Hinhocken, zielen, abdrücken. Hinhocken, zielen, abdrücken. Niemals den Rücken zuwenden. Stellt euch einfach vor, die anderen schießen mit Platzpatronen. Wenn euch das gelingt, wenn ihr euch vorstellt, die anderen könnten euch nicht treffen, dann schafft ihr es auch, ruhig zu bleiben und zu tun, was zu tun ist: hinhocken, zielen, abdrücken.«

In Robertos Augen ergab das Sinn.

»Hast du noch einen Tipp?«

»Ja!« Alemão setzte ein irres Grinsen auf. »Habt keine Gnade mit ihnen, sie haben auch keine mit euch.«

»Leck mich, Alemão!«, hörten sie Pedros Stimme über die Headsets. »Das hast du aus *Herr der Ringe!*«

Robertos, Marques' und Alemãos Lachen vermischten sich zu einem.

»Da kommt sie«, sagte Roberto, während er noch lachte.

Kapuze ins Gesicht gezogen, die Hände in den Taschen, schlenderte Angélica den Bürgersteig entlang. Roberto fuhr das Beifahrerfenster runter. Angélica beugte sich zu ihnen rein, öffnete das Handschuhfach und warf das Kügelchen Kokain hinein, das sie gerade gekauft hatte.

»Und?«, fragte Alemão.

»Auf dem Redondo sind nur zehn. Wenn es insgesamt tatsächlich fünfzehn sind, weiß ich nicht, wo der Rest ist. Wahrscheinlich in den Häusern, die Luan uns auf der Karte gezeigt hat. Alle zehn stehen links, wenn man von der Luiz Manoel kommt. Hören Musik, trinken und kiffen. Ob sie bewaffnet sind, konnte ich nicht erkennen. Ich geh mal davon aus. Dürfte aber keine Schwierigkeiten geben. Die Typen sind abgelenkt und schon einigermaßen breit. Ich schätze, ihr erwischt fünf von ihnen, bevor sie überhaupt schnallen, was los ist. Noch was: Am Ende der Luiz Manoel steht ein Auto. Dahinter kann man gut in Deckung gehen.«

»Danke, Schatz, jetzt fahr nach Hause«, sagte Marques. »Ich komm gleich nach.«

»Passt auf euch auf.« Angélica drehte sich um und ging zu ihrem Wagen. Kurz darauf war sie in der Rua Santana verschwunden.

»Pedro, Luan, habt ihr gehört, was Angélica gesagt hat?«, fragte Roberto.

Von beiden kam ein »Nein« über Funk.

»Zehn von ihnen stehen auf dem Redondo, linker Hand, wenn man von der Luiz Manoel kommt. Die anderen fünf sind irgendwo anders. Also Vorsicht, wenn ihr an Luans Haus vorbeigeht.«

»Danke, Roberto«, sagte Pedro.

»Danke, Roberto«, wiederholte Luan.

Marques und Alemão sprangen aus dem Wagen und

schlossen die Türen, beide trugen Sturmmasken. Roberto fuhr los.

Alemão zeigte auf die Ecke Luiz Manoel und Santana, nur wenige Meter von ihnen entfernt.

»Gehen wir rein?«

Die Antwort kam nicht von Marques, sondern von Roberto, über das Headset: »Nein, verdammt! Wartet, bis ich in der Dona Terezinha stehe.«

Niemand kam auf die Idee, ihn darauf hinzuweisen, dass die Straße *Santa* Terezinha hieß und nicht *Dona.* Stattdessen sagte Alemão: »Marques und ich müssen ja nicht gleich auf sie schießen. Ich würde vorschlagen, wir rücken so weit vor, wie es geht, und warten, bis du in Stellung bist. Wenn alle bereit sind, schlagen wir zu.«

Jetzt mischte sich Luan ein: »Das ist keine gute Idee, Alemão. Wenn die Typen euch sehen, müsstet ihr schießen, bevor alle so weit sind. Roberto soll sich zuerst in Stellung bringen, in der Santa Terezinha können sie ihn sowieso nicht sehen. Dann rücken Pedro und ich vor, und Marques und du als Letzte. Wenn sie euch dann entdecken, sind wir wenigstens schon in Position.«

»Okay, okay!« Alemão schnalzte mit der Zunge, holte seine Pistolen raus und küsste beide. »Kennst du schon Ruth und Raquel, Marques?«

Daraufhin zückte Marques die Waffe, die Pedro ihm von Valdir organisiert hatte.

»Und du, Alemão, kennst du schon …« Er zögerte kurz. »Vanusa?«

Alemão verzog das Gesicht.

»30er-Magazin! Ist ja grauenhaft!«

»Wieso?«

»Alter, das Teil ist doch riesig, das steht total raus! Wie sieht denn das aus, Mann? Echt jetzt. Das ist nichts für einen Gentleman. So was haben nur Penner. Mir wär's peinlich. Das ist dasselbe, als würdest du mit einer Gürteltasche rumrennen.«

Währenddessen bog Roberto in die Rua Laurindo ein, die Straße mit dem Fragezeichen, die gleich darauf in die Santa Terezinha mündete.

Als Roberto das Schild sah, dachte er plötzlich, dass es vielleicht keine gute Idee war, mit dem Auto weiterzufahren. Also setzte er den Wagen zurück und parkte in der Rua Laurindo. Er setzte die Sturmmaske auf, holte seine Pistole raus und ging zu Fuß weiter. Vorsichtig warf er einen Blick in die Rua 10. Alles dunkel. Weiter vorn, am Ende der Rua 4, sah er das gelbliche Licht, das die Straßenlaterne auf den Redondo warf. Von dort hörte er auch Stimmen und Musik, erkennen konnte er aber bisher niemanden. Die zehn Männer, die Angélica gezählt hatte, standen weiter rechts am anderen Ende der Gasse, verdeckt hinter einer Mauer.

»Pedro, Luan, ich bin da«, informierte Roberto sie.

»Alles klar, dann gehen wir jetzt rein«, antwortete Pedro.

Luan und Pedro rückten durch die Rua 1 vor, die Pistolen jeweils mit beiden Händen umklammert, die Zeigefinger schussbereit am Abzug. So bogen sie links ab und schoben sich an der rechten Häuserwand entlang durch die Rua 8. Kurz vor der Rua 5 blieben sie stehen und blickten vorsichtig um die Ecke.

»Das da vorne ist mein Haus.« Luan nickte in die Dunkelheit.

»Sieht aus, als wäre niemand da«, meinte Pedro.

»Ja, lass mal reingehen.«

Geduckt schlichen sie weiter. Ohne einen Laut von sich zu geben, öffneten sie das kleine Eisentor und glitten in den winzigen Innenhof. Die Haustür war angelehnt. Luan schob sie auf und steckte den Kopf hinein. Es war so dunkel, als hätte er die Augen geschlossen.

»Wenn jemand hier wäre, würde bestimmt irgendwo Licht brennen.«

»Allerdings.«

Trotzdem entspannten sie sich erst, nachdem sie alle Zimmer überprüft hatten, natürlich ohne Licht anzumachen, um keine Aufmerksamkeit auf sich zu ziehen.

»Und, ist das Haus sauber?«, fragte Marques über Funk.

»Alles sauber«, bestätigte Luan. »Aber immer mit der Ruhe, wir müssen erst noch bis zur Ecke hoch.«

Weiter ging es durch die Rua 5 in Richtung Rua 3.

»Was zum Teufel ist das da vorne, Luan?«

Er zeigte auf ein paar riesige Säcke, die an einer Hauswand lehnten.

»Da ist der Schrotthandel von Espeto. Er macht auch Recycling. Das sind alles PET-Flaschen.«

Der Laden lag direkt an der Ecke Rua 5 und 3. Davor standen ein paar Bäume so dicht beieinander, dass die Kronen ineinander übergingen. Luan zeigte auf ein Haus in der Rua 3.

»Das ist eins von ihren Häusern. Da brennt Licht, siehst du? Einer von uns sollte hierbleiben. Von hier aus kannst du gut auf jemanden schießen, der aus dem Haus kommt. Der andere stellt sich da vorne hin.« Er zeigte auf die andere Seite der Gasse. »Von da hast du die Typen auf dem Redondo im Visier.«

»Alles klar, dann geh ich dahin.« Pedro wechselte auf die andere Seite und schob sich mit der Schulter an der Hauswand ein paar Schritte bis zur Ecke vor, um vorsichtig in die Rua 3 zu spähen. In etwa zehn bis zwanzig Metern Entfernung sah er die Balas um ein altes Kofferradio versammelt im gelben Licht der Straßenlaterne stehen und sich in aller Ruhe unterhalten. »Ich seh sie. Ich seh sie.«

»Steht ihr beide in Position?«, fragte Alemão.

»Ja. Marques und du, ihr könnt jetzt rüberkommen. Die werden euch nicht sehen. Sie sind abgelenkt. Und falls doch, eröffne ich von hier aus das Feuer.«

Marques und Alemão schlichen vorsichtig durch die Luiz Manoel. Kurz darauf sahen sie circa dreißig Meter entfernt ein paar von ihnen links auf dem Platz stehen. Es war ein angespannter Moment, es hätte sich nur einer von den Balas nach ihnen umdrehen müssen, und sie wären entdeckt worden. Ein paar Schritte noch, dann hockten sie hinter dem Wagen, von dem Angélica gesprochen hatte.

»Okay, wir sind jetzt auch in Position«, meldete sich Alemão. »Wer schießt zuerst?«

»Ich kann von hier aus niemanden sehen«, erklärte Roberto.

»Ihr müsst zuerst schießen, Alemão«, meinte Pedro.

»Warum denn wir?«, fragte Marques.

»Wenn ich von hier aus schieße, laufen sie in eure Richtung, und ihr seid zu nah dran. Weißt du, was ich meine? Wenn sie auf euch zukommen, habt ihr vielleicht nicht genug Zeit, alle umzulegen, bevor sie euch erwischen. Wenn ihr dagegen zuerst schießt, laufen sie in unsere und in Robertos Richtung, und wir sind in einer besseren Position, sie abzuknallen, bevor sie uns zu nahe kommen. Kann sein, dass wir alle erwischen. Wenn nicht, verschwinden die anderen wahrscheinlich da hinten in der Ecke, wo sie keiner mehr sehen kann.«

»Okay, dann legen wir jetzt los?«, fragte Alemão.

»Haut rein, Mann, knallt sie ab, die Schweine«, erwiderte Pedro. Und dann, fast wie bei einem Gelübde: »Gott schütze uns, Jungs!«

Die anderen antworteten im Chor: »Gott schütze uns!«

Als Marques und Alemão sich von Kopf bis Fuß in Schwarz gekleidet hinter dem Auto aufrichteten, um ihre Opfer ins Visier zu nehmen, war es, als hätten sie sich direkt aus den Schatten der Luiz Manoel gelöst. Im nächsten Moment zerriss krachendes Pistolenfeuer die Stille der Nacht.

Drei der Männer sackten sofort tot zusammen, die restlichen wussten nicht, was sie tun sollten. Während sie sich einerseits nach den Schützen umsahen, versuchten sie gleichzeitig wegzukommen, duckten sich hintereinander, zogen die Waffen. Inmitten dieser Unentschlossenheit ging schon der nächste mit der Hand an der Waffe vor Schmerzen schreiend zu Boden. Als die anderen sechs schließlich merkten, aus welcher Richtung die Schüsse kamen, feuerten sie nach Kräften zurück. Dank unterschiedlicher Modelle und Kaliber erklang ein wildes Durcheinander aus hohen und tiefen, kurzen und langen, schnellen und langsameren Salven. Marques und Alemão blieben unverletzt, da sie sofort wieder hinter dem Wagen in Deckung gegangen waren.

Während die Männer weiter in Richtung Luiz Manoel feuerten, zogen sie sich rückwärts in die Rua 4 zurück. Schon brach der Nächste zusammen, nachdem ihn Roberto aus der Santa Terezinha in den Hinterkopf getroffen hatte. Ein anderer kassierte eine Kugel in die Schulter, schrie auf und rannte panisch in Richtung Rua 3. Die Übrigen, denen jetzt klar wurde, dass sie in der Rua 4 nicht sicher waren, stolperten erst hinterher, blieben dann aber wie angewurzelt stehen, als sie sahen, wie ihr sowieso schon verletzter Freund im Eingang zur Rua 3 mehrmals zuckte, als wäre er von einem bösen Geist besessen, bis ihm schließlich die Knie wegknickten und er in Embryostellung zur Seite rollte. Diesmal hatte Pedro von der Ecke Rua 5 mehrere Kugeln auf ihn abgefeuert.

Jetzt waren sie nur noch zu viert, und wie Pedro es vorausgesehen hatte, liefen sie in die Ecke zwischen Rua 4 und Luiz Manoel, wo sie, in die Enge getrieben, halb aufeinander kauerten und bereits den eigenen Tod erwarteten. In Wirklichkeit waren sie dort aber fürs Erste sicher, zumal ihre Angreifer sie nicht sehen konnten.

Als die Schüsse stoppten, erklang von allen Seiten Hundegebell.

»Hat jemand was abbekommen?«, erkundigte sich Luan.

»Nein.«

»Nein.«

»Nein.«

»Nein.«

Marques erhob sich langsam und warf einen Blick über das Auto.

»Bist du lebensmüde, Idiot?«, fauchte Alemão und zog ihn am Arm wieder runter.

Marques befreite sich aus seinem Griff.

»Lass mich los, Mann! Wir können hier nicht ewig rumhocken. Vor allem müssen wir aufpassen, dass sie nicht in die Rua 2 laufen.«

»Shit, du hast recht!«

Beide standen auf und spähten über das Dach.

»Hat jemand gesehen, wo sie hin sind?«, fragte Marques.

»Vorsicht, sie sind bei euch in der Nähe«, antwortete Pedro. »Ich kann sie von hier aus nicht sehen, aber sie sind in eure Richtung gelaufen. Wahrscheinlich verstecken sie sich vor dem Hochhaus gegenüber, da, wo ich vorhin meinte.«

»Sieh mal da, Marques.« Alemão wies mit dem Kopf nach vorn und grinste.

Marques reckte den Hals. Der Mann, der gleich zu Beginn getroffen worden war, versuchte, unbemerkt zu seinen Freunden zu robben. Alemão steckte Ruth weg und hielt Raquel jetzt in beiden Händen. Er bückte sich, zielte in aller Ruhe und drückte ab. Es war ein einziger, präziser Schuss, der den armen Kerl genau ins Gehirn traf. Unter seinem Kopf bildete sich eine Blutlache.

»Wer hat da geschossen?« Pedro klang beunruhigt.

»Entspann dich, das war ich.«

In dem Moment ging die Tür des Hauses auf, das Luan beobachtete. Zwei männliche Gestalten stürmten hinaus und hielten kurz an, um das kleine Eisentor zu öffnen. Vor Schreck richtete Luan die Waffe auf sie und feuerte los. Es waren mehr als zehn Schüsse, von denen, dem Funkenregen nach zu urteilen, mehrere das Gittertor trafen. Einer der Männer fiel tot um, der andere schaffte es zurück ins Haus, verlor aber keine Zeit damit, die Tür hinter sich zuzumachen.

»Vorsicht mit der Munition, Luan«, mahnte Pedro. »Versuch nur zu schießen, wenn du glaubst, dass du triffst.«

»O-kay«, stammelte Luan.

»Alles in Ordnung, Mann?«

»Alles in Ordnung. Ich hab nur einen Schreck gekriegt. Ich ging nicht mehr davon aus, dass aus der Drecksbude noch jemand kommt.«

Der nächste, größere Schreck folgte auf dem Fuße. Als explodierten Dutzende von Bomben gleichzeitig in Vila Planetário, als krachten Dutzende von Autos in die Häuser, als erschütterten Dutzende von Donnerschlägen das Viertel, so klang es, als jemand eine Maschinengewehrsalve auf Pedro und Luan abfeuerte. Ersterer war überzeugt, einen solchen Angriff unmöglich überleben zu können. Er warf sich zu Boden, rollte sich zusammen und hielt schützend die Arme über den Kopf. Nicht nur sein eigenes Leben schien dem Ende geweiht, die ganze Welt stand kurz vor dem Untergang. Das Donnern war so ohrenbetäubend, dass er glaubte, die Kugeln würden nur Zentimeter an seinen Ohren vorbeisausen.

Während Pedro am Boden lag, hatte Luan sich hinter den PET-Flaschen versteckt. Durch einen Spalt zwischen den Säcken entdeckte er, woher die Schüsse kamen. Den Schützen selbst konnte er nicht sehen, nur das Mündungsfeuer hinter den Baumkronen. Offensichtlich hatte sie jemand aus dem oberen Stockwerk des Hauses in der Rua 3 in Beschuss genommen, vielleicht derselbe, der eben noch zurück ins Haus geflohen war. Allerdings konnte er sie genauso wenig sehen wie sie ihn, sodass ihm nichts anderes übrig blieb, als blind durch das Blattwerk zu feuern.

Wie es aussah, würde der Schütze den Finger nicht vom Abzug nehmen, bis er das Magazin komplett geleert hatte. Als es endlich still war, redeten alle gleichzeitig drauflos.

»Scheiße!«

»Was zum Teufel war das?«

»Was ist da los?«

»Von wo kam das?«

»Das war ein Maschinengewehr, Mann!«

»Nee, das war ein Sturmgewehr!«

»Alle unverletzt?«

»Komm rüber, Pedro! Komm zu mir, los!« Das war Luan. Als er merkte, dass er in dem Chaos nicht gehört wurde, setzte er ein langes, energisches »Hey!« hinterher. »Haltet die Klappe, ihr Idioten! Haltet endlich eure dämliche Klappe!« Als Ruhe einkehrte, wiederholte er: »Pedro! Komm hier rüber, Mann!«

Pedro lag noch zusammengerollt am Boden. Als er sich umsah, stellte er fest, dass Luan nicht mehr dort war, wo er ihn vermutete. Was ihm noch auffiel und was er erst nicht verstand, waren die Unmengen von Blättern, die von den Bäumen durch die nächtliche Dunkelheit segelten. Um nicht noch mehr Zeit zu verlieren, stand er auf und rannte zu Luan. Die Luft roch nach Schießpulver.

Im nächsten Moment fielen fünf Schüsse. Diesmal nicht so gewaltig wie die davor.

»Wer war das?«, fragte Luan.

»Alemão und ich«, antwortete Marques. »Einer der Typen hat versucht, durch die Rua 2 abzuhauen.«

»Ist er tot? Habt ihr ihn erwischt?«

»Ja, ist tot.«

»Sehr gut, sehr gut!«

Luan zeigte zwischen den Säcken hindurch auf das Haus in der Rua 3 und erklärte Pedro, dass der Schütze im ersten Stock saß, dann hörte man seine Stimme schon nicht mehr. Der Mann hatte nachgeladen und feuerte wieder los. Diesmal drückte er den Abzug nicht ganz durch, sodass immer nur drei oder vier Schüsse hintereinander fielen. In einer der Pausen fügte Luan hinzu: »Du bleibst hier und schießt von hier auf ihn, okay? Ich lauf einmal hintenrum und schnapp mir den Wichser.«

»Alles klar, hau rein«, erwiderte Pedro und schoss viermal zwischen den Baumkronen durch auf das Haus. Gleich darauf duckte er sich, als eine Salve von mehr als zehn Schüssen ihn knapp verfehlte.

Luan rannte durch die Rua 5, bog in der Rua 8 links ab und am Ende des Blocks noch mal bis zur Ecke Rua 1 und 3. Er schnappte kurz nach Luft, trat dann ein paar Schritte vor und spähte vorsichtig um die Ecke.

Die Stelle hier war erheblich gefährlicher als vorne beim Schrotthändler. Er war vollkommen exponiert, der Schütze musste nur in seine Richtung schauen. Abgesehen davon war der Typ nicht Luans einzige Sorge. Da die Balas noch zwei weitere Häuser besaßen, eins in der Rua 7 und eins in der Rua 9, konnte jederzeit einer von ihnen aus der Rua 6 kommen. Je länger er dort blieb, desto größer war das Risiko, also schlich er direkt weiter in die Rua 3 und suchte nach einem geeigneten Winkel, um auf den Schützen anzulegen.

Als Erstes sah er die qualmende Waffe über dem Fenstersims. Seltsamerweise zeigte der Lauf nach oben, doch dann wurde ihm klar, warum. Hinter der Wand stand der Schütze und lud nach. In der Annahme, dass er sich zeigen musste, um Pedro erneut ins Visier zu nehmen, wartete Luan an Ort und Stelle, die Pistole auf das Fenster gerichtet. Er sollte recht behalten. Nachdem der Typ die

Waffe entriegelt hatte, lehnte er sich über den Sims, sodass Luan ihn sehen konnte. Luan bekam ein flaues Gefühl im Magen. Fast hätte er abgedrückt, dann überlegte er es sich anders, denn wenn er danebengeschossen hätte, hätte er seine vorteilhafte Position verraten. Um auf Nummer sicher zu gehen, rückte er vorsichtig noch ein paar Schritte vor. Er erinnerte sich an Alemãos Rat: »Hinhocken, zielen, abdrücken. Hinhocken, zielen, abdrücken. Und niemals den Rücken zuwenden.« Also ging er in die Hocke, behielt den Gegner im Visier und arbeitete sich weiter voran. Falls sein Gegenüber ihn entdeckte, woran er lieber nicht dachte, würde er ihm weder den Rücken zuwenden noch weglaufen. Er würde ganz ruhig bleiben, nicht von der Stelle weichen und abdrücken.

Genau so kam es. Unerwartet schnell riss der andere die Waffe herum. Der Schusswechsel dauerte drei ewig lange Sekunden. Luan blieb in der Hocke, ballerte wie ein Irrer drauflos und bewegte sich nicht vom Fleck. Er hörte die Kugeln an den Ohren vorbeizischen und spürte den Luftzug der Projektile, die wie unsichtbare Blitze um ihn herumwirbelten. Endlich stieß sein Gegenüber einen seltsam trockenen Schrei aus, wie ein missglückter Rülpser, kippte nach hinten weg und ließ die Waffe auf das Dach über dem kleinen Innenhof fallen.

»Ich hab ihn erwischt«, rief Luan, schloss erleichtert die Augen und holte tief Luft.

»Sauber, Chokito!«, gratulierte Pedro. »Du bist der Beste! Jetzt komm zurück, aber nicht direkt, sonst sehen die anderen dich womöglich. Geh am besten wieder hintenrum.«

»Nee, warte –«

»Was?«

»Ich seh mir den Wichser mal näher an.«

»Du willst ins Haus?«

»Genau«, flüsterte Luan. Tatsächlich war er schon drin.

»Spinnst du, Mann?«

»Hör zu, ich hab den Typen erwischt, und die Waffe ist aus dem Fenster geflogen. Ich weiß aber nicht, ob er wirklich tot ist. Was, wenn es nur ein Streifschuss war? Was, wenn er noch eine Waffe hat? Dann steht er womöglich gleich wieder da, und das Ganze war umsonst.«

»Aber wenn noch mehr Leute im Haus sind? Luan, hör zu, komm sofort her, du Idiot!«

»Jetzt sei mal ruhig, Mann! Ich kann nicht mehr antworten. Ich bin im Haus.«

»Scheiße!«

Pedro nahm seinen Posten an der Ecke wieder ein, mit Blick auf den Redondo. Er konnte sich kaum auf die Geschehnisse dort konzentrieren, dafür war er viel zu sehr in Sorge um Luan. Dann hörte er Schüsse. Ein eiskalter Schauer lief ihm über den Rücken. Inmitten des Kugelhagels vernahm er Schreie, von mehr als einer Person.

»Nein, nein, nein!«

»Verdammter Dreckskerl!«

»Aaah!«

Übrig blieb ein schmerzerfülltes Falsett, eine Stimme, die kaum noch menschlich klang. Eher wie das verzweifelte Gebrüll eines Tieres auf der Schlachtbank, ein Brüllen, das langsam in einen Weinkrampf überging. Ein letzter Schuss folgte, dann verstummte die Stimme.

Zuerst glaubte Pedro natürlich, der Schusswechsel käme

aus dem Haus der Balas, in dem Luan gerade erst verschwunden war. Kurz darauf wurde ihm jedoch klar, dass der Zusammenstoß offenbar in der Rua 4 stattgefunden hatte.

»Hab zwei in der Rua 4 erwischt«, gab Roberto durch. »Sie kamen aus der Rua 9, wenn ich mich nicht irre. Eigentlich waren es drei, einer ist zurückgerannt.«

»Mann, was für eine Ballerei«, meinte Marques.

»Ja, die Typen waren clever. Zwei kamen vorwärts raus, der dritte hat nach hinten Deckung gegeben. Als ich das Feuer eröffnet hab, haben sie sofort zurückgeschossen.«

»Okay, aber dir ist nichts passiert?«, erkundigte sich Alemão. Die Frage war eher rhetorisch.

»Nee, alles klar. Ich bin hier gut geschützt. Die haben wie die Irren auf mich draufgehalten, und letztendlich hat mich nicht eine einzige Kugel auch nur gestreift. Alter, der Typ, der mir entwischt ist, hatte eine Monsterknarre dabei. Ich glaub, sogar 'ne 12er.«

»Hm, die Schüsse klangen aber nicht danach …«, wunderte sich Marques.

Alemão stimmte ihm zu.

»Der kam auch gar nicht dazu. Als er merkte, dass in der Rua 4 die Köpfe rollen, ist er schnell wieder zurück in die 9 oder wie auch immer das Scheißding heißt. Er hat nicht mal versucht, auf mich zu schießen.«

»Halt die Augen auf, Roberto, jetzt weiß er ja, wo du stehst«, warnte ihn Pedro. »Sonst kommt er gleich von der anderen Seite.«

»Keine Angst, ich pass schon auf.«

Inzwischen hatte Luan das Erdgeschoss überprüft und stieg bereits vorsichtig die eiserne Wendeltreppe hoch.

Das obere Stockwerk bestand aus zwei Schlafzimmern und einem kleinen Bad. Alle drei Falttüren standen offen, nur die Flurlampe brannte. Da die Badezimmertür nach Westen ging, musste Luan sich nur ein Stück vorbeugen, um zu sehen, dass sich dort niemand versteckte. Die anderen beiden Türen gingen nach Norden, er würde sich also durch den Flur anschleichen müssen.

Lautlos näherte er sich dem ersten Zimmer und spähte hinein, erst nur mit einem Auge. Aus dem Winkel konnte er nur die Kante eines Kleiderschranks sehen. Möglichst leise atmend schob er den Kopf vor. Als Nächstes sah er das Bett, das mit dem Kopfende neben dem offenen Fenster stand. Das Bettzeug war blutdurchtränkt. Offenbar war sein Opfer auf das Bett gefallen und jetzt nicht mehr da. Als er sich jedoch noch ein Stück weiter vorwagte, konnte er seine Beine erkennen. Deren Position ließ vermuten, dass der Verletzte versucht hatte, aus dem Bett zu kriechen, dabei gestorben – oder ohnmächtig geworden – war und jetzt mit dem Oberkörper auf dem Fußboden lag.

Die Vermutung bestätigte sich, als Luan Einblick in den ganzen Raum bekam. Ebenfalls bestätigte sich die Annahme, dass der Mann nicht mehr lebte. Augen und Mund standen offen, die Miene versteinert, so lag er regungslos da, die linke Wange auf den Boden gedrückt. Aus der Austrittsstelle der Kugel im Nacken quoll immer noch so viel Blut, dass Luan erschauderte.

Gleich darauf war die Leiche vergessen. Wie von einem Magneten angezogen, richtete sich sein Blick auf einen Rucksack, der auf dem Nachttisch unter dem Fenster stand und aus dem zwei Magazine ragten. Luans Aufmerksamkeit erregte jedoch etwas anderes, das sich ebenfalls in der Tasche befand: Geld. Sehr viel Geld. Rollenweise Hundert-Reais-Scheine, von gelben Gummibändern zusammengehalten.

Am liebsten hätte Luan sich einfach das Geld geschnappt und wäre abgehauen. Doch dann fiel ihm ein, dass er auch noch das andere Zimmer überprüfen musste, was noch mal erheblich riskanter war. Die Lampe im Flur war so ausgerichtet, dass sie seinen Schatten direkt vor die Zimmertür warf, sobald er auch nur einen Schritt in die Richtung machte. Sich langsam und unbemerkt anzuschleichen, war hier also nicht möglich. Er würde vorpreschen und die Pistole direkt in den Raum halten müssen, in der Hoffnung, schneller abzudrücken als jemand, der sich womöglich darin befand.

Er schloss die Augen, holte tief Luft und bekreuzigte sich. Mit wenigen schnellen Schritten war er an der Tür und richtete die Waffe hinein. Er erschrak. Im Bett lag jemand! Dann stellte er fest, dass er nicht in Gefahr war. Die Person lag auf der Seite, hatte die Beine angezogen und sah aus wie tot. Er tastete nach dem Lichtschalter. Als das Licht den Raum durchflutete, erschrak er noch mal, diesmal heftiger.

»Larissa!«

Die anderen vier wiederholten wie aus einem Mund: »Larissa?«

Luan beachtete sie nicht. Er steckte die Waffe ins Halfter, sprang aufs Bett, band Füße und Hände los und zog ihr das Klebeband vom Mund.

»Larissa! Wach auf! Larissa!«, rief er immer wieder. Er schüttelte sie an den Schultern oder verpasste ihr einen Klaps auf die Wange. »Larissa! Ich bin's, Luan!« Seine

Tränen tropften ihr aufs Gesicht. »Scheiße, Larissa, nein! Wach auf, verdammt! Larissa! Hey, rede mit mir! Tu das nicht, bitte!« Er schlang die Arme um sie und gab sich der Verzweiflung hin.

Seltsam, dass der Tod, obwohl es buchstäblich das Natürlichste auf der Welt ist, obwohl es die einzige Gewissheit im Leben ist, seltsam, dass er den Hinterbliebenen immer noch so absurd erscheint. Obwohl keine Spur von Wärme mehr in Larissas Körper war, konnte Luan sich nicht damit abfinden, dass sie tot war. Wie konnte sie denn auch tot sein, wenn seine Gefühle für sie doch so schön, so stark, so besonders waren? Wie konnte sie tot sein, wenn er noch gar keine Gelegenheit hatte, ihr zu sagen, was er für sie empfand? Wie konnte sie tot sein, wenn er doch gerade geplant hatte, das Geld aus dem Zimmer nebenan zu nehmen, sich gleich am nächsten Tag auf die Suche nach ihr zu machen, sie zu finden, wo immer sie auch war, und dann irgendwo, wo es ruhig war, ein friedliches Leben mit ihr zu führen? Mein Gott, er hatte doch vor nicht mal einer Woche erst seine Mutter verloren, wie konnte er jetzt auch noch Larissa verlieren? Das war nicht fair! Es ergab keinen Sinn! Es war eine Lüge! Aber es war die Wahrheit.

Und so absurd es einem erscheinen mag, es war auch die Wahrheit, dass Luan selbst nur wenige Momente später tot auf der Geliebten zusammenbrach, als ihn die Kugel aus einem 12er-Sturmgewehr in den Hinterkopf traf.

»Luan!«, schrie Pedro, als er den Schuss hörte. »Luan!«, schrie er noch mal, während in ihm der schreckliche Verdacht aufkeimte, dass keine Antwort mehr käme. »Luan!«

Nach dem dritten Mal versanken alle vier in Schweigen.

So verharrten sie eine Weile, bis sich als Erster Roberto zu Wort meldete.

»Was für eine Scheiße …«

Statt einer Stimme erklang ein Rauschen, ein Quietschen und Knacken. Offenbar machte sich jemand an Luans Funkgerät zu schaffen.

Als die Geräusche verebbten, rief Pedro: »Luan?«

Eine raue männliche Stimme antwortete: »Luan? Vergiss es! Dein Kumpel kann nicht mehr sprechen. Er hat keinen Mund mehr. Ehrlich gesagt hat er noch nicht mal mehr einen Kopf.«

»Ach ja, ist das so? Dann bleib schön da, wo du bist, verdammter Wichser, ich komm nämlich gleich vorbei!«

Blind vor Wut und taub für sämtliche Stimmen in seinem Headset – einschließlich der des Feindes – rannte Pedro los. Er dachte nicht mal daran, durch die Rua 1 zu laufen, so wie Luan davor, sondern nahm den direkten Weg durch die 3, sodass die restlichen Männer auf dem Redondo ihn sehen konnten und mehrere Schüsse auf ihn abgaben, wenn auch nicht trafen.

Währenddessen machte sich Luans Mörder bereit, ihn in Empfang zu nehmen. Er schaltete das Licht aus und spuckte sein Kaugummi aus, vielleicht weil er glaubte, sich so besser konzentrieren zu können. Er dehnte Hals und Rücken, als bereitete er sich darauf vor, längere Zeit in einer unbequemen Position zu verharren. Schließlich stellte er sich vor die erste Tür und hielt das Gewehr leicht schräg nach unten. Sobald das erste Haarbüschel in der quadratischen Öffnung im Boden erschien, würde er abdrücken. Genau wie Luan würde er Pedro eine Kugel in den Hinterkopf verpassen, sobald er die Wendeltreppe hochkam. Nur war er es dann selbst, der Sekunden später an genau jener Stelle eine Kugel kassierte. Denn Pedro hatte das Haus gar nicht erst betreten. Stattdessen war er auf das kleine Dach über dem Innenhof geklettert und ans offene Fenster geschlichen. Als er in das dunkle Zimmer spähte, konnte er anfangs nichts erkennen. Es dauerte eine Weile, bis seine Pupillen sich an das Dämmerlicht gewöhnt hatten. Dann jedoch sah er nur wenige Meter entfernt mit dem Rücken zu sich eine Gestalt an der Zimmertür stehen, kaum erkennbar in der Dunkelheit, das Gewehr nach unten gerichtet. Er zielte sorgfältig auf den Kopf, drückte langsam den Abzug, bis sein Finger auf Widerstand stieß, und zog dann mit einem Ruck durch. Das Mündungsfeuer blitzte krachend auf, Blut spritzte durch die Luft, und der Getroffene sackte auf dem Boden zusammen, als wären sämtliche Knochen aus seinem Körper gewichen.

»Ich hab ihn, ich hab ihn erwischt!«

Marques, Alemão und Roberto jubelten auf.

»Richtig so!«

»Stirb, dreckiger Hurensohn!«

»Leb wohl, du mieses Stück Scheiße!«

In ihrer Euphorie schossen sie ein paarmal in die Luft.

»Hey, hey! Leute!«, rief Pedro. »Ist gut, okay? Lasst uns abhauen.«

»Aber es fehlen doch noch welche –«, meinte Alemão.

»Scheiß drauf, vergiss es! Wir hätten gar nicht erst herkommen dürfen! Luan ist tot, Alter, kapierst du das nicht? Das Ganze war eine komplette Scheißidee! Was macht es für einen Unterschied, ob wir zehn umlegen oder zwanzig oder tausend? Der Junge ist tot, Mann, er ist tot!«

»Ich hol den Wagen«, rief Roberto. »Wartet da auf mich, wo ich euch rausgelassen hab.«

Und das war auch das einzig Sinnvolle, denn von Weitem hörte man schon die Sirenen.

22
DIE SUPPE UND DIE HÖLLE

Als Angélica die Tür öffnete und alle außer Luan reinkommen sah, wollte sie erst nach ihm fragen. Mehr als das, sie öffnete schon den Mund. Aber es war nicht mehr nötig. Ihre angsterfüllten Augen lasen die Antwort in den traurigen Gesichtern der anderen. Sie hielt die Hände an den Kopf und sackte auf dem Sofa zusammen.

Marques ging direkt in die Küche. Als er mit einer Flasche Whisky zurückkam, ohne Gläser, saßen alle. Statt auf einen Stuhl am Tisch hockte er sich auf die Sofakante, neben seine Frau, und setzte schweigend die Flasche an. Angélica liefen die Tränen über die Wangen. Es war ein schmerzvolles, aber stilles Weinen, bis auf das ein oder andere Schniefen.

Niemand wagte es, etwas zu sagen. Worte waren fehl am Platz. Nur Alemão schien nicht ganz so mitgenommen wie der Rest. Hin und wieder seufzte er, schüttelte den Kopf und guckte ernst, aber ein bisschen wirkte er auch gelangweilt, als wäre er in Gedanken woanders. Irgendwann fing er an, mit den Fingern gegen den Farn neben dem Fenster zu schnipsen. Pedro wurde stinksauer, beschränkte sich aber darauf, Alemão einen strengen Blick zuzuwerfen, den der offenbar nicht mal bemerkte.

Während Pedro versuchte, das Schnipsen zu ignorieren,

griff er nach der Whiskyflasche, die Marques ihm hinhielt. Nachdem er einen tiefen Schluck genommen hatte, verzog er das Gesicht und reichte die Flasche an Roberto weiter. Dann zündete er sich eine Zigarette an, stieß einen Rauchkringel aus und sagte: »Alter, ich brauch 'ne Nase. Ist noch was von dem Zeug über, das ich mitgebracht hatte?«

»Nope«, antwortete Marques.

»Tja, in Vila Planetário kriegt man wahrscheinlich erst mal nichts mehr.« Alemão grinste.

Pedro platzte der Kragen.

»Willst du jetzt hier Sprüche klopfen? Findest du das etwa witzig, ja?«

»Du brauchst jetzt nicht wütend auf mich sein, Mann«, antwortete Alemão, ohne mit dem Schnipsen aufzuhören. »Zuerst mal war das Ganze nicht meine Idee. Ich wollte nur helfen. Es war eure Idee. Der Junge ist gestorben? Okay. So was kommt vor. Wenn jemand schuld daran ist, dann ganz bestimmt nicht ich.«

Pedro riss die Augen auf und lächelte übertrieben, wie jemand, der einiges zu sagen hat und nicht weiß, wo er anfangen soll.

»Nein, du hast natürlich vollkommen recht! Tut mir leid, mein Fehler. Es war nicht deine Schuld. Natürlich nicht. Übrigens, danke, dass du mitgekommen bist, Mann. Echt jetzt! Ich hab mich noch gar nicht bei dir bedankt. Könntest du mir noch einen klitzekleinen Gefallen tun?« Auf einmal verdunkelte sich seine Miene, er zeigte zur Tür und brüllte: »Verschwinde hier, bevor ich dir den Scheißfarn ins Maul stopfe!«

Erst schien Alemão schockiert über den Rauswurf, aber als er sah, dass niemand ihn verteidigte, nicht mal die

Gastgeber, kniff er die Lippen zusammen und sagte: »Kein Problem, Mann. Dann geh ich wohl tatsächlich besser.« Er stand auf, ging ins Schlafzimmer und zog die Polizeiuniform aus. Als er zurückkam, trat er, ohne sich von irgendwem zu verabschieden, hinaus in die kalte Nacht und schloss die Tür hinter sich.

Nachdem Alemão weg war, wurde fast eine Stunde lang kein Wort mehr gesprochen. Was sollte man auch sagen, wenn alles in einem brüllte. Dafür tropfte es in der Küche aus dem Wasserhahn in die Edelstahlspüle, offenbar um die Wette mit dem beharrlichen Ticken der Uhr im Wohnzimmer. Auf der Straße pfiff weiter der Wind, und die Hunde bellten. Trotz allem, was in dieser Nacht geschehen war, weigerte sich die Welt aus irgendeinem Grund, stehen zu bleiben, und sei es nur für einen Moment. Nicht nur Luans Tod war ihr gleichgültig und der so vieler Mitglieder der größten kriminellen Organisation von Porto Alegre, der Balas, auch all jene menschlichen Tragödien, die jeden Tag überall auf dem Erdball passierten. Die Welt drehte sich einfach weiter, als wäre nichts geschehen.

Die Whiskyflasche war von einer Hand zur nächsten gewandert, bis sie irgendwann leer vor dem Sofa lag. Und weil er das Gefühl vermisste, wie ihm der Alkohol in der Kehle brannte, stieß Pedro, scheinbar aus einer Trance erwacht, einen langen Seufzer aus und fragte: »Habt ihr noch Whisky?«

»Nee. Aber Wodka, wenn du willst.« Marques stand auf und ging in die Küche.

»Was hast du mit dem Koks gemacht, das du gestern gekauft hast, Angélica?«, fragte Pedro.

»Das ist noch im Handschuhfach«, antwortete sie.

»Ich geh es kurz holen.«

Roberto warf ihm die Autoschlüssel zu.

Der Wagen stand hinter der Sporthalle Osmar Fortes Barcellos, auch bekannt als Tesourinha. In jener vergessenen, tristen Ecke von Menino Deus standen keine Hochhäuser. Der eiskalte Wind vom Rio Guaíba traf Pedro mit voller Wucht, als er, die Arme um sich geschlungen, durch die dunkle Rua Almirante Álvaro Alberto da Mota e Silva auf die silberne Kombilimousine zulief.

Er öffnete die Beifahrertür und setzte sich, ließ die Beine raushängen und fing an, das Handschuhfach nach dem Koks zu durchwühlen. Stattdessen fand er etwas anderes: Luans Straßenkarte, die Roberto dort gelassen hatte, für den Fall, dass er sie noch brauchen würde. Es versetzte ihm einen unerwarteten Schlag. Er schloss die Augen und biss sich auf die Unterlippe, aber er konnte die Tränen nicht zurückhalten. Es fühlte sich fast gut an, oder jedenfalls wie eine Erleichterung, loszulassen, ihnen endlich freien Lauf zu lassen, das Stöhnen nicht länger zu unterdrücken, sich zu schütteln vor lauter Schluchzen. Er war jetzt allein, er musste niemandem etwas vormachen, musste sich vor niemandem beweisen. Er dachte an Alemãos Worte und erkannte eine bittere Wahrheit darin: »Wenn jemand schuld daran ist, dann ganz bestimmt nicht ich.« Es war tatsächlich nicht Alemãos Schuld, sondern seine eigene, und nur seine eigene! Himmel Herrgott, es war alles seine Schuld! Und jetzt lag da dieses verdammte Stück Papier und erinnerte ihn auf ewig an die Last, die er bis an sein Lebensende würde tragen müssen. Die Hände, die wenige Stunden zuvor diese Karte gezeichnet hatten, würden nie wieder etwas anderes tun, und schuld daran war er! Er weinte noch heftiger, ertrank in Gewissensbissen und hatte das Gefühl, den Verstand zu verlieren. Einerseits wollte er sich als Monster sehen und tat es auch, gleichzeitig flehte er verzweifelt um Vergebung, wusste aber nicht, wo er danach suchen oder wen er darum bitten sollte. Seine Ideologie war zerbrochen, er selbst war zerbrochen. Er wusste nicht mehr, was richtig war und was falsch. Er erkannte sich selbst nicht mehr. Er wusste nur, dass er zu weit gegangen war. Irgendwann, wann genau, wusste er nicht, hatte er eine unsichtbare Grenze überschritten, die er niemals hätte überschreiten dürfen. Und jetzt hatte er sich verirrt und wusste nicht, wie er zurückkommen sollte. Schlimmer noch, er wusste nicht mal, ob es überhaupt ein Zurück gab. Oh Gott! Es gab nichts mehr, woran er sich hätte festhalten können, kein Licht, dem er hätte folgen können. In Wirklichkeit hatte er weder das eine noch das andere verdient. Und so beschlich ihn das schreckliche Gefühl, dass es für ihn keinen Grund mehr gab, am Leben zu bleiben. Er suchte in den Sternen nach einer Antwort, nach einem Zeichen der Vergebung, aber, oh Gott, er glaubte, nicht mal mehr das Recht zu haben, den Kopf zu heben, dafür schämte er sich zu sehr, vor den Wolken, der Sporthalle, der Straßenlaterne. Die Augen zu öffnen war das Einzige, das er sich erlaubte. Im nächsten Moment erschrak er. Durch die Tränen hindurch entdeckte er direkt vor sich ein Paar Beine in einer schwarzen Hose. Die ebenfalls schwarzen Schuhe ließen keinen Zweifel daran, dass es sich um Männerbeine handelte. Pedro hörte augenblicklich auf zu weinen, zog seine Pistole und richtete sie auf die Gestalt vor ihm.

»Weg da! Zurück!«

»Mhmm, mhmm!« Der Mann hielt einen Hotdog in beiden Händen und hatte den Mund voll. Er wich ein paar Schritte zurück und schluckte schnell seinen Bissen runter. »Nimm das Scheißding da weg!«

Trotz der angespannten Situation fragte Pedro sich, woher der Unbekannte um diese Uhrzeit einen Hotdog hatte. Stattdessen fragte er etwas anderes.

»Was machen Sie hier direkt vor meiner Nase?«

»Na ja, ich hab dich weinen sehen und dachte, ich seh mal nach, was los ist. Ich wollte gerade Hallo sagen, hatte aber noch den Mund voll.«

Pedro atmete erleichtert auf und steckte die Pistole weg.

»Sie haben mich ganz schön erschreckt.«

Der Mann trat wieder einen Schritt vor und nahm noch einen Bissen.

»Mhmm, meine liebe Mutter, die schon vor langer Zeit ins Gras gebissen hat, mhmm, die hat immer zu mir gesagt, ›Lass nie zu, dass sie dich bluten sehen‹. Mhmm, war es das, was du vorhattest? Allein und in Frieden bluten?«

Pedro antwortete nicht. Er senkte nur den Kopf und seufzte. Der andere fuhr fort: »Mhmm, sieht aus, als wäre euer Anschlag nicht ganz nach Plan verlaufen. Ist jemand gestorben? Ich hoffe, nicht Marques. Ich hab ihn wirklich gern. Marques ist ein guter Junge.«

Pedro hob den Kopf, runzelte die Stirn und sah ihn neugierig an.

»Wer sind Sie?«

»Ich heiße Avelino. Aber du kannst mich den Alten nennen. Mhmm …« Er wedelte mit dem Zeigefinger vor

Pedro herum. »Ich hab euch die Bullenuniform geliehen, die du anhast.«

Pedro lächelte.

»Verstehe! Marques hat mir viel von Ihnen erzählt. Tut mir leid, dass ich die Waffe auf Sie gerichtet habe. Ich konnte ja nicht wissen, dass Sie es sind. Ich bin Pedro.«

Sie gaben sich die Hand.

»Hab ich mir schon gedacht.«

»Ach wirklich?«

»Ja. Mhmm. Marques hat mir auch viel von dir erzählt. Einmal meinte er, du sähest aus wie ein Kleiderständer, weil du so dünn bist.« Da er die ganze Zeit kaute, lachte der Alte durch die Nase. »Daran hab ich dich erkannt.«

»Tja …«

»Oh, aber er hat auch gesagt, du seist ein schlaues Kerlchen! Anfangs hatte ich da meine Zweifel. Aber dann hab ich meine Meinung geändert.«

»Ach ja?«

»Ja. Weißt du, seit deiner Idee mit dem Gras hat sich das Leben von Marques und seiner Frau um hundert Prozent verbessert. Mhmm. Vorher hatten sie kaum genug zu essen für ihren Jungen. Ich wohne hier, ich weiß das. Und jetzt, jetzt haben sie noch eine Tochter bekommen und genug zu essen für beide, den Kleinen fehlt es an nichts, sie haben ihr Auto, haben das Haus renoviert, sich ein paar Häuschen gebaut, die sie vermieten. Super Einnahmequelle, oder? Dein Leben hat sich bestimmt auch sehr zum Positiven verändert. Jedenfalls. Mhmm. Also, wer dumm ist, verdient kein Geld auf dieser Welt. Ist so. Deswegen hab ich mir gedacht, so richtig dumm kannst du nicht sein. Diese kleine verrückte Idee, die du da hattest, hat nicht nur genug Geld abgeworfen, um dein Leben zu verbessern, sondern auch das aller anderen, die daran beteiligt waren. Mhmm. Kein dummer Mensch auf der ganzen Welt hätte das geschafft. Wer arm *und* dumm geboren ist, bleibt auch arm.«

Pedro traten wieder die Tränen in die Augen, aber diesmal wischte er sie schnell weg.

»Wenn Sie von dem Anschlag wissen, wissen Sie wahrscheinlich auch, dass die Balas einem meiner Jungs Vila Planetário abgenommen haben. Und wissen Sie, was sie noch getan haben? Sie haben sich das Mädchen geschnappt, in das mein Freund verknallt war. Weiß der Teufel, warum. Wahrscheinlich haben sie sie ausgefragt, ob er Partner hatte und so ... keine Ahnung ... Aber statt sie danach laufen zu lassen, haben sie sie einfach dabehalten und verhungern lassen, oder verdursten, vielleicht haben sie sie auch erwürgt. Ich weiß es nicht. Weiß der Himmel, was sie in der Zwischenzeit mit ihr angestellt haben. Vielleicht haben sie sie vergewaltigt, bis sie keine Lust mehr hatten. Ich, ich, ah, ich will's mir erst gar nicht vorstellen! Tatsache ist, sie war tot, als wir sie heute da gefunden haben. Und dabei hatten diese Schweine schon die Mutter von meinem Freund erschossen, vor aller Augen. Aber das wissen Sie wahrscheinlich schon, oder? Und nach alledem, nach alledem setzen sie dem Ganzen noch das Sahnehäubchen obendrauf und erschießen auch noch meinen Freund! Also, noch mal von vorn: Erst verliert mein Kumpel seine Mutter, und dann noch auf diese Art, als Nächstes findet er heraus, dass das Mädchen, das er liebt, ermordet wurde, auf eine mindestens ebenso abscheuliche Art, um dann, nachdem er das alles erleben musste, selbst abgeknallt zu werden! Reicht das? Das alles ist das Ergebnis meiner kleinen verrückten Idee. Und wissen Sie, ich muss damit bis ans Ende meines Lebens leben! Das lässt sich nicht auslöschen!«

Der Alte hatte den Hotdog zu Ende gegessen. Er wischte sich mit der Papierserviette über die Lippen, leckte sich den Mund aus, schüttelte den Kopf und sagte: »Ich weiß, wie das ist. Du hast deine Suppe versalzen.«

»Was?«

»Du hast deine Suppe versalzen.«

»Ich hab meine Suppe versalzen?«

»Sieht so aus. Als ich klein war und es mit meinen Streichen manchmal etwas übertrieb, zum Beispiel, als ich meinen großen Bruder mit einem Messer stach und er im Krankenhaus landete, sagte meine Mutter immer: ›Pass auf, dass du dir deine Suppe nicht versalzt, Avelino, nachher musst du sie ja essen.‹ Es hat lange gedauert, bis ich verstand, was sie damit meinte. Heute weiß ich es. Sie meinte, dass die Dinge manchmal außer Kontrolle geraten und man sie dann nicht mehr rückgängig machen kann. Wie du schon sagtest, du wirst damit leben müssen. Du hast deine Suppe versalzen, und jetzt musst du sie auslöffeln. Aber falls es dich tröstet, mein Leben war auch eine versalzene Suppe, weißt du? Ich weiß, was du durchmachst. Und ich kann dir versichern, das wird schon wieder. Es geht vorbei.«

»Oh nein, ganz bestimmt nicht!« Pedro schüttelte vehement den Kopf und schniefte. »Ich will Ihnen nicht zu nahe treten, aber ich kann das nicht vergessen. Ich werde mein Leben lang jeden Tag daran denken, dass ich schuld daran bin, und ich werde es mir nie verzeihen.«

»Wer hat denn etwas von vergessen oder verzeihen gesagt? Pass auf, meine Mutter hat mir nicht alles beigebracht. Vieles, was ich heute weiß, musste ich selbst lernen. Unter anderem, dass die Suppe nie wirklich fertig ist. Sie ist erst fertig, wenn du tot bist.« Selbstzufrieden stemmte er die Hände in die Hüften, warf die Haare zurück und lächelte in die Sterne. »Tja … das hat meine Mutter vergessen, mir zu sagen … Vielleicht wusste sie es auch nicht. Die Wahrheit ist, du verbringst dein ganzes Leben mit dieser Suppe. Das Leben *ist* die Suppe! Und so köchelst du immer weiter, probierst hier was aus und da was aus und köchelst immer weiter.« Er sah Pedro an. »Also, mein Junge, wenn deine Suppe jetzt versalzen ist, rate ich dir vor allem, kein Salz mehr reinzutun. Gib lieber ein bisschen Wasser dazu. Dann schneidest du ein paar Kartoffeln und wirfst sie rein. Vielleicht ein paar Karotten. Kürbis, Nudeln … Keine Ahnung. Tu rein, was du magst. Es hilft alles nichts, wenn du zu viel Salz reingetan hast, Pech, das kriegst du nicht mehr raus. Du darfst nur eines nicht vergessen: Die Suppe ist erst fertig, wenn du tot bist. Bis dahin sorg dafür, dass sie möglichst gut schmeckt, damit du nicht für den Rest deines Lebens eine Suppe essen musst, die dir nicht schmeckt. Was ich damit sagen will, ist ganz einfach. Wenn du nicht stolz darauf bist, was du getan hast oder was deinetwegen passiert ist, dann ist das der beste Grund, die Zeit, die dir noch bleibt, zu nutzen und das zu tun, was dir deine Hoffnung und deinen Stolz zurückgibt. Kannst du damit etwas anfangen?«

Das konnte er. Doch. Und zwar eine ganze Menge.

Seltsam, wie oft so ein kleiner Fingerzeig des Schicksals, so ein unerwartetes, scheinbar unwichtiges Ereignis, die kostbaren Momente, die man dem Leben abringt, seltsam, wie oft sie am Ende das Schicksal eines Menschen besiegeln. Hätte Pedro nicht dieses kurze Gespräch mit dem Drogenboss von Vila Lupicínio Rodrigues gehabt, hätte er vielleicht weder Hoffnung noch Stolz je wiedererlangt.

Aber so war es. Das Gespräch hatte es gegeben, und Pedro klammerte sich an die Metapher von der Suppe wie an einen Rettungsring. Kein Tag verging, an dem er nicht darüber nachdachte. Dank der Suppenmetapher ertrug Pedro den Schmerz, die Angst, die Schläge und die Todesdrohungen. Sie war es, die ihm half, seine Freunde nicht zu verraten. In ihr fand Pedro die Kraft zu schweigen, obwohl er davon ausgehen konnte, deswegen in den Händen der Polizisten zu sterben, die ihn verhaftet und stundenlang gefoltert hatten, weil sie wissen wollten, wer außer ihm an der Schießerei in Vila Planetário beteiligt gewesen war.

Das Gespräch hatte es gegeben, und noch heute war es die Metapher von der Suppe, die Pedro half, die Hölle zu verdauen, die er seit fast einem Jahrzehnt hinter Gittern erlebte.

Die Antwort auf die Frage, die man sich jetzt stellen mag, ist einfach: Alemão. Alemão und die Wut, die in ihm tobte, als Pedro ihn in jener kalten Nacht im Jahr 2011 aus dem Haus jagte. Alemão und seine Feigheit. Alemão und eine anonyme Anzeige. Und das kam so: Am Vormittag des folgenden Tages wurde Pedro von einem Knall geweckt, als die Polizei seine Haustür aufbrach. Es war zu spät, um zu bereuen, dass er den gestohlenen Wagen direkt vor seinem Haus geparkt hatte, statt ihn noch in der Nacht verschwinden zu lassen. Es war zu spät, um zu bereuen, dass die Waffen von der Nacht zuvor, die er gleich als Erstes Valdir zurückbringen wollte, noch in seinem Zimmer lagen. Dann folgte all das, was die Polizei mit einem machen kann und darf, wenn sie Informationen von einem wollen. Die Fingerabdrücke im Wagen, die ballistische Untersuchung, die Verhandlung, das Gerichtsurteil. Schuldig. Zweiundsiebzig Jahre. Geschlossener Vollzug.

Wie bereits erwähnt verlor Pedro nie den Glauben an die Suppenmetapher. Allerdings war es nicht immer leicht, an gute Zutaten zu kommen, insbesondere in der Zelle eines überfüllten Gefängnisses. Und so dauerte es eine Weile, bis er das Richtige gefunden hatte. Das war Anfang 2013, nachdem seine Mutter zu Besuch gewesen war.

»Was hast du da, Sméagol?«, fragte sein Zellengenosse, als er Pedro mit einem Buch in der Hand sah.

»Siehst du das nicht? Das ist ein Buch. Hat mir meine Mutter mitgebracht. Sie weiß, dass ich gern lese.«

»Wie heißt es?«

»Die Verbrecher kamen zum Tee.«

»Gib mal.« Als er das Buch in den Händen hielt, breitete sich ein Lächeln auf seinem Gesicht aus. »Nicht schlecht. ›*Die Verbrecher kamen zum Tee*‹«, las er vor. Schließlich legte er den Kopf schief. »Was ist mit dir, Sméagol? Warum schreibst du nicht auch ein Buch, Mann? Du bist doch so schlau, oder?«

Pedros Miene erhellte sich. Es kam ihm vor, als hätte man den Vorhang vor der Sonne aufgezogen. Warum hatte er da nicht selbst schon dran gedacht?

»Echt jetzt, Fenômeno, ich muss schon sagen, das ist gar keine so schlechte Idee.«

»Natürlich nicht. Ich hab immer gute Ideen. Du weißt wohl nicht, mit wem du redest, Mann.«

Mit funkelnden Augen und einem Lächeln auf den Lippen versank Pedro in Gedanken. Genau. Ein Buch schreiben. Warum nicht? Das war genau das, was seine Suppe brauchte, egal wie viel Arbeit es bedeuten würde. Und ehrlich gesagt, als Pedro sich ein paar Tage später tatsächlich entschloss, sich der Aufgabe zu stellen, als er schließlich mit einem Stift in der Hand vor dem großen Abgrund saß, das leere Blatt Papier, da fragte er sich, ob er wirklich eine ganze Geschichte würde schreiben können, von Anfang bis Ende. Aber dann kam er zu dem Schluss, vielleicht besser nicht über das Buch als Ganzes nachzudenken, sondern lieber langsam vorzugehen, ganz in Ruhe, Schritt für Schritt, einen nach dem anderen. Er hatte ja Zeit. Und so schrieb er oben auf die erste Seite: »Supermarkt«.

Und wenn Sie, liebe Leserin und lieber Leser, das hier lesen, *très bien*. Dann hat Pedro es geschafft, all das aufzuschreiben, was er wollte.

DANKSAGUNG

Ich danke meinen Eltern, Rita Helena Falero und José Carlos da Silva, die mich zum Träumen erzogen haben. Ich danke meiner Schwester Caroline Falero, die immer mein größtes Vorbild war und sein wird. Ich danke meiner Freundin und Geliebten Dalva Maria Soares, die mich aus dem Kanu geholt hat. Ich danke meinen Cousins Douglas Falero und Hitalo Juliano, die vor Ewigkeiten eine erste Version von *Supermarkt* gelesen und mich davon überzeugt haben, dass ich auf dem richtigen Weg bin. Ich danke allen, die direkt oder indirekt zum Gelingen nicht nur dieses Werkes, sondern auch des Autors beigetragen haben.

Danke.